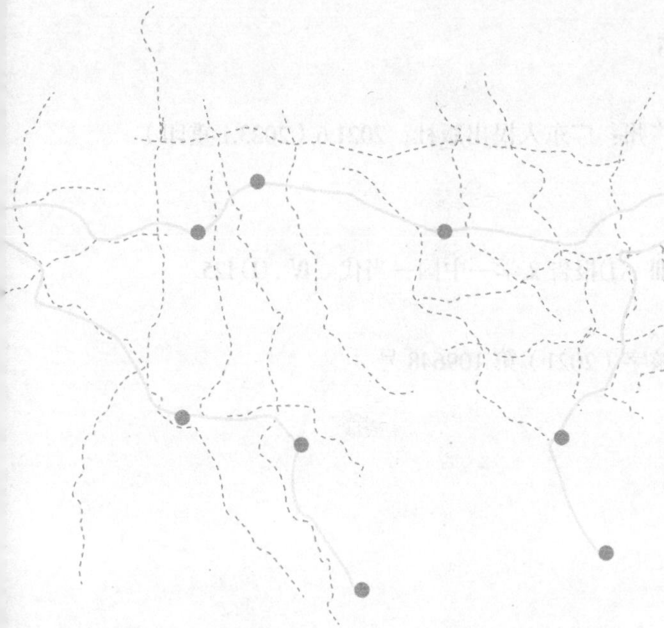

灣區古港

邱少梅 著

SPM 南方出版传媒
广东人民出版社
·广州·

图书在版编目（CIP）数据

湾区古港 / 邱少梅著．—广州：广东人民出版社，2021.6（2023.1 重印）
ISBN 978-7-218-15090-1

Ⅰ．①湾…　Ⅱ．①邱…　Ⅲ．①报告文学—中国—当代　Ⅳ．① I25

中国版本图书馆 CIP 数据核字（2021）第 109648 号

WANQU GUGANG
湾 区 古 港

邱少梅　著

出 版 人：肖风华

责任编辑：沈海龙
封面题字：秦建中
责任技编：吴彦斌　周星奎
装帧设计：奔流文化

出版发行：广东人民出版社
地　　址：广州市越秀区大沙头四马路 10 号（邮政编码：510199）
电　　话：（020）85716809（总编室）
传　　真：（020）83289585
网　　址：http://www. gdpph. com
印　　刷：北京一鑫印务有限责任公司
开　　本：787 毫米 ×1092 毫米　1/16
印　　张：19.5　　　**字数**：250 千
版　　次：2021 年 6 月第 1 版
印　　次：2023 年 1 月第 3 次印刷
定　　价：68.00 元

如发现印装质量问题，影响阅读，请与出版社（020-85716849）联系调换。
售书热线：（020）85716826

目录

第一章

珍珠之河，财富之门

珠江是我的母亲河，我的生命之源。作为岭南水乡的女儿，我热爱她赐予我们的一切风物、风情。她是中国南方最大河系，是中国境内第三长河流，是第一条可以正源的大江。她把美丽富饶的城乡像串珠似地连了起来，仿如一条缀满珍珠的项链。她有八大出海口，即八大门，其所在的珠江三角洲是目前我国经济最发达的地区之一，被誉为“财富之门”。

我的母亲河

珠江，是我的母亲河。

我生长在珠江的干流——西江的一个小岛上。明洪武末年（距今约六百年），这里隆起了一片沙滩。奔流不息的西江夹带着河沙，与南海大潮在这里无数次相遇、交手、拥吻，留下了一个又一个爱的印记。作为印记的沙滩手牵着手逐渐连成一片，横卧在礁石上，状如鳌鱼，故岛名大鳌。

大鳌是一个稻香鱼肥的灵秀之地。我生于20世纪70年代中后期，饥饿的记忆似乎从来没有储存在我的脑海里，至今仍然让我回味的是鲜甜的黄沙蚬、肥美的西江鲈、粉糯的莲藕、拇指般粗壮的罗氏虾……多年以后，我来到珠江的八大出海口之一的虎门，它有着跟大鳌一样的风物特产、一样的风土习惯、一样的沙田风情，勾起我自小就熟悉的味道。我第一次来，就痴迷上了广州南沙，义无反顾地定居于此。

大鳌、南沙都是典型的珠江三角洲冲积平原、沙田地区，岛上河网纵横交错。沙田风光让我留恋，沙田风情更让我着迷。小时候，我家住在学校的门楼上，门楼用隔板隔成了一间又一间房，权作老师们的宿舍。门楼对面数米是一条小河，河水湍急，常有小艇来来往往。20世纪七八十年代，疍家人出行全靠小艇，家家户户临河而建，有自己的私家码头。沿码头上岸，是疍家人的厨房、茅厕（当地人称为“下间”）。小河的旁边有一口水井，在那个没有通自来水的年代，这口井显得尤为重要，它是人们的生命之源。

一千年前，凡有井水处皆有柳永词。时光越过千年的帐幔，似乎只有疍家人把这浪漫的传统沿袭了下来，可以说，凡有井水处皆有咸水歌。每当月上柳梢头，风清月朗之时，疍家青年男女便相约井边，一番羞羞答答的对话后，男青年便以歌曲起兴："妹也好啊哩，好你个妹也啰，啊咦哟。海底珍珠容易揾，真心阿妹世上难寻。"一番撩拨后，女方也情不自禁地接上："哥也好啊哩，好你个哥也啰，啊咦哟。大海撑船吾到地，我与阿哥有情有义不分离。"……待月上中天，男女青年便各自回家，相约下一次对歌。那时候，我还是一个四五岁的懵懂幼儿，最喜欢趴在窗边看着一对对男女对歌，虽然听得云里雾里，不知所云，依然兴味盎然。

男女双方对歌对得久了，大家都有了浓情蜜意，男方婚艇便棹（划）到女方家码头来。一阵阵锣鼓、爆竹声把我吸引到窗台，我翘首盼望着新娘快点出现。伴郎、伴娘团此时拉开了"架势"，集体对起了咸水歌，对歌声一浪高过一浪。好不容易，全身披红挂彩的新娘出现了，盖着大红盖头，一只手拿一个圆镜，镜面朝外，在阳光的照射下反射着熠熠光芒；另一只手夹着纸扇，纵使盖着盖头，仍把扇遮着半边脸，羞答答。大吟姐（媒婆）为新娘打着红伞，扶着新娘踏过浮桥走下船来。夫家来的两位大伯娘跟随其后向天撒着谷米，撒谷米有两重含义：一来祈求新娘出嫁后五谷丰登，衣食无忧；二来将谷米撒给天上的神鸡吃，以免在新娘出门时受其伤害。待到自行车、缝纫机、衣柜、棉被等嫁妆全部搬下船来，迎亲船便向男家棹去。

时过境迁，四十年来，沙田水乡也发生了翻天覆地的变化，沙田人早已摒弃了自觉土得掉渣的水上婚礼，也爱上了名车接送、大酒店摆宴席。这种独具特色的水上婚礼已淹没在时代的烟尘中，只是偶尔亮相"水乡文化节"，让人徒生追忆。

珠江是我的生命之源。四面环水的大鳌岛出行全仗水路。母亲告诉我，她在江门市妇幼保健院生下我后，是她的同事撑着小艇把我们母女俩接回家来。我喝着珠江水一路成长、成熟，从珠江的沙田地区走向珠江最繁华的都市圈，再走到珠江出海口，与珠江的缘分深如李白笔下的桃花潭。从1999年至2004年，我经常中午到滨江路散步，看到对岸的南方大厦、爱群大厦倒影在珠江中，珠江顿然多了几分妩媚。从2004年至今，我经常在狮子洋畔，倾听大海的波涛，观看珠江出海口的日落日出、潮起潮落，充分感受到珠江的博大与包容。

珠江情

认识珠江源于1986年广东电视台播放的珠江纪录片——《珠江情》。三十多年了，我还可以一字不漏地唱出《珠江情》的主题曲：“你是一朵浪，我是一朵浪，我们手挽手下山岗，快乐地畅游珠江。流过云贵，流过湘赣，流过两广，一路翠绿，一路金黄，一路吐芬芳。啊……四千里流程，四千里锦绣风光；四千里江岸，四千里富饶城乡。你是一朵浪，我是一朵浪，沿着珠江，流向远方。迎接太平洋上，新生的太阳，新生的太阳。啊……”

我对自己突然有了几分佩服，当年只有十岁的女孩却有着如此惊人的记忆力。这部二十四集的电视纪录片讲述了珠江的地理、风物、建筑、名胜古迹和民族风情。对于正处于求知欲旺盛的我来说，这部纪录片是当年难得的文化盛宴，一下子拓宽了我的眼界。我一路追着看，欲罢不能。

我们现时称的珠江是一条河流吗？正确来说，应该是一组水系，东、西、南、北各个方向的水流交汇在一起，又以放射线般铺陈于珠江三角洲，分八个门入海。河流总是伴随着城市的发展而声名大振，中外皆然，如人们因巴黎认识塞纳河、因伦敦而得悉泰晤士河一般，人们也因广州认识珠江。

真正被称为珠江的恐怕就是从三水思源滘起流经广州到入海口的这一段水道，全长九十六公里，因流域内有著名的海珠石而得名。广州是一座有着两千多年历史的文化名城，岭南最大最繁华的城市，也是珠江水系流经最有名气的城市，所以把这条网状式的水系统称为珠江实属情理之中。

珠江水系共有大小河流七百多条，珠江全长两千三百多千米，流域面积约四十四万平方公里，年径流量三千四百九十多亿立方米。珠江年径流量仅次于长江，是黄河的七倍、淮河的十倍。珠江水系是中国南方最大河系，居全国江河水系的第二位，珠江也是中国境内第三长河流。

这个网状的水系正源该在哪里？

珠江起源于云贵高原乌蒙山系的马雄山，主要由东江、南江（罗定江）、西江、北江组成。珠江的干流（正源）是西江，穿越云南、贵州、广西、广东四省（区）。南江在南江口注入西江，成为西江的一级支流。其后西江的一支与北江在广东佛山三水思源滘交汇后进入珠江三角洲，分别从蕉门、洪奇门、横门、磨刀门、鸡鸣门、虎跳门、崖门七大出海口汇入南海。西江的另一支与东江在东莞汇合，经虎门出海，流经虎门水道、狮子洋、伶仃水道、伶仃洋，进入南海。

大家对东江、西江、北江再熟悉不过了，唯独对南江毫无概念，而且地图上也难觅踪迹。据清人范端昂的《粤中见闻》记载：“西江水源最长，北江次之，东江又次之，南江独短。”岭南大儒屈大均在其《广东新语·水语》中记载：“西江一道吞南北，南北双江总作西。”著名作家陈启文不辞劳苦地寻找这条失踪的南江，他在《命脉》中考证如下：“罗定江，古称泷水、建水、罗田水，源于广东信宜市合水镇鸡笼山，流经罗定、郁南等地，于南江口注入西江，长二百余公里，流域面积四千多平方公里。”

西江的上源是南盘江，南、北盘江汇合后称为红水河，红水河汇入柳江后是黔江，黔江与郁江汇合后结为浔江，浔江在梧州汇合桂江后称为西江。要寻找源头必须溯南盘江而上。

早在四百多年前，明代旅行家徐霞客就已经开始了西江溯源之旅。他年过半百，仍不管地形复杂、伏流处处、疠瘴弥漫、野兽出没，步行几千里，沿着西江到达云南省东北部的炎方附近，写下："然则一山而东出为南盘，西出为北盘，唯此山及炎方足以当之。"这是对珠江源头最早的文字记载。他指的炎方距离现在被确认为珠江发源地的马雄山仅有二十公里。他"三度寻源，沉思徘徊，油灯草卷，记述《滇游日记》"。当他终于抵达马雄山，记述如下："珠流南国，得天独厚。沃水千里，源出马雄。""源出马雄"为珠江寻源竖立了里程碑。

1985年，《珠江情》摄制组三上马雄山，对各个时期所说的珠江源头均一一探寻。清代有文字记载："南盘江发源于牛鼻子洞。"牛鼻子洞是一条地下河的出水口。一条小溪自东北方流进牛鼻子洞，这条小溪叫花山河。溯花山河而上，找到花山河的源头马雄山东部刘麦地的水洞，水洞也是地下伏流的出口。1942年云南省水利监督局所写的《实勘报告书》指出，水洞"此乃南盘江最大最远之源头也"。

1953年，珠江水利工程总局的专家到水洞勘查，也认为这是珠江源。水洞分上下两层，下层流水常年不断，上层到雨季才有水出。离水洞往上一公里多，有一个大锅洞，是水洞伏流的入水口之一，这里流水哗哗，水深盈尺，理所当然被认为是源头。汇入大锅洞的水流来自马雄山东麓和东北麓的几条山涧溪流。有专家指出，其中最大的山涧小溪（大冲沟小溪）的尽头才是大锅洞的源头。他们又在海拔两千两百四十米的山坳里找到大冲沟小溪的尽头，呈现在他们面前的是一个三四平方米的小溪潭，潭水清澈，有水生植物，同行的水利专家也认为这是珠江的发源点。

确定一条大河的源头是一件非常慎重的事情。1984年5月，正是云贵高原旱季末尾，河水最枯的春季，摄制组专挑此旱季二上马雄山。春季的马雄山空气像水晶般透明，鲜花铺满山头。摄制组又来到小溪潭，依然流水潺潺，草木茂盛，涧涧细流汩汩不断。然而，当摄制组来到谷底河床时发现，大冲沟小溪时而流水缓缓，时而碎石裸露，成为了一条间歇小溪。他们又来到大锅洞，来水已经中断，洞内滴水不进，由此判断大锅洞并非源头。

摄制组的两次勘察惊动了水利部。1985年，水利部派专家随摄制组再上马雄山，共勘珠江源。专家们根据“河源为源、流水不断”的原则，最终确认水洞是珠江的正源。

1985年8月17日，珠江干流流经的滇、黔、桂、粤四省（区）联合举办了一场隆重的“珠江源”立碑活动。夏天的马雄山峰峦叠翠，花满枝头，云蒸霞蔚，恍如仙境。从珠江源——水洞里流出来的一汪清水，在山谷的盆地里聚集成湖，如一面明镜。刚飘过几阵小雨的马雄山顶挂着一道七色彩虹，彩虹倒映在明镜里，把马雄山映衬得柔媚多姿。与其说，浩瀚的珠江发源于这波澜不惊的水洞，还不如说是从天上的彩虹桥倾洒而来的，李白不也曾说过“黄河之水天上来”吗？

徐霞客最终抵达之地，距离珠江源只有五公里。区区五公里，也许是抬头目光所及之处。若徐霞客在天有灵，将是多么的扼腕叹息啊！可是，以四百多年前的自然条件、交通条件、生活条件来看，这已是相当了不起的抵达。要知道，这五公里，人类足足走了四百年。徐霞客不愧为古代伟大的地理学家。

珍珠之河

在中华民族的历史长河中，珠江的知名度实在不能与长江、黄河相提并论。黄河被誉为中华民族的母亲河，孕育了炎黄二帝，是中华民族的摇篮。万里长江气势磅礴，雄奇瑰丽，长江天险自古以来是兵家必争之地，也是兵家忌惮之地，几千年来淘尽多少英雄事！相对而言，珠江就逊色许多了。珠江地处南蛮之地，自古是官员们害怕的流放地，韩愈未入岭南就已哀叹道："云横秦岭家何在，雪拥蓝关马不前，知汝远来应有意，好收吾骨瘴江边。"珠江流域缺少惊天动地的英雄故事，少了决定历史走向的丰功伟业，幸好还有阿黑哥与阿诗玛的爱情故事和刘三姐的山歌在漓江上空萦绕，否则珠江实在是太普通了。珠江一直低调地存在着，直到秦始皇讨伐南越时，才派史禄修筑灵渠，沟通了湘水和漓水，使长江和珠江两大水系得以相连，此时的珠江才正式被载入史册。

广东人有句俗语，叫作"闷声发大财"，意思就是，非常低调、不声不吭地做人做事，却赚得盆满钵满。这是广东人务实的特性，其实也传承于珠江这条母亲河。自古以来，珠江流域都是富饶之地，源头曲靖早有远古先民种植水稻，创造文明。流经的昆明、桂林、梧州都是具有举足轻重地位的城市，桂林早在秦朝就被定为象郡的中心。珠江下游流经的肇庆，就是古代的端州，中国四大名砚之一——端砚就出产于此地。扼守珠江南大门的是有两千多年建城历史的广州，它是南海郡的中心，是古代海上丝绸之路的发源地。珠江河口段流经顺德，这是著名的养蚕制丝基地，为海上丝绸之路奉献了不少珍贵的丝绸；也流经新会（古称冈州），其制葵业是出口贸易的支柱性产业之一，其出海口崖门就是宋元海战的古战场，以宋室兵败、丞相陆秀夫身背宋帝投海结束，十多万的宗室、士大夫、军、民投海明志。到了近现代，香港、澳门的蓬勃发展，改革开放后珠江三角洲的强势崛起，让珠江流域更加璀璨夺目、熠熠生辉。

珠江把美丽富饶的城乡像串珠似的连了起来，仿如一条缀满珍珠的项链。

财富之门

“三江汇集，八口分流”，说的就是珠江入海口。

东、西、北三条江汇聚后，整个水系呈扇状辐射，经八条水道注入南海，人们把各水道的出口称之为门。珠江三角洲虽说是冲积平原，但也有不少基岩残丘，如广州白云山、南海西樵山、中山五桂山便是。河流一旦遇上这些基岩残丘就必须分流，且形成山地挟持的地形，很像一扇门。在清代，珠江出海口只有六个门，分为东三门（虎门、蕉门、横门）和西三门（磨刀门、虎跳门、崖门）。珠江三角洲地势平缓，河面宽阔，河流至此流速减缓，遇潮水顶托时，泥沙沉积，形成沙洲。百年光景，足可以让沧海变桑田。东边，横门与蕉门间的乌珠（山名）大洋已淤积成万顷沙，蕉门外移，又另成新出海口洪奇沥门，形成东四门。西面，虎跳门与磨刀门之间已淤积成冲缺三角洲，海岛与陆地相连，形成泥湾门。1959年，泥湾门堵海工程完成后，在十六公里外生成了鸡鸣门，又形成了西四门。八大门自此定型。

这八大门是否会一成不变呢？也许再过百年、千年，珠江出海口有十大门、十二大门也未可知。海侵、海退对珠江口或侵蚀或沉积（晚清以来就发生过三次海侵、三次海退），不断塑造着河口地貌。加上珠江受地球偏向力的影响，河道容易发生弯曲、崩岸、改道、分汊等沧海变桑田的自然演变。

整个珠江流域位于亚热带季风气候区，西江——珠江与北回归线或平行或重叠（流经的肇庆，就在封开地质公里内竖起了一座北回归线塔，肇庆鼎湖山被誉为北回归线上的明珠），每年夏季，受锋面系统、台风影响，多暴雨天气，流域内易发洪水，使珠江下游低洼地极易泛滥，分汊溢流。这些自然因素，容易形成新的口门。当然，近年来我国围海造陆的技术日臻成熟，人为因素也不能不考虑。

珠江八大门所在的珠江三角洲是目前我国经济最发达的地区之一，只有长江三角洲可以与之媲美。不仅有着最发达、最有活力的都市群，有两个超一线城市广州、深圳，有两个特别行政区香港、澳门。此外，东莞、佛山、中山、珠海、江门、惠州等地，实力都不容小觑。

珠三角有着最富饶的土地，自古以来，物产相当丰富。东汉末年，广州附近就开始养蚕种桑，南海、顺德等县出现了“桑基鱼塘”，珠江三角洲是我国古代三大蚕丝产地之一，著名的“香云纱”就是珠江河泥馈赠的珍品。直到近代，顺德的制丝业仍然很发达，以至于顺德出现了“自梳女”的独特群体，她们大多是在缫丝厂上班的女工，几个人一起住在“姑婆屋”，自食其力，立志终身不嫁。珠三角地处亚热带，木材丰富，造船业发达，广州中山四路出土的秦汉造船工场遗址就是明证。珠三角盛产稻米，宋代广州就是全国的米市之一。《真文忠公文集》有记载：“福、兴、漳、泉四郡全靠广米以给民食。”广东自唐代起便有陶瓷产业，广州西村的皇帝岗发现了宋代大型瓷窑遗址，还有佛山南海的镇龙圩、灵洲山发现的官窑。最有代表性的莫过于佛山的石湾陶艺了，石湾出土的“河宕贝丘遗址”，据考证，五千多年前便有当地居民制陶，石湾陶艺在明清时期达到鼎盛，在广州口岸的陶瓷贸易中，石湾陶瓷的出口量仅次于江西景德镇，位列全国第二。《明诗综》有云：“石湾瓦，甲天下。”除此之外、棉花、蔗糖、矿产、水果等都是广东自古以来的重要物产。

有了丰富的物产，还得有发达的交通、活跃的贸易活动才能产生经济效益，门户大港因此应运而生。就目前来看，雄踞于珠江八大门的港口真不少，有香港的葵涌码头，深圳的盐田港、赤湾港、大铲湾，广州的南沙港区、新沙港区，东莞的虎门港，珠海的高栏港等，还有中山港、新会港、肇庆港等一些内河港。

秦汉时期的广州，横陈于广州城前面的珠江就是一条烟波浩渺的出海水道，相当于现在的狮子洋、伶仃洋、银洲湖一般的喇叭形河口湾。在历史的长河中，就只有一个广州港，扼守着中国的南大门，并历经两千年依然一脉相承、根深叶茂、长盛不衰。

是什么原因让广州港屹立两千年没有中断并依然繁盛？让时光倒流两千年，让我们共同破译广州港的千年密码。

第二章

泥城待贾，港市萌芽

广州有着两千年的建城历史，而且城建中心两千年不变。秦汉时期，赵佗建立南越王国，泥城码头是有史册记载的第一座码头，并流传着“泥城待贾”的故事，让岭南地区最终归汉一统。中国两千年的港口史开始出现港市，而番禺则是最早的港市之一。

建城两千年的广州

广州的北京路是当今国内最繁华的商业步行街之一，其清末民初的骑楼古建筑，外墙装饰得美轮美奂，这里市列珠玑，户盈罗绮，美女如云，霓虹璀璨，商品领先潮流。步行街上，帅哥美女挨挨挤挤，好不热闹。北京路步行街，乍看之下，跟岭南地区许多城市的步行街没什么两样，如海口的骑楼街、开平的赤坎镇、梧州的骑楼城等，仿佛都有相似的元素、相同的特征。

当我们的目光从平视转向路面时，就会发现北京路步行街却是一个“藏龙卧虎”之地。约五十米长的钢化玻璃笼罩着一段段千年古道。古道层层叠加，展现了自南汉以来共五朝十一层的路面和宋代拱北楼基址，这可是广州的千年宝藏啊！

千年古道是怎样被发现的呢？

2002年7月初，北京路步行街在整饰工程路面开挖过程中，出土了大量砂岩石条与古城墙砖，经过两个多月的抢救性挖掘，掘出了这条“千年古道遗址”，并于2003年1月正式向市民开放。

我第一次见识这条古道，是在当年的“五一”假期。之所以把日期记得那么清楚，是因为2003年初，“非典型肺炎”疫情在广州肆虐，广州人跟2020年初的武汉人一样，躲在家里惊惊惶惶。待到4月疫情被控制下来，市民们才重现久违的笑容，自由自在地奔赴街头，一扫往日的阴霾，恨不得把自己放飞。

“千年古道遗址”的发现，对广州来说，意味着什么？

我们许多千年古城，其城市中心已经外移，如西安的中心就不在当年的古长安城；洛阳的中心也不在古洛阳城（即今天的偃师）。而“千年古道遗址”的出现，意味着广州的城市中心起码自南汉以来就没有改变。近年来，在北京路附近发掘出越来越多的历史文化遗址，有南越王宫署遗址、东汉水井、五代南汉宫殿或寺庙基址等，为广州城市中心千年不变进一步提供了佐证。

千年的路面层层叠加，每一层都蕴含着刀光剑影、爱恨情仇、儿女情长，当然更多的是市井日常，历史就是由一粒粒微尘堆叠出来的。

有这么一句流行语：一百年看上海，一千年看北京，五千年看西安。我认为还应当加上一句：两千年看广州。

广州两千年的历史需要从筑城说起。

秦始皇统一六国后，两次派兵南下，才统一了岭南。第二次挥师南下的领军者是任嚣和赵佗，赵佗是秦始皇的贴身侍卫，当年才十九岁，便当上了远征岭南的副帅。秦始皇三十三年（前214年），秦在岭南推行郡县制，设南海、桂林、象郡三郡，其中南海郡就是现在的广东，郡治设在番禺。次年，南海郡治任嚣建番禺城，又名“任嚣城”。城址在现在的仓边路一带，是一座规模很小的城。据《广州通史》记载：“从目前已发现的文献资料和出土文物看，秦统一岭南后南海尉任嚣所筑的‘番禺城’才是广州最早的城，也是目前已知的岭南最早出现的城市。”

广州的第二次筑城，就是赵佗的南越国都，他在“任嚣城”的基础上有所扩展。南越国管治着南海、桂林、象郡三郡之地，国都仍设在番禺，并扩建番禺城。赵佗建南越国岂不成了乱臣贼子？个中原因有一段“古”（故事）。

据《史记·南越列传》记载：“南海郡任嚣病且死，召龙川令赵佗语曰：‘闻陈胜等作乱，秦为无道，天下苦之……且番禺负山险，阻南海，东西数千里，颇有中国人相辅，此亦一州之主也，可以立国。’”于是，赵佗拥兵自守。待到“秦已破灭，佗即击并桂林、象郡，自立为南越武王”。

当了南越武王的赵佗，开始到处搜集奇珍异宝供自己享用，大肆修筑宫署、陵墓，死后还把奇珍异宝带进陵墓。位于北京路与中山四路交界处的南越王宫署遗址，以及位于解放北路象岗山的南越王墓就是明证。相传，赵佗为了防止别人盗他的墓，曾派心腹在番禺城外广阔的山岭之中开凿疑冢几十座。赵佗之孙赵眜即位后，为赵佗举办了一场空前绝后的国葬，连续数天由四支送葬队伍护送着一模一样的四方灵柩分别送出四座城门，到达不同的安葬地点。两千多年了，赵佗的墓在哪里？那些价值连城的陪葬品又在哪里？赵佗墓一直吸引着后世的盗墓者。

据闻曹操就是公认的有国家组织的盗墓发起人，以墓葬品养兵，所以才有军资策动大规模的官渡之战、赤壁之战等。而孙权比曹操有过之而无不及，被誉为盗墓帝王第一人，他对赵佗墓心动不已，曾派大将吕瑜率兵五千人在岭南的山野中挖地三尺，剑指赵佗墓，结果蹉跎半年仅找到赵佗的曾孙赵婴齐之墓。现在发掘出来的南越王墓是赵佗之孙赵眜之墓，赵佗的墓穴仍然是一个千古未解之谜。

我曾慕名进入南越王赵眜墓，看到盖着凉亭的陶井，其设计样式，跟我前年在河北邯郸看到的那口被封盖的古井极其相似，由此可见，远古的中原文化传到了两千年前的岭南（赵佗是河北正定人），并在时空交错中得到真实地再现。我曾比较过赵眜墓与长沙马王堆墓葬品，同样是西汉初期的墓，从其陶器、漆器、玉器的雕刻精细程度来看，长沙马王堆墓葬品无论是材质还是工艺，显然技高一筹，说明那时的荆楚文明确实比位于南蛮之地的岭南文明先进了一大步。

南越王宫署遗址位于尺土寸金的闹市中心，掩映在高楼大厦中，显得很不起眼。南越王宫署遗址现时开放的只是小部分，大部分还在挖掘中。我们有幸见到的是南越王宫御苑的大型石构水池和曲流石渠，让我不由自主地想起了《兰亭集序》中描写的意境："又有清流激湍，映带左右，引以为流觞曲水。"令我万分惊奇的是，水池、石渠中布满了中华鳖和鳖蛋化石。

更为惊讶的是，比南越国晚了一千年的南汉国宫署，重叠在南越王宫署遗址上。这是中国历史上仅有的两个在广州建都的政权，在相隔千年的时空中选择在同一地点，这是怎样的机缘巧合呢？这也是广州城建中心两千年不变的确凿证据。

泥城待贾

靠着珠江的番禺城又怎能没有码头？它的第一座码头出现在哪里？

广州有一个石门，位于广州市白云区石井镇内。公园内的石门风景区有两座石山壁立，怪石嶙峋，高约数百丈。山巅古松苍劲、巍峨壮观，两山对峙，横截巨流，酷似打开的两扇石门。这就是古代的石门山，位于广州西北部的珠江西航道江畔。古代西江与北江交汇后，经石门进入广州。在驷马涌口，江中有一个红岩岛（即今天的荔湾区西场一带）。

据考证，西汉大夫陆贾初次出使南越国，是循水路而来的，从西江或北江直下，经官窑、石门而南，抵泥城登陆，“筑城以待佗”，泥城就在当年的红岩岛上。泥城是番禺最早见诸史书的码头，据《元和郡县图志》称：“贾之来也，佗不即前，贾故为城以待之。”“泥城”的名称由此得来，后人把“泥城”又称为“陆贾城”，并建有陆贾祠。清朝的李微蔚曾到此凭吊，留诗一首：“英雄到此尽观场，归老仍余越使装。文藻自然过绛灌，逍遥差觉胜平良。阴谋未肯贻家祸，新语犹堪抵谏章。宦迹千年魂魄在，定应游戏跨仙羊。”

当年的岭南处于汉越杂交的状态，中原文化似乎还未成为主流。贵为南越武王的赵佗虽然是河北中原人士，而陆贾见到的赵佗却是一身蛮夷打扮。

北方中原地区常常处于征战状态中，人民颠沛流离，相对而言，岭南偏安一隅，成了大量中原人的避难之所。穿越历史的烟尘，我仿佛看见我的先祖拖儿带女、翻山越岭的匆匆脚步，那历尽艰辛的菜色的脸上布满了仆仆风尘，终于在岭南的山岭间找到一处可以安身的山坳，在此开荒垦土，开枝散叶。岭南归顺汉朝，既为汉人日后保留了血脉与文脉，也为中华儿女留下了一片富饶的大后方。

经石门到泥城，似乎是到番禺的唯一水路。元鼎五年（前112年），汉武帝立志收复南越，遣十万大军分五路而来。据《史记·南越列传》记载："元鼎五年秋，卫尉路博德为伏波将军，出桂阳、下汇水；主爵都尉杨仆为楼船将军，出豫章，下横浦；故归义越侯二人为戈船、下厉将军，出零陵，或下离水，或抵苍梧；使驰义侯因巴蜀罪人，发夜郎兵，下牂柯江：咸会番禺。"汉武帝元鼎六年（前111年），南越国灭亡，历五世九十三年。

泥城码头一直沿用至清朝末年，在第一次鸦片战争期间，广州虎门失陷后，英国于1841年5月24日闯入广州城内河（省河）上游，从泥城码头登陆，25日进攻城北各炮台。其时，越秀山蟠龙岗顶建有四方炮台，时任四方炮台的总兵长春率领守军与英军展开激烈战斗，但炮台最终还是失守。泥城码头在广州的城建史上值得一记。

港市萌芽

中国最早出现港口是什么时候？在哪里？

根据清末民初日本东洋史学家滕田丰八的考证，最早的港口出现在春秋时期，最早的海港在琅邪郡，位于今天的山东省青岛市黄岛区。吴越争霸时期，越王勾践卧薪尝胆，在范蠡、文仲的辅助下，最终战胜吴国，把越国国都迁到琅邪，随行人员“死士八千人，戈船三百艘”。此事件在《越绝书》《竹书》等古籍中均有记载。

在有关史籍中还出现了碣石、转附、吴、会稽、句章等港口名称。这几个地名中，大家会对碣石、会稽有些印象。曹操在《观沧海》诗中，起句就有“东临碣石，以观沧海”。碣石位于河北省秦皇岛市，在山海关附近，相传孟姜女在此跳海自尽。会稽就是现在的浙江绍兴，《汉书·严助传》中有这一句：“会稽东接于海，南近诸越，北枕大江。”这些地方都是濒临大海、位置极佳的港口。

有港就有市吗？不一定。

能成为港市，有两个必要的条件：一是水上交通的不断发展，航道到达的地方越来越多；二是对外贸易的出现。以上港口都只满足了第一个条件，但第二个条件鲜见于史书。

《汉书·地理志》记载：“处近海，多犀、象、毒冒、珠玑、银、铜、果布之凑，中国往商贾者多取富焉。番禺，其一都会也。”

中国在秦汉之际有十九个大城市，可称为都会的就有九个，番禺就是其中之一。这在《史记·货殖列传》中就有提及。能成为都会的必须是货物云集之地，各地的货品都拿来番禺交易。

我们来认识一下《汉书》所说的几种物品。

犀，指犀牛角，犀牛产在亚洲或非洲草原。亚洲犀牛，有苏门犀、爪哇犀和印度犀。在秦汉时期广泛分布在中国南方各省。在殷墟卜辞中，它被称为“兕”。

象，原指象牙。周朝以前，中国黄河流域也曾有过大象，殷墟中就有“象文化”。汉代以后，象牙被认为是岭南各蕃国向中原朝廷进贡的土特产。东汉成书的《说文解字》，说象是“南越之大兽”。

毒冒，指后世所说的玳瑁，是一种龟科动物，现生长在深海海域，古时近海也有。《汉书·司马相如传》有此一句：“其中则有神龟蛟鼍，毒冒鳖鼋。”其背甲用来制作精美的饰品，汉乐府《孔雀东南飞》就有“足下蹑丝履，头上玳瑁光”的诗句。

珠玑，指珠宝、珠玉。柳永的《望海潮》有“市列珠玑，户盈罗绮，竞豪奢”的描写。此处珠玑、银、铜都是中国产的。

以上物品虽然有些在当今中国本土已绝迹，但秦汉时期还是有的，这只能说明番禺是港市，还不能说明有对外贸易出现。

最后一样物品是果布。果布的全称是“果布婆津”，是龙脑香来自马来语的音译。香料确实是舶来品。

汉代初期，罕见的外来香料传入中国，但汉朝的皇室都因崇尚简朴而不轻易使用香料。直到东汉班固时期，史书上才明确记载苏合香等香料传入中国。范晔的《后汉书·西域传》说：“合会诸香，煎其汁以为苏合。”《后汉书》也记载了自天竺国（今印度）引进了许多外来香料，其中就有胡椒。

外来香料在两个汉墓中得到了佐证：一个是南越王墓出土的疑似乳香的树脂类香药；另一个是长沙马王堆汉墓出土的香囊，出土的熏炉内有高良姜和辛夷等芳香植物。

走笔至此，我不禁生发一番感慨。近些时日，新型冠状肺炎病毒肆虐，阴霾笼罩，令我心绪不宁。有人指点说，让我燃艾叶、桑枝、黄柏熏房子，可除疫障。随着缕缕青烟从熏炉中袅袅娜娜地升起，一股怡人的芬芳钻进鼻孔、沁入心扉，顿觉神清气爽。汉武帝用灵香除瘟疫一事在东方朔的《海内十洲记》中有记载，但毕竟此书不是正史，有传说的成分。

《广州汉墓》一书中提及，有几个岛国出土了汉代的文物，如苏门答腊岛出土的陶鼎，底部刻有“汉元帝初元四年”年号；加里曼丹岛出土的陶魁，印有圆圈纹。这些文物均与广州汉墓出土的同类器形极为相似。有了这些出土文物的相互印证，番禺有对外贸易的活动得到了证实，足以证明番禺港是海上丝路最早的始发港市。

那又怎么证明是来自海上贸易而非陆路呢?

《中国国际贸易史》认为：“中国与罗马等西方国家之海上贸易，要以广州为终止点；盖自纪元3世纪以前，广州即已成为海上贸易之要冲矣。”

再看看《汉书·地理志》记载：“自日南障塞，徐闻、合浦船行可五月，有都元国；又船行可四月，有邑卢没国；又船行可二十余日，有谌离国，步行可十余日，有夫甘都卢国。自夫甘都卢国船行可二月余，有黄支国……黄支之南，有已程不国（今斯里兰卡），汉之译使自此还矣。”这是最早对海上远洋航线的史书记载。虽然因年代久远，实在无法考证这些古国名称，但起码是有了海外贸易的确凿证据。广东徐闻、广西合浦，两个古港名称一直保留并沿用至今，也是海上丝路发轫于岭南地区的有力证明。

公元前3世纪正是亚力山大大帝开疆辟土之时，这位横扫三大文明古国、亲手建立亚力山大港的君王，无奈英年早逝，无缘乘风破浪前来番禺港，看看中国这个神秘的东方文明古国。

第三章

坡山古渡，西来初地

东汉末年，岭南属于吴国地界，孙权出访南海诸国，开“朝贡贸易”的先河。两晋南北朝时期，广州港处于重要的成长期，中原士族开始南迁，政治及经济中心南移，坡山古渡是晋代重要的内港码头。此时出现了信风（又称贸易风），各国广泛开辟航线，促进了海上贸易的发展。南朝时，达摩菩提东渡中土，于西来初地码头登陆广州，创建华林禅寺，促进了佛教在中土的传播。

生子当如孙仲谋

东汉末年，群雄并起，三分魏、蜀、吴，岭南地区逐渐被孙权收入囊中。

《资治通鉴·吴书》记载："权加燮左将军，燮遣子入质。由是岭南始服属于权。"燮是谁？就是任职交趾太守四十年的士燮，当年的岭南一带属于他的势力范围。东汉建安十五年（210年），孙权任命原鄱阳太守步骘为交州刺史，率兵南下，诱斩了刘表委派的苍梧太守吴巨。士燮见形势不妙，只得臣服于孙权。

然后，步骘率船兵两万，与吴巨的部下在高要峡激战三天，直取番禺。步骘到达番禺后，曾登高望远，被番禺的万千气象震撼了。《水经注》记载了步骘见番禺之惊心一叹："睹巨海之浩茫，观原薮之殷阜，乃曰：'斯诚海岛膏腴之地，宜为都邑也。'"建安二十二年（217年），步骘把交州州治从广信迁至番禺，并修筑了原南越国都城的旧址，岭南的政治中心又回到了番禺。

三国时期，孙权考虑到岭南地区幅员辽阔，不易管辖，把岭南地区重新划分为交州、广州。以合浦以北为广州，广州治所在番禺，任吕岱为刺史；定交趾以南为交州，任戴良为刺史。虽然分治两州，但孙权还是以广州为中心，实施对岭南地区的行政管理。广州之名终于见诸史册，广州辖区内的港口都统称为广州港。

孙吴得以立国全凭借长江之天险，历史上有名的赤壁之战就是明证。所以孙权特别重视水，操练水军、造船舰、建港口，开拓海上贸易便成了东吴的主要战略，水上运输十分发达。《太平御览》形容东吴“舟楫为舆马，巨海化夷庚”。意思就是说，东吴人乘船好像坐车骑马一样，汪洋大海如同平坦的道路。仅军用船只就按照不同的用途分为斗舰、艨艟、舟鹿、艑、舫、舸等。《三国演义》有这么一句话：“玄德观看江东艨艟战舰、旌旗甲兵，左右分布整齐，心中甚喜。”

《三国志·吕岱传》记载，当年孙权派交州刺史吕岱征讨交趾太守士徽时，就“督兵三千晨夜浮海”。三千大军需要多少船只来运送呢？《三国志·孙权传》载：“赤乌四年秋七月，遣将军聂友、校尉陆凯以兵三万讨珠崖儋耳”，珠崖儋耳就是现在的海南岛。《三国志》又曰：“（黄龙）二年春正月，魏作合肥新城。诏立都讲祭酒，以教学诸子。遣将军卫温、诸葛直将甲士万人，浮海求夷洲及亶洲”。夷洲是台湾，而亶洲就是传说中徐福率数千童男童女求仙药的海岛。从中可见，孙权的海军实力非凡。

将军聂友、校尉陆凯讨珠崖儋耳从哪里出发呢？据考证，可能是从广州出发。《直隶南雄州志》记载了陆凯过梅岭时吟的一首诗《赠范晔》：“折梅逢驿使，寄与陇头人。江南无所有，聊赠一枝春。”作诗的时间也与讨珠崖儋耳的时间吻合，可以此推断他们从广州出发。

三国时期，正是战争频繁、群雄逐鹿之时，孙权急需稳固岭南大后方，所以发展海外贸易来促进经济发展，从而支撑他的霸业。他多次派遣船队前往辽东与割据该地的公孙氏政权联络，两次派出大船与公孙氏通商。后来，孙权又派中郎康泰、宣化从事朱应，统率船队出访南海诸国，南海诸国也以礼相待，“频年奉贡”。因“国无南忧之顾”，从而岭南的对外贸易得到进一步加强，东吴的国力日益雄厚。

坡山古渡

怀圣寺离五仙观只有两条街的距离，有连着广州港的两个重要标志性建筑物，一个是建于唐代的作为引航的光塔，一个是晋代的古渡头——坡山古渡。它们出现的时间有先后，但空间上却很近，它们之间有着怎样的联系？我带着疑问寻访到惠福西路的五仙观。

五仙观是一座道教宫观，位于广州市越秀区惠福西路。在明、清两代曾以“穗石洞天”“五仙霞洞”之名列为“羊城八景”之一。五仙观对于广州来说，是一种图腾式的存在。广州别称有“羊城”“穗城”，都源自一个美丽的传说：远古年代，有五位仙人骑着五色羊，五色羊衔着谷穗降临五仙街，五仙降临，令广州风调雨顺、国泰民安。五仙观就是为了纪念五仙人，祈求五谷丰登的神庙。

一汪碧池卧于五仙观仪门东侧，内有一块宽约四米的天然红砂岩石，其中在一块砂岩当中有一处形似大拇指的凹穴，被称为“仙人拇指”。这拇指凹穴处长约一米，深可盈尺，内有小金鱼游弋，数只老龟环绕其间。说来也奇怪，整汪碧池就只有拇指处现出勃勃生机。千百年来，人民为了契合五仙下凡的传说，把这凹下去的石痕说成了是仙人留下的拇指印。

我们从科学的角度来解读这些天然红砂岩石。红色的原生石头像泥石流一样呈现出一种流水状，一圈圈、一坨坨、一弯弯地向沟壑涌去，呈流水状凝固在这里，显然是远古时代珠江洪水期的流水冲蚀留下的痕迹，这成为这里曾是珠江堤岸的有力证据。明代邓于蕃有一首诗，曾对这里作为古渡而提出疑问："步入招提访洞天，鞭羊化石自何年。持来紫穗难克粟，掷下黄金不当钱。羽客卧高三丈日，鲸音惊动万家烟。坡山古渡无踪迹，异代曾闻此涉川。"（《岭海名胜记》）

"坡山古渡"位于五仙观后山，依偎在岭南第一楼脚下，离"仙人拇指"不远。据考证，这里曾为广州宋城内的一座山岗，名为坡山。晋代时是珠江北岸的一个渡口，是离城区较近的一个内港码头。《南海县志》记载："坡山，在城内大市阛阓中，向在江干，相传晋时渡口，故称坡山古渡头。"这里距离现在的珠江北岸一千多米。坡山古渡凭借着繁荣的贸易往来，促进了广州作为主要对外贸易口岸的发展。当时围绕着坡山古渡，在周围形成了繁盛的贸易集市，为唐代的贸易发展奠定了基础。唐代，坡山古渡周边外商云集，蕃坊就设在周围。当然了，有着鲜明的伊斯兰教特色的光塔就在附近。

现时的坡山古渡修筑成了古渡头，有石堤和一潭水。石堤上古树葱茏，根茎嵌入堤内；水潭上几块浮丘石错落其中，这景致把人一下子带到了千年前那个熙熙攘攘的古渡头。

我在坡山古渡遗址前徘徊又徘徊，总想寻觅一些当年发生在古渡的有关才子佳人风花雪月的故事——渡口挥别，从此天涯孤旅，这其中有多少痴男怨女？可惜，岁月如梭，曾经的辉煌与离觞均随雨打风吹去。

好风凭借力

魏晋南北朝前后历经近三百年，在中华五千年的文明史上只是沧海一粟；但对于广州港来说，却是一个难得的成长期。

两晋南北朝时期，中原肥美的河套平原是少数民族觊觎之地，以致北方战乱频繁。后来，黄河流域一带也落入了少数民族的统治。这个时候，中原士族拖儿带女南渡，开始了长达数百年的血泪迁徙之路，其中就有我的先祖，这就是客家人的起源。几年前，当我站在洛阳偃师仰望着“邱氏总祠”雄伟的门楼时，突然感觉到我与脚下的这片中原大地血脉相连，根植深远。

北方世族大家的南迁，带来了先进的文化和技术，使南方的经济在秦汉和东吴原有的基础上得到迅速发展，这为广州港的大发展夯实了基础。

全国的政治中心也从长江以北移至长江以南，南京揭开了六朝古都的序幕。东晋、宋、齐、梁、陈都看中了南京这块宝地，只可惜包括先期的东吴都是昙花一现，难道这是定都南京的宿命？后来的明成祖朱棣颇有远见和魄力，把都城迁往北京，才有了近三百年的明帝国。

政治中心的南移必然带动南方经济的发展，舶来品从南方进口并在江南一带销售。无论陆路距离还是海上距离，广州的地理位置显然比位于广西的日南、交趾优越得多，外商自然以广州为碇泊地了。广州港再次崛起，又成为全国最大的对外贸易中心。

任何事物的形成均是内外因作用的结果。广州港的发展，政治中心南移固然是内因，那么外因是什么？

是信风！

公元1世纪以前，大秦或埃及要依靠阿拉伯人才能与印度往来。罗马水手希帕努斯在印度洋上发现了信风，从此欧洲商人发现了打通印度洋的航路，欧洲商船越来越多往返于中国、南洋群岛和印度之间。

什么是信风？由副热带高气压带吹向赤道地区的定向风叫信风。信风在地球自转偏向力的作用下，风向发生偏离，北半球吹的是东北信风，南半球吹的是东南信风。因其每年稳定地反复出现，犹如潮汐有信，因此被称为信风。当年的船都是帆船，动力是风力，信风的发现确实加大了航行的动力，从而广泛开辟航线，促进了海上贸易的发展，人们还把信风叫作贸易风。

有了信风，各国商船都朝广州港开来了。

《梁书·南海诸国传》记载："晋代通中国者盖鲜，故不载史官；及宋、齐至者有十余国，始为之传。自梁革运……航海岁至逾于前代矣。"成书于公元3世纪的《魏略》已有"乌迟散城"的记载，即现在埃及的亚力山大港。同时也记载了大秦有海道通中国，即经印度支那半岛海岸而至广东，罗马所需要的丝绸完全依靠从中国进口。《梁书·中天竺传》记载其后王"范旃遣亲人苏物使其国……历湾边数国……可一年余到天竺江口"。张铁生的《中非交通史初探》中引述了戴维逊的一段话："中国货早在公元初的确运到了红海和地中海……还有中国、罗马的交易。不过，这些交易同大多数贸易一样，其货物要经过多次的驳运。"

《太平御览》用大段文字描述了当年船舶的模样。当时航行在南海上的除中国船外，还有波斯舶、天竺舶和扶南舶，其中具体到对船的描述："在者长二十余丈、高出水三二丈，望之如阁道，载六七百人。”二十余丈相当于五十米左右。又说：“扶南国伐木为船，长者十二寻，广六尺，头尾似鱼，皆以铁镊露装，大者载百人。人有长短桡及篙各一，从头至尾，约有五十人至四十余人，随船大小，行则用长桡，坐则用短桡，水浅乃用篙，皆撑上应声如一。”十二寻相当于现在的二十二三米。范蔓为王时的扶南国，可以“治作大船，穷涨海”。古代南海被称为涨海。我们从这些古籍的记载中，可以看出当年的造船技术已达到相当高的水平，可以抵御较大的风浪了。

信风被发现后，陆续有高僧经海路到广州译经传法。宋文帝期间（424—453年），印度僧人求那跋摩应邀来我国传教，从诸薄港（即爪哇岛）乘搭印度商人竺难的商船直达广州；印度僧人求那跋陀罗，由狮子国出发，经海路于宋元嘉十二年（435年）到达广州；印度僧人拘那罗陀，经狼牙修（今马来半岛）、扶南，于梁大同十二年（546年）来到广州；罽安僧人昙摩耶舍于晋隆安（397—401年）来到广州，先住在白沙寺，后在制止寺建大雄宝殿，南宋时易名光孝寺，一直沿用至今；印度僧人菩提达摩于南朝梁武帝普通七年（526年）跨越重洋来到广州，建西来庵，后改华林寺，也一直沿用至今。

广州港当时的大发展可以说得天时（信风）、地利（政治中心南迁）、人和（造船技术及航海技术的提高）。

西来初地

西来初地，顾名思义，从西方而来最初到达的地方。西方，指的就是天竺国（今印度）。《西游记》记述大唐高僧唐玄奘到西天取经，去的就是天竺国大雷音寺，西天也成了佛教圣地的代名词。

关于西来初地，流传着这样的传说。天竺国高僧菩提达摩遵从师父训谕，西来弘化禅宗妙法。于南朝梁武帝普通七年（526年）远涉印度洋和太平洋，历经三个寒暑，终于东渡广州，于绣衣坊码头（今下九路附近）登岸，“结草为庵”，潜心苦修，借此向中国人传播佛教。后人把这草庵称为西来庵，是菩提达摩唯一亲自建立的道场，是中印文化的早期交流地。后世信徒遵奉达摩为中国佛教禅宗始祖，称其登岸地点为西来初地。

西来庵有一千四百多年历史，历隋、唐、宋、元、明诸代。清顺治十二年（1655年），西来庵改名为华林寺。达摩在西来庵传教，奠定了广州在东南沿海的佛教传播地位。后世僧俗因敬仰达摩在此传法，故把华林寺视为岭南佛教圣地之一，并把华林寺列为广州佛教四大丛林（华林寺、光孝寺、六榕寺、海幢寺）之一。

华林禅寺位于广州老城西关的闹市中，一条康王大道车水马龙，成了广州城西的主干道。康王路的一侧有一个华林玉器市场，店铺鳞次栉比，内外三层，延绵五百多米。听说早在清康熙年间，这里的玉器便已成行成市。有些雕刻精美的玉石被供在橱窗内，有些原石被任意堆放甚至按堆来卖。我虽然对“白菜价”的玉石原石怦然心动，但因心念西来初地，无意欣赏那琳琅美玉。

华林寺在玉器街中一隅，抬头见到华南寺低矮的山门，和山门两旁一对不大的石鼓，我不禁略显失望。不巧的是，寺内的达摩堂和五百罗汉均处于维修中，只有舍利塔孤独地耸立在寺院中。

走出华林寺，继续寻找达摩上岸的地方。在西来西街的尽头，立有一块牌坊，上书“西来初地”。牌坊的前侧有五口井，井口由规整的大石凿成，据说是菩提达摩建西来庵时开凿的。看着这呈星形分布的五口井，让人不得不琢磨其中是否蕴藏着什么天机。

华林寺与玉器街仅一墙之隔，却是同一片天空，不同的风月，它们互不打扰、各安天命、和谐相处，成了广州一道独特的风景。

第四章

多国朝贡，出使赤土

东晋至隋朝，偏安南方的广州凭借着海外贸易的优势，得到了快速发展，富甲一方；当然也催生了不少贪官，从而衍生出“贪泉”的故事。国力强盛后，更多国家前来朝贡。到了隋朝，中国又归于一统，隋炀帝在拓展贸易方面不遗余力，在洛阳设免费龙须席，派员出使赤土，进一步扩大了对外贸易的范围。

酌贪泉而觉爽

东晋、宋、齐、梁、陈几个朝代下来，北方已是兵荒马乱。而偏安南方的广州凭借着海外贸易的优势，得到了快速发展，这一点在相关史籍中得到印证。

《宋书·夷蛮传》说广州“舟舶继路，商使交属”。就是说，商人和使官来往密切。《南齐书·东南夷传》这样描绘广州：“四方珍怪，莫此为先，藏山隐水，环宝溢目。商舶远届，委输南州，故交广富实。”《南齐书·州郡志》记载了交州、广州“外接南夷，宝货所出，山海珍怪，莫与为比”。

再来看看这个时期开辟的相关航线。《魏晋南北朝史》引用阿拉伯人《古行记》的话：“中国的商船，从公元3世纪中叶，开始向西，从广州到达槟榔屿，4世纪到锡兰，5世纪到亚丁，终于在波斯及美索不达亚独占商权。”

成书于五代十国时期即公元947年的《黄金原和宝石矿》一书，也记载了5世纪上半叶，位于幼发拉底河的古巴比伦王国，其西南方的希拉港常常见到有印度和中国船在此停泊。这是世界四大文明古国其中三大古国有海上贸易交集的证据。

有这样的地理优势，广州刺史就是一个肥差，谁当谁就能暴富。当年流传一句俗话：“广州刺史经城门一过，便得三千万钱。”要知道，当时的广州地处南蛮之所，瘴疫之地，正常情况下，多数官员是不愿意来的，愿意来的人多半是看中了这里可以多捞钱财。

都说近墨者黑，近朱者赤。偏偏有一个人自命不凡，操守清廉，就是不肯同流合污，他就是东晋的吴隐之。吴隐之于东晋安帝元兴元年，任龙骧将军、广州刺史，他早已听闻“未至州二十里，地名石门，有水曰贪泉。相传饮此水者，即廉士亦贪”。吴隐之偏不信邪，“隐之酌而饮之，因赋诗曰：‘古人云此水，一歃怀千金；试使夷齐饮，终当不易心。’及在州，清操愈厉。”（《晋书·良吏传·吴隐之》）

真正让贪泉声名大噪的并非吴隐之，而是初唐四杰之一的青年才俊王勃。他的《滕王阁序》文采风流，隽永传世，成了千古绝唱，其中就提到了贪泉：“酌贪泉而觉爽，处涸辙以犹欢。”相传，贪泉水明亮如镜，清洌爽口。

贪泉现今位于广州市白云区石井镇庆丰村内，泉眼早在五代时期就被南汉君主填埋了。明朝时，李凤等人重刻的贪泉石碑在一次大洪水后出土，已被广州博物馆收藏。1964年，在原址仿制一碑，以供后人参观纪念。

广州有贪泉，从另一个侧面说明，广州当年确实因海上贸易而富甲中土，催生了不少贪官。

本书看完做什么？
☆了解湾区定位
☆解读古港发展
☆读书笔记

扫描二维码

多国朝贡

经过秦、汉两朝的大一统，中土基本形成了一个天朝上国。特别是汉朝击败强大的匈奴，其他各国对中土更加另眼相看。加上三国时期的孙权，加强了对海外的开拓和友好往来，中土在海内外的威信越来越高。

据《南史》记载，当时前来广州通商贸易的海外国家有：大秦（罗马帝国）、天竺（印度）、狮子国（斯里兰卡）、占婆（越南南方）、扶南（柬埔寨）、金邻（泰国）、顿逊（泰国）、狼牙修（泰国）、盘皇（马来西亚）、丹丹（马来西亚）、盘盘（马来西亚）、诃罗单（印度尼西亚）、婆利（印度尼西亚）……

清朝的郝玉麟在《广东通志》中也记载了有狮子、毗加梨、狼牙修、盘盘、顿逊等十余国，前来广州贸易。其中最密切的要数占婆、扶南、诃罗单等国。

占婆与交州毗邻，在贸易上自然更多便利。据《魏晋两北朝史》记载，占婆在魏晋南北朝时期就先后二十七次派使节到洛阳、南京访问朝贡。

看看当时的东南亚诸国，现在称为泰国、马来西亚、印度尼西亚的国家，当时就分成多个小国，还没有统一，所以当时雄霸东南亚长达数世纪的国家是扶南，即柬埔寨，也是与中国通商的主要贸易国。《魏晋两北朝史》记载了从西晋武帝泰始四年（268年）至陈后主祯明二年（588年），扶南王国先后二十一次派使节到南京访问朝贡。

诃罗单，处于东南亚各国的贸易要冲，相当于贸易的金三角。法显和尚的《佛国记》就有诃罗单前来访问朝贡的记述。

海外小国前来访问朝贡是基于多方考虑的。中国相对他们来说是超级大国，能攀上中国在政治上是他们梦寐以求的事，在经济上，他们来朝贡，中国往往也会回赠礼物，他们会顺便驻留中国一段时间，把随船带来的商品卖掉，毕竟难得来一趟。中国的当权者也深明此理，小国来了有钱赚，而且是赚大钱，肯定就常来常往，乐此不疲了。

海外诸国给中国带来了什么货物？《梁书·南夷诸国传》记载，他们给中国带来了：象牙、犀角、珠玑、玳瑁、琉璃器、螺杯、吉贝（棉布）、郁金、苏合（香料）、沉檀等。

他们会买回去什么呢？他们购买最大宗的往往是东南亚最缺的绫、绢、丝、锦，满载而归。

出使赤土

天下大势，分久必合。经过魏晋南北朝的战火纷飞、四分五裂，终于又归一统，称为隋朝。隋朝只经历了杨坚、杨广两任君王，前后仅三十多年。

隋炀帝杨广虽然荒淫无度，却也有高瞻远瞩的一面，他曾大幅度扩修京杭大运河，并把原有的京杭大运河贯通到洛阳且连接涿郡。天津就是在隋朝大运河开通时诞生的城市。这是一条贯通中国南北的大动脉，在中国航运史上是可以立丰碑的，在历朝历代的史籍记载上，对大运河也是毁誉参半，但是历史始终要给大运河正名。

隋朝成也大运河，败也大运河。因为修建大运河，隋朝赋税、徭役过重，以致民不聊生，义军汹涌。

隋炀帝除了修建大运河，还有一项壮举是极少人知道的，就是大力发展对外贸易。他在魏晋南北朝打下的海外贸易基础上，主动出击，派使节出使东南亚诸国。他令云骑尉李昱出使波斯，当然，波斯也懂得礼尚往来，随即遣使随李昱一起回访。他派侍御史韦节、司隶从事杜行满出使印度等地。他让裴矩掌管张掖的对外贸易事宜，“时西域诸蕃多到张掖与中国交市，帝令（裴）矩掌其事”（《隋书·裴矩传》）。为了把边疆少数民族和外国商人引进丰都市（洛阳的东市）交易，隋炀帝不惜花费重本，先是在洛阳大搞整饰工程，然后好酒好菜招待各国商使。《资治通鉴》记载：“诸蕃请入丰都市交易，帝许之。先命整饰店肆，檐宇如一，盛设帷帐，珍货充积，人物华盛，卖菜者亦藉以龙须席。胡客或过酒食店，悉令邀延就座，醉饱而散，不取其直，绐之曰：'中国丰饶，酒食例不取直。'胡客皆惊叹。"殊不知，隋朝的国力是支撑不起这样的铺张浪费的，"冇咁大的头点戴咁大顶帽"（没那么大的头就别戴那么大的帽子），用粤方言来形容隋炀帝，就是"充大头鬼"。

隋朝，广州港依然是中国最重要的贸易港，是进出东南亚各国、印度、波斯湾的重要大港。我看到的史料中，就有关于出使赤土的使节从广州港出发的记载。

冯承钧的《中国南洋交通史》有记载此事，说隋炀帝大业三年（607年），隋炀帝招募能通使绝域的人员出使赤土国，屯田主事常骏、虞部主事王君政等应募而往。带着丝织物五千段，从广州出航，顺安南海岸航行，入暹罗（泰国）湾，沿着真腊海岸，到达马来半岛北部东岸，在这里可以看到狼牙修国的山，再南行经过马来半岛东岸的鸡笼山，抵达赤土国国界。《隋书》描述了此时的赤土国王"遣婆罗门鸠摩罗，以舶三十艘来迎，吹蠡击鼓，以乐隋使"。

史册中费了如此多笔墨描绘的赤土国究竟在哪里呢？

在陈序经的《猛族诸国初考》中似乎找到了答案，此书称："赤土的位置应该是在现在的暹罗属的六坤及其附近一些地方……其北境是与狼牙修接壤，很可能还占领了狼牙修的一部分土地，至于其南境可能伸张到马来半岛的玻璃市，吉打或是吉打之南，以及马来半岛的东岸，这就是……吉兰丹一带。"

据上可以判断，旧时到东南亚地区、印度、波斯湾的船舶，大部分是从广州港起航的。

这些史实，让我重新审视脑海中固化了的隋炀帝，他固然有好大喜功、心狠手辣、肆意享乐的一面；但也有作为君王的高瞻远瞩和宏图大略。

第五章

市舶使立，蕃坊兴旺

唐朝，世界造船和航海技术的进步，让商船具备了横跨大海、大洋和抗击风浪的能力，航线重新规划，并且在来回时间上大大缩短，鉴于此，唐政府开辟了四大贸易港。安史之乱后，海上丝绸之路取代陆上丝绸之路，广州港跃升为首席大埠，设置蕃坊和市舶使。

四大贸易港

中国两千年的封建王朝史如同一条抛物线，唐朝处于这条抛物线弧位的最高点，从政治、经济、文化、外交、军事各方面的实力来看，唐朝无论是跟世界各国的横向对比，还是跟各朝代的纵向比较，文治武功均呈现出全面碾压的态势，“开元盛世”“贞观之治”都不是浪得虚名的。

后世通常把隋朝和唐朝并称为“隋唐”，也有道理的。如果说唐朝是一首激情澎湃的交响乐，隋朝无疑就是序章，它上承魏晋南北朝，下启唐朝，为大唐盛世的到来打下了基建、外贸等多方面的基础。

广州港也乘大唐盛世的春风，攀上了两千年历史山脉的第一座高峰。

当时唐朝拥有四大港口，分别是交州、广州、泉州、扬州。《中西交通史料汇编》辑入了阿拉伯地理学家伊本考尔大贝于9世纪撰写的《道程及郡国志》一书部分章节，从中可体现这四大港由南至北的分布脉络：“由桑甫（即占婆）至中国第一港口阿尔瓦京，或航海，或陆程，皆一百法尔桑。阿尔瓦京有中国锻炼之精铁、磁器及米，此为大埠。由阿尔瓦京航海四日，可至康府。陆行则须二十日始能达。康府产各类水果、菜蔬、小麦、大麦、米及甘蔗。由康府行八日至蒋府，出产与康府相同。由蒋府行六日（应为二十日）至康图，出产亦同前。中国各港皆有一大河，可以航船。河受潮汐影响。康图有鹅、鸭及他种野禽。”据日本国学家桑原隲藏考证：阿尔瓦京应为交州的龙编，康府是广州，蒋府为泉州，康图即江都（扬州），它们分别对应的大河是珠江、晋江、长江与大运河交汇处。如果没有隋炀帝拓展了京杭大运河，就没有扬州港的存在了。

我们现在的外贸港口均有固定的航线、航班，它们的起源可以追溯到唐朝。据日本人高楠顺次郎考证，当时从广州至海外各地的航线，经常性又定期航行的有六条：

1. 广州—南海（东南亚）—锡兰（斯里兰卡）—阿拉伯–波斯（此线经阿拉伯海岸入波斯湾）。

2. 广州—南海（东南亚）—锡兰—美索不达米亚（即伊拉克），此线经阿拉伯之南复经亚丁峡、红海。

3. 波斯—锡兰—南海（东南亚）—广州。

4. 阿拉伯—锡兰—南海（东南亚）—广州。

5. 锡兰—阇婆（爪哇）—林邑（越南中部）—广州。

6. 广州—南海（东南亚）。

这六条航线给我们传达了两个重要信息：其一，海外与中国航线的终始港均为广州港，证明当年的广州港处于国际主航道；其二，与中国通商的国家中出现了“阿拉伯”，这是在前几章中没有见过的新国家。

造船和航海技术的进步，让商船具备了横跨大海、大洋和抗击风浪的能力，航线重新规划，并且在来回时间上大大缩短。《广州通海夷道》用很长的篇幅记录了一条航线的走向，《广州港史》用现代汉语翻译过来就是：“从广州起航，向南行至珠江口的屯门港，然后折往西南方，过海南岛东北角附近的七洲洋，到达越南东南部的海面，再南下越马来半岛湄公河口，通过新加坡海峡到苏门答腊岛。由此东南往爪哇，西北出马六甲海峡，横越印度洋抵达斯里兰卡和印度半岛南端，再沿印度西海岸溯流而上，还可以到达现在的巴格达。”

张铁生的《中非交通史初探》就引用了斯坦因的考证：这条航线不但可以由波斯湾到达美索不达米亚，而且可以经红海到埃及再到达亚历山大。这条航线和汉代徐闻、合浦通黄支国航线相比，航行时间足足减少了四分之三。

穆罕默德说："学问虽远在中国，亦当求之。"表达了阿拉伯人想了解中国的迫切愿望。

因缘际会，这些因素促使了海外贸易的繁荣，催生了唐朝的四大贸易港。

国力的强盛绕不开盛唐，文化的博大精深绕不过敦煌。敦煌壁画留存着一幅《盛唐海船图》，一艘大唐的海船在海浪中颠簸，一群海豚露出头来紧随船后，船工们扶桅、拉帆、撑篙，同心协力，维持着船的平衡。岸上，有各色人等，穿着汉服的中国人跟他们打着各种交道。

首席大埠

唐朝是一个特别开放、包容的朝代。各色人等常年杂居长安城，妇女的衣饰也是以轻纱抹胸为时尚，狎妓游玩之风盛行，其开放的风气比当代也有过之而无不及。唐朝在贸易方面采取了开放和鼓励的政策，允许外商把商品自由运进口岸，而且可以往来各地“市易”或开铺经营。

唐玄宗天宝元年（742年），全国沿边重镇设十节度使，岭南节度使也管辖今广州城，广州郡改称南海郡。乾元元年（758年）改郡为州，南海郡复称广州。唐朝的长安城与广州城南北呼应，一个是陆上丝绸之路的终始点，一个是海上丝绸之路的终始港，都是中外通商的要地，此时，唐朝的商贸活动水陆并进，达到极盛时期。

唐代四大贸易港兴起，或多或少也会造成竞争关系，那么广州港究竟处于什么位置？

《广东通志》记载：“旧时所未通者，重译而至，又多于梁隋也。”也就是说，唐代广州对外贸易范围已大大超过以往任何一个朝代，除了东南亚、印度、波斯湾之外，已涉足欧洲和非洲了。

李肇在《唐国史补》中说：“南海舶，外国船也。每岁至安南、广州。狮子国舶最大，梯而上下数丈，皆积宝货。至则本道奏报，郡邑为之喧阗。”

再看看正史《旧唐书》的记载，其中《王方庆传》中写道：

“广州地际南海，每岁有昆仑乘舶，与以珍物中国交市。”其中《李勉传》记录大历五年（770年），即李勉任岭南节度使次年，“海舶岁至四千余艘”。一说有四十余艘，即使只有四十余艘，在当时来说已很了不起了。

人口聚居的地方必然贸易繁荣，市易兴盛。据考据，隋朝时广州的户口数比隋朝时翻了一番。唐朝末年，黄巢率义军进军广州，途中威胁朝廷任命他为岭南节度使，唐僖宗吓得惊慌失措，意欲答应。右仆射于琮慌忙反对，“南海市舶利不赀，贼得益富，而国用屈”。由此可见，广州港是唐代重要的财政收入来源，位列四大港口的首席则在情理之中。

安史之乱后，唐朝的陇南河西相继落入吐蕃手中，国力不继，中西陆路交通经常被切断却又无力恢复，加上大食国（唐宋时期中国对阿拉伯国家的统称）大力提倡海上贸易，于是海上丝绸之路成为主要的贸易通道，广州港的贸易大港地位更加稳如磐石。

《旧唐书》说：“凡为南海者，靡不捆载而还。”唐玄宗在位时，节度使刘巨麟、彭杲都是“坐赃巨万而死”。节度使王锷利用职权大肆低价收购南海珍宝，再用船运往北方贩卖，成了巨富。《新唐书》记载：“自开元后四十年，治广有清节者宋璟、李朝隐、奂三人而已。”

凡事物极而必反。贪官欺诈外商超出了一定程度，外商唯有避而远之。唐德宗贞元八年（792年），外商曾一度放弃停靠广州，而选择到安南交易，只能“舍近而趋远，弃中而就偏”。被逼得走投无路时，外商们只得揭竿而起，暴力对抗。《资治通鉴》之《唐纪》就记载了这样一件事：乾元元年（758年）九月，广州发生大食和波斯商人武装抢掠仓库、焚毁房舍的暴乱，刺史韦利害怕得“逾城而走”。事后，参加暴乱的外商们泛海而去，溜之大吉。

最后只得朝廷来善后，颁布相关保护外商的法令，要求岭南节度使“接以仁恩，使其感悦”，并规定，“岭南、福建及扬州蕃客，宜委节度观察使常加存问，除（纳）舶脚（即关税）、收市（由宫市使收购部分商品）、进奉（进贡）外，任其来往通流，自为交易，不得重加率税”。（《全唐书·卷七十五·文宗七》）

海盗是伴随海上贸易发展产生的。《唐大和尚东征传》就讲述了一个海盗的故事，海盗叫冯若芳，万安州人，即现在的海南省万宁人。此人“每年常劫取波斯舶二三艘，取物为己货，掠人为奴婢。其奴婢居处，南北三日行，东西五日行，村村相次，总是若芳奴婢之（住）处也”，“若芳会客，常用乳头香为灯烛，一烧一百余斤。其宅后，苏芳木露积如山，其余财物，亦称此焉”。这个海盗每年只抢劫来自波斯的洋船两三艘，就足以富可敌州了。唐代广州海外贸易的繁盛，足可以让广州成为第一大埠。

市舶使立

唐朝时，岭南节度使财源广进、一支独大，朝廷必然有几方面的担忧：其一，地方官员贪腐严重，财政流入个人腰包；其二，没有专门的机构管理外商贸易，税收属于地方财政收入，影响中央财政；其三，对外商行事随意、不规范，外商无所适从，甚至弃广州而去安南；其四，岭南节度使财雄势大，对中央集权是一个很大的威胁。

在这样的背景和担忧下，市舶使应时而生。

在唐代，有市舶使记载的城市只有广州，《册府元龟》写道："柳泽开元二年为殿中侍御史、岭南监选使。会市舶使右卫威中郎将周庆立与波斯僧及烈等广造奇器异巧，以进。"这是最早记载市舶使的文献资料。所以，周庆立成为中国第一位有明确史籍记载的"海关"关长。

市舶使的职能有哪些呢？

见李肇的《唐国史补》："市舶使籍其名物，纳舶脚，禁珍异，番商有以欺诈入牢狱者。"苏莱曼在《东游记》中也有记载："外国商船之抵埠，官吏取其货而藏之，一季之船既全入口，官吏征百分之三十关税后，乃将货交还原主发卖。"

从史册中可以看出，市舶使的主要职能之一是"纳舶脚"，也就是收取船舶的进口关税。当然，加强海外交通的管理、处理对外贸易事务、制定交易规则等事务也是市舶使的职责。

当时广州的市舶收入是非常巨大的。张九龄在《开凿大庾岭路序》中说："海外诸国，日以通商，齿革羽毛之殷，鱼盐蜃蛤之利，上足以备府库之用，下足赡江淮之求。"

张九龄是历史上唯一官至丞相的岭南人，韶关曲江人，人称张曲江，大庾岭在他的家乡地界。身为丞相，他知晓国家财政情况；作为岭南人，少不了一份关心家乡发展的故乡情结，更何况他总负责大庾岭道的整治工作。

《旧唐书·王锷传》中也提到："广人与夷人杂处，地征薄，而从求于川市。锷能计居人之业，而榷其利，所得与两税相埒。"也就是说，王锷这个岭南节度使，垄断了部分货物进行专卖，所得到的利润竟然与地税和户税两税相当，可见这海外贸易确实能财源滚滚。

因此，唐朝廷非常重视广州的市舶收入。一方面，这笔收入非常巨大；另一方面，由于北方藩镇割据，陆上丝绸之路名存而实亡，朝廷更加依赖南方在财力和人力上的供给，以支撑摇摇欲坠的唐王朝。

这项收入是直接上交中央财政的，所以必须委派得力的信得过的人来担任市舶使，皇帝的心腹太监往往是首要人选，因而《资治通鉴》记述："唐置市舶使于广州，以收商舶之利，时以宦者为之。"由宦官把持外贸得益的情况，在很长一段时间内成为约定俗成的传统，一直延续到明代下西洋的郑和。

宦官担任市舶使后，依仗着皇上这座大山，在地方横行霸道，有一段时间，其权力范围甚至超越了岭南节度使。他们拥有军权，可以调动军队。历史上曾有广州市舶使犯兵作乱的个案：唐代宗广德元年（763年），宦官、广州市舶使吕太一纵兵焚掠，时任岭南节度使张休弃城奔端州，朝廷不得已派兵讨伐平定。也就在吕太一叛乱的同一年，唐朝正式在广州设立市舶提举司，负责征收外贸商税、检查来往船只、收购专卖品等工作。

市舶提举司设立后，唐朝的海上贸易越发兴旺。《旧唐书·王锷传》记载了唐德宗贞元十一年至十七年（795—801年），王锷任岭南节度使，他积极参与海外贸易，“日发十余艇”，且“周以岁时，循环不绝”。

当然，市舶提举司还不是真正意义上的“海关”机构，它的重要职能是“广造奇巧，将以进内”，为皇室搜集各种海外奇珍异宝，供享乐之用。换言之，市舶使实为皇室的家奴，而非国家的大臣。

市舶提举司的设立，标志着中国对外贸易格局从陆上向海上转移，海洋文化成为中国的正统文化之一。广州港参与了中国的海洋经济与海洋文化的孕育、发展、传承、开拓创新等全过程，是中国两千年海洋文化最典型的代表之一。

蕃坊兴旺

广东人一直称外国人叫“番鬼佬”，古代汉语“番”与“蕃”相通。唐、宋时期的蕃坊，就是供外国商人聚居的场所。

顾炎武在他的《天下郡国利病书》一书中，引用唐代进士房千里对蕃坊的记述：“顷年在广州蕃坊，献食多用糖蜜、脑麝、有鱼俎，虽甘香而腥臭自若也。”这是最早反映广州蕃坊的文字记录。

唐代的广州，起初也是“广人与夷人杂处”的，而且“婚娶相通”。岭南节度使卢钧来了后，“钧至立法，俾华蛮异处”。他专门辟出了蕃坊，把所有外国商人都集中到蕃坊来居住。当年大唐自比天朝上国，是不允许外国人进广州城居住的。顾炎武在他的《天下郡国利病书》中这样描写蕃人：“流寓海滨湾泊之地，筑石联城，以长子孙。”蕃坊就在城外，一般靠近码头，在船舶湾泊地附近。据考证，当时的蕃坊就设在现在的光塔路怀圣寺一带，珠江的北岸应该也在此处。

成书于唐昭宗时期（889—904年）的《岭表录异》，专门记录岭南地区的奇风异俗，它记载了蕃人的饮食习惯：“恂曾于番酋家食本国将来者（波斯枣），色类沙糖，皮肉软烂，饵之乃火烁水蒸之味也。”这里提到的番酋就是蕃长。

当时的蕃坊就有一套严格的管理规范。蕃坊设有蕃长一名，由中国官府从蕃坊居民中挑选一人担任，实行“自治其徒”。蕃长的衣服、官戴均同中国官员无异。办事机构称为蕃坊司。

蕃长的职责是什么？宋代的朱彧著《萍洲可谈》记载：“广州蕃坊，海外诸国人聚居，置蕃长一人，管勾蕃坊公事，专切招邀蕃商入贡，用蕃官为之。”换言之，其职责主要有两点：一是对蕃坊进行管理；二是招邀蕃商来中国贸易。当然，有管理就必须以法律条文为依据。《唐律疏议》有规定：“诸化外人，同类自相犯者，各依本俗法；异类相犯者，以法律论。”也就是说，相同国籍的侨民犯法，按国籍其所在国的惯例处理；不同国籍的侨民共同犯事，并触及唐律的，必须按唐律来处理。

唐蕃坊究竟有多少外侨？据华南理工大学的李有延先生考证，唐元和年间，广州城区人口为两万余人，侨居蕃客约两千人，在每年的5—8月海外来舶高峰期，蕃客总数近万人。那时的广州确实是名副其实的国际大都市，外国人占了三分之一的人口。他们侨居下来，还与华人通婚、生子。当时唐律规定：外侨可以同华人通婚，但华人不能跟随外侨归国。

蕃人来到中国最重要的目的是经商赚钱，对他们来说，财产是最重要的。最初，唐官府规定，外国商人如不幸在中国死去，家属必须在三个月内前来认领。受当时交通条件限制，船舶也只能一年往返一次，按此条例，岂不是人在中国死后财产全被没收？后来经外商强烈反对，就废除了三个月的时间限制。

整个唐代，广州的蕃坊可以说是相当兴旺的。直到唐朝末年，黄巢起义攻陷广州城，蕃坊才在战乱中渐渐式微。

宋代收拾了五代十国的残局后，又形成了大一统的局面。宋朝是外患特别严重的王朝，北方边境受辽、金等国频繁滋扰，再加上宋朝“重文抑武”的风气，陆上丝绸之路基本中断。所以宋朝更加倚重海上丝绸之路，蕃坊又再次兴盛起来。宋代的蕃坊依然沿袭唐制，但与唐代蕃坊相比多了两项自成一格的特点。

宋蕃坊有蕃市。关于蕃市，《续资治通鉴长篇》曾写了这么一个故事。话说康定元年（1040年），广州有个知府叫段少连，那年的上元灯节，他在家中大宴宾客，忽然有人来报告说蕃市失火，段少连不为所动，依然如常饮酒作乐，一会儿蕃市的火被熄灭了，蕃坊的民众没有损失一金一簪，所有人都为段少连的老成持重所折服。当然成者为王败者为寇，倘若损失重大，朝廷定要治这段少连渎职之罪。

宋蕃坊还有蕃学。桑原隲藏的《蒲寿庚考》记述：“大观、政和之间，天下大治，四夷响风，广州泉州请建蕃学。”北宋程师孟在熙宁间任广州知州，也“大修学校，日引诸生讲解。负笈而来者相踵，诸蕃子弟皆愿入学”。（南宋龚明之《中吴纪闻》）

可见，宋蕃坊的社会配套设施相当完善。

传说中的蕃坊所在地——光塔路、米市路一带，这里依然是广州回民的主要聚居地，依然沿袭着千年蕃坊的传统，风情、习俗皆异于广州市其他街区。

第六章

光塔怀圣，扶胥浴日

唐蕃坊聚集了大量来自阿拉伯国家信奉伊斯兰教的商人，他们需要做弥撒，从而在珠江边修筑了怀圣寺；洋舶需要引航，又在怀圣寺旁修筑了光塔。扶胥港成了隋唐时期最重要的外港。出于对水神的敬畏，隋朝在扶胥港修筑了南海神庙，祈求海不扬波，“扶胥浴日”成为羊城旧八景之一。

光塔怀圣

广州人称荔湾旧城区为老西关，明清时期位于广州城西门外，故得名。这里也承载了广州城一千四百多年的城建历史，达摩祖师登陆的“西来初地”码头就位于西关。这里，西关的名胜古迹虽不及越秀中心城区，但也数不胜数。

西关的原住民其实也是靠海为生的疍家人，疍家人祖祖辈辈就靠一艘船来安身立命，终年在水上漂泊。那时西关濒临浩瀚的珠江，地形是河涌密布的冲积平原，一湾江水绿，两岸荔枝红，荔湾之名由此得之。西关人在河涌里捉虾摸鱼，熬成一锅锅艇仔粥；在泮塘植莲种藕，姑娘们撑着小艇穿梭于田田荷叶间，有苦也有乐。

清初实施海禁政策，在海边实行“迁界移民”，珠江口一带的万余疍民被强令上岸，定居在泮塘一带。生活无着的疍民，就在“移民市”（西华路）当起了“走鬼”（无牌小贩），这批人也就成了“老西关”。后来，他们的后人逐渐有了财力，建起了西关大屋，也培育出了广州本土的西关小姐。同样作为广州老城区，北京路一带弥漫着深厚的历史气息和贯通两千年的文气；东山却充斥着洋楼、咖啡的西洋气韵；而西关却带有本土的世俗气息，多了几分烟火气。

当我沿着一排排西关大屋行进时，一座白色的高塔（高达三十六米）赫然出现在我的眼前，在低矮的房子中冒了出来，显得鹤立鸡群。塔的样式很特别，塔身如一个圆筒般光溜溜的，上部再套一个小圆筒，外筒空心并建有螺旋形的梯子可直上塔顶，塔顶如一顶橄榄形的帽子，仿佛间似乎类似于世界七大奇迹之一的亚历山大港灯塔，广州人称这座白色的塔为“光塔”。然而，亚历山大港灯塔两千年来一直孤独地耸立在海边，而广州光塔却掩藏在熙熙攘攘的闹市中，让人不得其解。翻开光塔的历史，可以追溯到一千四百年前，那时的光塔也是孤零零地耸立在珠江北岸，守望着这一片海域，为远道而来的船舶指引航向、保驾护航。

现在光塔路一带，就是唐朝蕃坊的所在地，当年聚集了大量来自阿拉伯国家信奉伊斯兰教的商人，他们需要进行宗教活动，怎么办呢？相传在唐贞观元年（627年），由来华的阿拉伯传教士阿布·宛葛素主持修建怀圣寺，由当时侨居广州的阿拉伯伊斯兰教商人捐资兴建。怀圣寺就是他们做弥撒的清真寺，也是世界现存最古老的四大清真寺之一，光塔属于怀圣寺的一部分。南宋方信孺在《南海百咏》中提及：“蕃塔始于唐时，曰怀圣寺塔。”寺称“怀圣”，不言而喻，就是怀念伊斯兰教的先知穆罕默德这个圣人。光塔原来叫作呼礼塔，用波斯语读作“邦克塔”，在漫长的历史进程中，“邦”逐渐被读成“光”（粤语“邦”与“光”近音），慢慢就成了光塔。

历经一千多年的风雨洗礼，光塔依然屹立在南粤大地，也算是一个神迹。当然，光塔也曾多次被飓风所毁。相传，最早时光塔塔顶是一只金鸡，可随风向而转动，方便船舶辨识风向。后来塔顶被毁，换成了葫芦宝顶。再后来又被毁，换成了现在的橄榄顶。

怀圣寺的整体建筑就是中西合璧的结晶体，寺的外观跟中国的寺庙接近，为中国宫殿式建筑，红色的砖墙上砌着绿色的琉璃瓦，歇山、重檐、斗拱等中国元素一个不落，左右对称、前庭后殿、雕栏玉砌，乍一看还真以为是佛教或道教寺庙。但仔细一看，墙上彩绘着波斯风格的图案和文字，让人明白这是清真寺。怀圣寺不对外开放，只有每周五下午才让伊斯兰教徒进内做弥撒。

寺外，一排古老的樟树环绕，撑起了巨大的如盖绿荫，使怀圣寺显得更加清幽、恬静。马路对面，是清真美食一条街，兰州拉面那带着羊膻味的香气从铺里四散溢出，弥漫了整条光塔路。

可曾想到，这浓郁的香气已沉淀千年，特别的醇厚绵长。

扶胥浴日

翻开广州城建史册，你会发现“扶胥浴日”曾经是羊城八景之一。古地名扶胥就在现在的广州市黄埔区庙头村，古称古斗村、扶胥镇。

说到庙头村，让我回想起了一段前尘往事。我大学毕业那年（1999年），在学校的推荐下我到中石化旗下的黄埔油库面试，当年这里要招一名宣传干事，工作地点就在庙头村的黄埔油库。中石化固然是一个众所周知的好单位，但仔细一看，这黄埔油库前不着村、后不着店，周围一片荒芜，于是我便选择了逃离。

婚后，跟随丈夫到庙头来拜访其叔叔，经过周围依然荒芜的油库时我不禁会心一笑。不同的是，这次我却看到了不一样的庙头村，大名鼎鼎的南海神庙与叔叔家仅一路之隔。唐代，广州港就有内外港之分，主要的内港有光塔码头（即蕃坊所在地）、兰湖码头（现在流花湖公园附近）；主要外港是屯门（香港的屯门）和扶胥港。

扶胥港作为广州外港可追溯到唐朝，其得名源于唐宋八大家之首的韩愈之文“扶胥之口，黄木之湾”。在珠江三角洲未形成之前，广州珠江段其实就是一条狭长的出海口，类似于现在的伶仃水道、蕉门水道。珠江流到扶胥镇就进了漏斗湾，穿过喇叭口，江面豁然开朗，一望无垠。李吉甫形容：“自州东八十里有村，号曰古斗，自此出海，浩淼无际。”（《元和郡县图志》）东江水流至此，与珠江汇合流入大海，形成了一个地理位置非常优越的天然海港。

南海神庙又俗称为波罗庙，因为每年的二月十一日至十三日，南海神庙都会举办庙会“波罗诞”而得名。提到波罗也许大家会联想到意大利的旅行家马可·波罗，以为波罗庙因他而得名。殊不知，南海神庙建于隋朝，而马可·波罗出生于1254年，即元朝。也就是说，南海神庙存于世间六百多年了，马可·波罗才呱呱坠地。

这波罗诞是有一段“古”（故事）的。据闻，很久以前，从波罗国（南印度一王国）来了一艘海船，停靠在扶胥港南海神庙前。有一名船员来到古斗村观光，突然眼前一黑，昏迷在田基树下。村里一位张老太看到了，把船员救回家，施以汤药。船员获救后，为了感谢张老太，特地从波罗国带来了一只雄鸡。传说这雄鸡铁面朱冠、金黄羽毛，长着大而艳丽的尾巴，走起路来精神抖擞，威武极了。有人觊觎这只波罗雄鸡，把它偷走吃掉。张老太伤心欲绝，在垃圾中找到波罗雄鸡的羽毛，回家后用糨糊把它粘了起来，一只波罗雄鸡活灵活现。大家看到这只纸粘的鸡都很喜欢，张老太便仿照这个粘了好多纸鸡拿到南海神庙去卖，大受欢迎。一段传说承载着一段深情厚谊，寓意中国人民与波罗国及其他海外客商友好交往、情谊绵长。波罗鸡其实就是中外友好的见证物。

聪明的粤人还从波罗鸡身上想到了一个歇后语“波罗鸡——靠黏”，多用来形容那些喜欢蹭吃蹭喝蹭别人便宜的人。这个要从广东人的文化传统说起。广东人大部分是从中原移民到岭南地区的，那时的岭南萦绕着蛮烟瘴雾，初来乍到的中原人筚路蓝缕、披荆斩棘，硬是靠自己的一双手争得一口饭吃，创出一份家业，勤劳、务实成为代代相传的传统美德，对那些好吃懒做、不劳而获的人特别反感，从而衍生出这么一个妙趣横生的歇后语。

有记载称：“波罗庙去海不过百步，向来风涛万顷，岸临不测之渊。”（崔弼《波罗外纪》）这是描述当年依码头临海而建的南海神庙。虽然如今仍保留着庙前码头的牌子，但已难觅码头的踪迹。如果不是还有这一座一千五百年的海神庙存在，谁会想到千年前这里万顷波涛、桅杆高耸？

我从庙前码头穿过“海不扬波”牌坊，沿着神庙的头门、仪门、礼亭、南海神大殿、昭灵宫（后殿）往前迈进，越往前走，越多了几分惊奇、虔诚和尊崇。头门两侧立着千里眼、顺风耳神像。千里眼、顺风耳神像出现在庙中我只见过两回，一回在南海神庙，另一回在南沙天后宫，两个都是海神庙。也许，在古代航海技术落后的年代，人们需要千里眼和顺风耳两位神来保驾护航。

再往前走，东廊立有一个达奚司空像，“面手黑如漆”，举左手于额前，作遥望大海状，俗称“番鬼望波罗”。粤语称外国人为“番鬼佬”，番鬼统指所有的外国人。这里的“波罗”应该有三层意思：第一层是特指南印度一王国，即波罗国；第二层泛指所有的海外诸国；第三层，波罗为佛经梵语“波罗蜜多”的简称。“番鬼望波罗”充分表达了当年来广州经商的外国人思念故国、故土之情。那时的交通条件极不方便，凭借着信风航行，来华商船起码一年才能往返一次，思念在所难免。这些蕃客中也不乏佛教徒，他们希望可以快点渡过彼岸，到达西方极乐世界。明代戏剧家汤显祖就曾到过南海神庙，见过这尊达奚司空像，并留下诗作《达奚司空立南海王庙门外》。

庙内有一个碑林，存有韩愈碑、宋开宝年间石碑、历代皇帝御祭石碑三十余方，还有明代铁钟、玉刻南海神印等文物，南海神庙一千多年的历史与辉煌都浓缩在这一方方石碑里。

出了南海神庙，来到西侧的小山岗。此小山岗名为章丘，岗下石阶前一左一右立着两个披着波斯头巾、手持剑的石俑，可以推断当年的达官贵人有聘用波斯家丁，据闻他们身壮如牛，力大无穷，干活特别卖力。

沿着石阶走上章丘岗顶，岗上建有一个红柱绿檐的亭子，名为浴日亭。亭单檐歇山顶，梁架简洁，相对比较古朴简陋。宋绍圣初年（1094年），苏轼贬谪惠州途经广州时，作了一首《南海浴日亭》诗，今浴日亭仍有苏东坡诗碑。明代岭南大儒陈白沙，按照苏轼诗韵作诗碑一方，紧贴在苏碑之后。现今，这两块碑被玻璃围蔽起来，立在浴日亭正中。

章丘当年“前鉴大海，茫然无际”，正是观看海上日出之地。浴日亭碑记载：“宋至明清，州人喜欢夜观泛舟于此，拂晓登亭观日出，一轮红日从海中冉冉升起，天海皆赤，气势磅礴，扶胥浴日，成为宋元清羊城八景之一。”我闭目冥想，仿佛时光倒流回千余年前。眼前是大海茫茫，脚下波涛汹涌，掀起的巨浪如涌起了千堆雪花，拍打着章丘的岩石，发出隆隆的响声。正东方吐出一丝鱼肚白，如在灰幕上绣上了一条银线，接着一个火球在海平面上嗖地跳了出来，把海天染成了金色。海上千帆竞渡、百舸争流。

本想登亭眺望，感受一下当年登高望远的快意，却发现浴日亭被坡上一棵棵高大葱茏的古树遮蔽。古树伴随着浴日亭走过无数个晨昏，这份数百年的深情厮守又岂是俗人能体会呢？

现时的珠江河岸已远离南海神庙达七八百米之遥，已很难想象当年庙前千帆竞渡、百舸争流的景象了。浴日亭所在的章丘脚下南面，有一段当年通往珠江的风化岩，这就是明代扶胥码头遗址。2005年挖掘时发现，明代码头遗址全长一百二十五米，由埠头、接官亭、小桥和红砂岩石铺就的官道组成，埠头距岸边一百二十米，明显地伸入已经淤塞成田的珠江滩涂。为了做好保护工作，有关部门已于2018年回填，并在原址上采用红砂岩基材进行地面模拟展示。明码头遗址是扶胥港当年成为中国第一大港的有力佐证。

南海神庙出土的瓷器以唐宋居多，说明它是唐宋时期广州港的主要外港。明代以后，扶胥港也逃脱不了日渐衰败的命运，被水深条件更好的黄埔古港所取代，“扶胥浴日”只能成为人们想象中的美景了。

海不扬波

南海神庙的庙前已建起了一个大广场，立在庙前的“海不扬波”牌坊，红字白底特别醒目。原来的牌坊是木结构的，明代后改建为石牌坊，现存的是清代的建筑，石质粗犷而古朴，成为南海神庙的“庙徽”。

说起这“海不扬波”，却是用典的妙笔。此典出自《韩诗外传》卷五：“久矣，天之不迅风疾雨也，海不波溢也，三年于兹也。意者中国殆有圣人，盍往朝之。”说的是周成王时的故事。那时周公摄政，天下太平。交趾国派了使臣重译前来向周公赠献珍禽白雉。周公受之有愧，说我国没有恩德施予贵国啊。重译就说，这是受国王黄考的委托而来的，国王对我说，如今天下已经没有猛烈的风暴和连绵不断的阴雨，灾难也好久没有看到了，海不扬波也有三年了，我想中国一定出了位圣人，我们应该去朝贡。

在南海神庙前立起这块“海不扬波”牌坊，寓意着大海风平浪静，不会掀起大浪，保佑大家出海安全；同时也寄愿天下太平，人民安居乐业，社会歌舞升平。

追溯南海神庙的历史，可以上溯到隋文帝时期。南海神庙始建于隋开皇十四年（594年），已有一千四百多年历史，是中国历代皇帝祭海的场所。据了解，中国原有东西南北四大海神庙，但独立的海神庙只有东海神庙和南海神庙，东海神庙设在莱州城西。《西游记》中也有东南西北四海龙王。千年岁月洗礼，东北西三座海神庙已湮灭在渺渺烟尘中，唯独南海神庙傲然挺立于南海之滨、珠江河畔，这是广州的福祉。

京城到广州毕竟路途遥远，南海神庙通常都是由当地官员前来拜谒。唐开元十四年（726年），唐元宗派丞相张九龄作为特遣持节到广州祭祀南海神。这是载入史册的一次祭祀，从此开创了皇帝派重臣南来代祭南海神之先河。当然，张九龄前来代祭是有理由的：第一，张九龄是岭南人，对岭南的情况非常熟悉；第二，唐开元四年，唐玄宗派他总负责大庾岭的修建工作，来拜祭南海神时顺道视察大庾岭的修筑情况。

唐天宝十年（751年），唐元宗命张九皋奉金字玉简之册封南海王，并将旧庙进行重新修葺。从此以后，祭南海神要用王侯之礼，并立下每年的立夏节由广州刺史代祭南海神的规矩。

唐元和十三年（819年）夏至，广州刺史、岭南节度使孔癸第三次来南海神庙祭祀，看到新修葺的南海神庙，觉得应该请个大文豪来写篇碑文，于是邀请了时任袁州刺史的韩愈执笔，便有了留存至今、立在神庙仪门东侧的《南海神广利王庙碑》。在当时这是一篇应景之作，但毕竟出自韩愈之手，其文学及文物价值都非常大。

安史之乱以后，中国的陆上丝绸之路日渐式微，对外贸易的重心都转移到海上丝绸之路来了。对中晚唐来说，这是一条重要的生命线，对国民经济命脉影响较大，所以皇帝也非常重视对南海神的祭祀，祈求海不扬波，财源滚滚。自此之后，中国的海洋文化也随之兴起，并一直延续至今。

岭南地区流行一句俗语叫“山高皇帝远”，距离南海如此遥远的皇帝都记挂着祭祀南海神，更何况经常与风浪搏击的岭南人和外商呢？海可以包容一切、荡涤一切，也可以吞噬一切、毁灭一切。海边人见识过海的威力，天生敬畏大海，所以对海神也是顶礼膜拜。

我从新闻中、书本上听说过无数的海难，以及无数的描绘大海威力的文字，但亲身经历的一次让我心有余悸。那是2016年的国庆假期，我乘坐豪华游轮到日本旅行。游轮驶进南海、东海、越过台湾海峡时，都是天清气朗、海不扬波的好天气。就在距离日本那霸港一百多海里的地方，强台风在我们入梦时悄然来临。我一觉醒来，下床后突然发现脚下晃动得很厉害，根本站不稳。我好不容易摸索着上了卫生间，就感觉到天旋地转、头痛欲裂。我赶忙到床上躺下，不敢动，一动胃里就翻江倒海。父母在对门的房间，两位老人的情况究竟怎么样呢？我很担心，但我确实无力走出房门一步。先生的情况比我好点，他勉强可以支撑着走出房门，看望了父母，还到餐厅给我们拿了点食物。原计划是上午10时靠岸登陆的，受台风影响，一直拖延到下午3时。风终于停了，我仿佛从鬼门关前走了一遭，晕浪比高原反应更让我难受，我曾一度怀疑自己能否挺过这一关，陷入恐惧和绝望的深渊。事后得知，海浪打到了船的五层楼高，一位住在五楼的游客，看到窗外被海水完全堵住，被吓哭在过道上。整艘船有三分之二的游客都没法挪步到餐厅去。经历了这次海上台风，我对海多了几分恐惧和敬畏，深深明白了“海不扬波”对靠海为生的人们多么重要。

当然，珠江也是看似平静实则危机四伏。对水的恐惧，让岭南人更加祈求神灵保佑海（水）不扬波。于是继德庆龙母庙和南海神庙后，岭南地区还陆续出现了佛山祖庙（供奉真武玄天上帝）和散落在各处水乡的天后庙，仅南沙地区有史可寻的天后庙就有四座，现在以南沙天后宫为代表。

2012年的妈祖诞，南沙天后宫邀请德庆龙母庙、南海神庙、佛山祖庙前来助兴，举办四大水神巡游仪式。龙母娘娘、南海王、真武玄天上帝、天后娘娘第一次聚首，这是一次前所未有的水神大聚会，吸引了上万人前来观看盛会。

说来也神奇，自从妈祖驻守狮子洋畔沙角炮台后，广州从未经历过台风的正面袭击。我所知道的几个威力特别强大的台风，都没有正面袭击广州，如：2004年的“杜娟”，距离广州的南沙十多海里便突然掉头；2017年的“天鸽”把珠海都几乎掀翻了，广州只受到微创；2018年的“山竹”，是历史上最大体积的超强台风，也只掠过南沙，在台山上下川岛海域登陆。

2019年的春天，我有幸受邀出席南沙天后宫妈祖诞盛会，还被工作人员安排担当祭祀仪式的一名陪祭。我穿上黄色的唐装，别上绶带，跟随祭祀队伍来到祭坛前。司仪戏腔式的长调抑扬顿挫、此起彼伏，侍女们手捧祭品亦步亦趋，整个仪式隆重、严肃且安详，持续了一个多小时。我顶着大太阳，身体虽然有点吃不消，但内心却极其欣喜，得以见识并亲身参与了祭祀仪式。祭祀仪式这种难能可贵的传统礼节能被后世传承并发扬光大，也是一种幸事。从而可见，人们对水神、海神的敬畏从未减少、从未中断，世世代代都祈求着海不扬波。

关于南海神，还有一件鲜为人知的事。我们只知道“水火不容”，却怎么也没想到，明朝以前，南海神就是火神祝融。古人认为，火之本在水，而且南海神司职南方，符合离卦的卦象，所以把祝融合水火为一神。历代帝王出于对神的敬畏，都有封神之举，如唐玄宗把南海神封为“广利王”，南汉国把南海神封为“昭明帝”，宋仁宗加封“洪圣广利王”。元世祖更是把南海神的封号加至十字，名为“灵孚威显照顺洪圣广利”神。可是，到了明太祖朱元璋，他却做出了与前朝历代帝王相反的惊人之举，下诏废除南海神头上的所有封号，只称为“南海之神”。此诏书被刻在石碑上，名为“洪武御碑”，至今仍屹立在南海神庙右侧礼亭中。

那么朱元璋出于何种目的反其道而行之呢？据说，这是为了显示他的权威，不把历代帝王放在眼内，更没有敬畏神明祝融。跟祝融同等待遇的还有泰山，也被罢黜了“东岳专天齐仁圣帝”封号，只保留“东岳泰山之神”，把自秦以降的封禅改为祭祀。

我们的神话人物均陆续化身于飞天揽月的探索者，前有嫦娥、玉兔等，现有祝融。南海神祝融在新时代将肩负着新使命，探索新空间，造福全人类。

第七章

夷人游历，退居第二

元朝，意大利旅行家和商人，马可·波罗跟随父亲和叔叔前来东方，在中国游历了十七年，还担任了元朝官员。他口述了大量有关中国的故事，后来结集为《马可·波罗游记》。在《马可·波罗游记》的影响下，中西方共同形成了游历文化，共同记载下眼中的他国。元朝基于各方面的考虑，扶植泉州港成为东方第一大港，广州港暂时退居第二，可惜泉州港终究昙花一现。

马可·波罗游记

“杭州当时称为行在，是世界上最美的城市，商业兴隆，有十二种行业，每种行业有一万两千户。城中有一个大湖（即西湖），周围达三十英里，风景优美。”这段文字出自《马可·波罗游记》，在《乾道临安志》和《梦粱录》等古籍中得到了印证。《马可·波罗游记》给西方人描绘了一幅东方乐土的繁华图景：发达的工商业、繁华热闹的市集、华美廉价的丝绸锦缎、宏伟壮观的都城、完善方便的驿道交通……

十七岁那年，马可·波罗跟随父亲和叔叔前往中国，把罗马教皇的复信和礼品面呈忽必烈大汗，他们的行程历时四年，于南宋德祐元年（1275年）到达元大都。大汗忽必烈非常赏识年轻聪明的马可·波罗，让他进宫给自己讲沿途见闻，并留他在元朝当官。他借奉大汗之命巡视各地的机会，十七年来，足迹踏遍中国的古城及山山水水。他每到一处，总要详细地考察当地的风俗、地理、人情，以便回大都时向大汗汇报。

马可·波罗到来中国的行程历四年之久，原来也有一段“古”（故事）的。他们原本从威尼斯进入地中海，然后横渡黑海，经过两河流域（幼发拉底河和底格里斯河）来到中东古城巴格达。本来从巴格达到波斯湾的出海口霍尔木兹就可以乘船直达中国了。谁知“天有不测风云”，他们遇上了强盗，侥幸逃了出来。他们来到霍尔木兹后，一直等了两个月也没遇上去中国的船只，无奈之下他们作出一个令最有雄心的游行家都后怕的决定——改走陆路。这条古老的陆上丝绸之路是一条让人生畏的死亡之路：他们从霍尔木兹向东，越过荒凉的伊朗沙漠，跨过险峻寒冷的帕米尔高原，历尽艰辛来到中国的新疆。他们继续向东，穿过塔克拉玛干沙漠，来到戈壁地敦煌，经玉门关进入中原地带，再穿过河西走廊，终于抵达元大都。

这一改道，让年轻的马可·波罗大大增长了见闻，看到了不一样的风景：边塞重镇喀什风光、美玉遍地的和田、瓜果飘香的绿洲、庄严精美的敦煌壁画、雄伟壮观的万里长城、水草肥美的河西走廊……这些都成了《马可·波罗游记》书中的重要素材，真是走过的每一步都是难得的财富啊。

元朝至元二十九年（1292年）春，马可·波罗奉大汗之命护送一位名叫阔阔真的蒙古公主远嫁波斯。马可·波罗离家二十一载后思乡心切，也趁机向大汗提出回国的请求。回到意大利威尼斯后，马可·波罗参加了威尼斯和热那亚的海战，不幸被俘。也许他当时感觉出狱无望，在监狱里口述旅行经历，由作家鲁斯蒂谦整理结集为《马可·波罗游记》。

针对《马可·波罗游记》的真伪至今仍有争论、存疑。面对这些质疑，中国的学者们似乎并不太关心其是否真伪，国学大师钱穆的回答就耐人寻味。他说，他宁愿相信马可·波罗真的到过中国，因为他对马可·波罗怀有一种“温情的敬意”。近年来，德国汉学家福格尔在他的著作《马可·波罗到中国：货币、食盐、税收方面的新证据》中表明，不但怀疑者的一切疑问都可以解释，而且游记中很多对中国的描述都是十分准确的，足以证明其真实性。

《马可·波罗游记》是欧洲人撰写的第一部详尽描绘中国历史、文化、艺术、风物的游记，它的意义是十分深远的，激起了欧洲诸国对这个神秘的东方大国的热切向往，对以后新航线的开辟产生了巨大的影响，在中西文化交流史上占有一席之地。而且这是一部元史“进行时”，不是后人修撰的元史，成为我国研究元代历史和地理的重要史籍。

正如有人把外族南侵怪罪于柳永的“看三秋桂子，十里荷花”一样，有人觉得正是《马可·波罗游记》这部对西方人来说堪称启蒙式的作品，为欧洲人展示了全新的知识领域和视野，突破了中世纪西方神权统治的禁锢。同时，也勾起了西方殖民者的野心，他们纷纷前来，企图征服这个地大物博的东方大国。

手捧《马可·波罗游记》，我如获至宝。我细寻着其中的一字一句，妄图找出与广州哪怕有一丁点关联的描述，因为我相信它的描述会与众不同。

夷人游历

我在《马可·波罗游记》中寻找到几个“蛮子”，略略提到“蛮子”居住的地方，以及商船往世界各地贸易的情况。有确凿记载，马可·波罗确实到过泉州，他奉命护送阔阔真公主远嫁波斯，就是从泉州上船出发的。

但如何认定这个“蛮子”指的就是广州人呢？

我们在《中西交通史料汇编》中得到印证，它有这么一段话：“尤以蛮子国来者为最多，土产粗香料运出口至蛮子及西方各地，其商人运往亚丁港者，更转运至亚历山大港，惟向西往之船数，尚不及往东者十之一也。”这里把中国称为蛮子国。

元朝把本国人分为四等：一等为蒙古人，二等为色目人（即最早归顺蒙古的北方少数民族），三等为汉人（即北方汉人），四等为南人（即原南宋统治的各族人民）。岭南人当属南人之列。马可·波罗在元朝为官，食元朝俸禄，当然视蒙古人为正统，跟随蒙古贵族称呼广州人为蛮子，当属情理之中。

继马可·波罗后，来自西方的旅游家逐渐多了起来。元代中叶，自欧洲的旅行家鄂多立克，前来中国时正好走了马可·波罗放弃的海路：他从波斯湾的霍尔木兹，乘船至西印度海岸，再转船到达斯里兰卡，从斯里兰卡起航，经苏门答腊、爪哇、加里曼丹、越南，最后到达广州。鄂多立克也写了一部《东游记》，其中称广州为辛迦兰大城，是一个比威尼斯大三倍的城市，具体描述到：“该城有数量极其庞大的船舶，以致有人视为不足信。确实，整个意大利都没有这一城的船只多。”

摩洛哥人依宾拔都于元泰定帝二年（1325年）从摩洛哥出发，于元至正七年（1347年）抵达泉州，并到广州、杭州、北京等地游历。据闻，他写了一部游记，具体名字已佚，只能在《中西交通史料汇编》中零星地辑录一二：“秦克兰城久已慕名，故必须亲历其境，方足饱吾所望。”又曰：“余由河道乘船而往，船之外观，大似吾国战舰。”依宾拔都到广州游历、了解后，对广州城倾慕不已：“秦克兰城者，世界大城中之一也。市场优美，为世界各大城所不能及。其间最大者，莫过于陶器场。由此，商人转运瓷器至中国各省及印度、夜门。”又曰：“城是有地一段，回教徒所居也。其处有回教总寺及分寺，有养育院、有市场。有审判一人，及牧师一人。”他到的这个地方估计就是光塔路蕃坊一带，回教总寺指的是怀圣寺。依宾拔都继续说：“有长者代表教徒利益，审判者代表教徒清理诉讼，判断曲直。”

在《马可·波罗游记》的影响下，中西方共同形成了游历文化，不仅西方人陆续前来中国旅游，中国人也急于到外国见识，并形成自己的游历著作。元朝旅行家周达观，游历到了柬埔寨，著有《真腊风土记》；元朝旅行家汪大渊，泛海直抵非洲东岸，著有《岛夷志略》，对非洲的认识比前朝更进一步。

在元朝以前，中国与西方国家没有太多实际交往，中国货物更多通过中亚作为中转站，跟欧洲国家进行二次交易。但是，到了元代，中国跟欧洲国家的直接交往增多了。元朝是中国疆域版图最大的朝代，向西一路扩展到欧洲的多瑙河流域，蒙古骑兵的战斗力让人闻风丧胆。所以欧洲国家一是设法与中国建立友好外交关系，马可·波罗的父亲与叔叔就是肩负着罗马教皇与忽必烈大汗之间的信使重任前来中国的；二是需要派人来了解这个神秘的东方国家，所谓“知己知彼，百战不殆”。

退居第二

自秦汉到南宋、元朝，广州港已雄霸港口界一千多年了。然而，到了南宋后期，有一个港口出现的频率逐渐增多，并最终超越了广州港，这个港口就是泉州。广州港只得屈居第二。

广州港一千多年的根基，怎么就输给了一个后起之秀？这得从当时的历史背景来探寻。

金兵南下，宋室南渡，在杭州建立首都临安，紧靠东海之滨。而同属东海海域的泉州，其到达杭州的距离要比广州近了一半路程。《宋会要辑稿·职官》一书就记述，按南宋规定，泉州市舶司运舶货到杭州期限为三个月，而广州到杭州的期限却要六个月。货物流通时间、运输成本等因素影响着货物的价格，对追求利益最大化的商人来说，广州是竞争不过泉州的。杭州作为南宋都城，皇族、官员、巨贾云集，当仁不让地成为中国新的舶货消费中心。兵荒马乱的南宋末年，强盗、土匪横行，客商的货物在运输过程中很容易受损、被盗、被劫，在路上时间越短就越安全。基于这些考虑，客商们纷纷首选泉州港。

我曾经研究过客家民系的迁徙之路，自魏晋南北朝以降，中原士族就开始了洒满血泪的南迁之路，于南宋末年达到迁徙高潮，并最终在闽西、粤东形成了客家民系。福建的宁化石壁是客家祖地，所有中原各姓氏至此形成客家民系，并再分迁至闽西、粤东各地。宁化石壁村有客家民系各姓氏的大祠堂，我的邱姓也在其中。当管理员亮起了邱氏的神祇牌时，我这个邱氏后人立即匍匐在地，行长跪礼，以此表达对先祖的敬仰。

中原士族南迁至福建，意味着南宋的舶货消费群体也迁移至福建。尤其是管理宗室贵族的两个机关——西外宗正司和南外宗正司分别迁至福州和泉州两地，泉州舶货市场随之兴起、繁盛，并超越广州，具有其必然性，这也导致了当时广州最显赫的商人蒲氏家族也不得不迁到泉州来“揾食”（赚取利润）。

从宋朝开始，珠江三角洲逐渐沉积形成，宋朝三百年，珠江三角洲筑堤二十八条，大量开垦沙田以利农业发展，珠江流域的地貌跟今天接近。珠江出海口是宋元决战的主战场，厓山海战就发生在珠江的主要出海口之一——崖门。作为珠江三角洲唯一的大都市广州，成为南宋政权最后一个据点，宋元双方在珠江流域多次拉锯、反复争夺，广州的元气也因此受损。厓山一役后，南宋悲壮谢幕。

崖山就在我的家乡新会，南宋宗室在战败后纷纷跳海，浮尸十万，有两个宗亲王爷逃脱了元军的追捕，定居在新会古井镇，最初隐姓埋名，改姓“郑”，后来元朝灭亡后改回赵姓。赵氏后人都在新会的古井、三江两镇扎下根来，繁衍生息，我的母亲就是赵氏后人，现在古井镇尚存南宋皇族村。经济的发展必须以安定平稳的社会环境为前提，彼时的广州长期处于兵荒马乱之中，其对外贸易的衰落不可避免。

元朝立国后，也许还记恨着广州曾经给予南宋政权过多的支援，又或者广州还有许多在他们看来的不稳定因素，南迁的汉民族一直以各种方式抵制蒙古贵族的统治。元政府开始有意识地扶植泉州，最早在泉州设立市舶司，以泉州的税收方式为规范，下令其他市舶司“悉依泉州例”，给予泉州一系列的政策倾斜，规定海外贸易如在泉州进口有优待，“商贾市舶物货，已经泉州抽分者，诸处贸易，止令输税”（《元史·世祖本纪》）。元政府建立了泉州至杭州的海道水站，使泉州成为进出口人员和物资的最大中转站，起到“自泉州发船，上下接递”的作用；还专门在泉州建立“来远驿”，用以接待外国使节和客商；在泉州定居的外国人，个别被授予官衔，最大得益者就是蒲氏家族了；鼓励本地民间商人从事海外贸易活动，甚至对“放洋招商”者授予官职，提高他们的积极性。

泉州港在元政府的地位极高，是作为天字第一号码头存在的。如对海外有军事行动、使节出行都以泉州港为始发港。元代至元二十九年（1292年），忽必烈远征爪哇，“会福建、江西、湖广三行省兵凡二万……会泉州”（《元史·爪哇传》）。《中国南洋交通史》记载了忽必烈在位期间，多次派遣杨庭壁出使马八儿、俱蓝等国，亦自泉州入海。

元朝泉州造船业极为发达，美其名为“刺桐舟”。据说，泉州港极盛时期有海舶一万五千艘，在大海上劈波斩浪的大多为“刺桐舟”。泉州有一个古船陈列馆，那里陈列了一艘1974年出土的宋代海船。此船残长二十四米多、宽九米多，船身有三层甲板，共计十三个船舱，载重量达二百吨。曾经的海洋霸主葡萄牙在其五百年后才建造出两百吨的海船。这样一对比，就凸显出当年“刺桐舟”的先进性了。

这许多因素叠加在一起，难怪广州港被泉州港的光芒遮盖而黯然失色。

我曾经来到崖门古炮台凭吊先祖。在环形的崖门古炮台上极目远眺，海天一色，风平浪静，谁想到八百多年前，这里曾经历过一场惊心动魄的大型海上战役，沉戈倒戟、折帆覆船，崖门海域浮尸十万，从此山河破碎。“厓山之后无中国”，中华民族由鼎盛之时逐渐步向衰落，而且足足有两百年处于灾难深重的旋涡中，漂浮在水上的冤魂千年不散……想到这里，泪水模糊了我的双眼，哀叹之余更为先祖们“宁为玉碎，不为瓦全”的民族气节而抚掌击节。生命诚可贵，但在民族大义面前，只能舍生取义，这是汉民族高蹈的精神气节，也是一个优秀民族的精神坐标。

今天的海面依然宽阔，八百年岁月仿佛没有留下什么痕迹。当年那场激战，让万千战舰一夜之间沉入海底。平静的海面下沉潜着千年的秘密，很多秘密今天仍未得到破解。

泉州港的昙花一现

泉州港是曾经的东方第一大港，仅在南宋、元朝时辉煌一时，其后又归于沉寂，时至今日退居为一个地方性的港口，其在历史长河中昙花一现，实在让人扼腕叹息。以史为镜，可以知兴替。我们不妨探讨一下泉州港的衰败原因，有利于广州港的可持续发展。

从表面上看，泉州港的衰落似乎是客观原因造成的。

首先，战争是直接因素。元末，泉州发生了一起持续十年之久的战乱，各种群体为了利益争夺互相残杀，直接导致泉州经济遭受重创。

其次，是地理位置和港阔水深优势不再。泉州是晋江流域的沉积平原，属于快沉积区，平均每年沉积度为四五毫米。古代又没有当代的疏浚条件，再加上随着大量中原人的南迁，需要开垦种粮，晋江流域的植被被大量破坏，水土流失严重，大量泥沙不断在下游出海口淤积，最终导致泉州港水日渐淤堵。

但是，这两种情况，同样在广州港出现过。黄巢起义，唐蕃坊遭受严重破坏，可是到了宋朝，蕃坊再度兴盛起来了。南宋末年，宋元政权长期在珠江流域一带拉锯，广州必然首当其冲受到战争的影响。可是，广州港屈居第二前后不到两百年，这对于一个两千年的港口，实在是微不足道。广州港也经历过地理的严重变迁，有史可寻的最早的码头——坡山古渡，其地理位置跟珠江北岸相距已达一千多米。有广州港以来，就出现过泥城码头、坡山古渡、西来初地、光塔码头、扶胥港、黄埔古港、黄埔新港，再到现在的南沙港区，都是随着淤积情况岸线变迁而不断向外拓展，总能找到适合做港口的地方。如果仅仅是这两个原因导致泉州港衰落，显然是不成立的。

我们不妨从更深层次来发掘。真正决定泉州港命运的是政治因素，应当是明清两朝陆续推出的海禁政策。当然，海禁也不是一蹴而就的，经历过一个循序渐进的过程，大致可分为以下几个阶段。

第一阶段，明初重农抑商。元朝的统治者是游牧民族，他们不懂农业，而且农业远没有商业来钱快，因此重商抑农。而到了明朝，政权重归汉民族手中，统治者意识到农业是国之根本，把政策调整为重农抑商。并且为了防止倭寇作乱，“筑海上十六城，借民为兵”（《明史纪事本末》），也实施了海禁，以致泉州港海上贸易辉煌不再。明初虽然重农，但对商业仍然重视，如郑和七下西洋，其船队浩浩荡荡、蔚为壮观，共访问了三十多个国家和地区，是历朝前所未有的外贸壮举。

第二阶段，明中期的抗倭斗争。明初的海禁政策，让抗倭取得了一定的成效。然而，到了嘉靖年间，倭寇又猖獗起来，并与中国海盗相勾结，对闽、浙沿海地区侵扰如故。这个时候，有一个人站了出来，他就是戚继光。他意识到卫所军有不习战阵的弱点，便亲自到民风彪悍的义乌招兵，组建了一支三千多人的新军，被称为“戚家军”。他“教以击刺法，长短兵迭用”（《明史·戚继光传》），排演自己创制的鸳鸯阵，最终捣破了倭寇在横屿的老巢。嘉靖四十五年（1566年），东南沿海的倭患完全解除。自此以后，明朝对海禁更加严厉，害怕倭患死灰复燃。

第三阶段，清初防复明势力。这个时期，郑成功雄踞台湾并且不断增长的抗清力量成为清政府的心头大患，于是实行海禁政策。浙闽总督屯泰于顺治十二年（1655年）上疏清政府：“沿海省份应立严禁，无许片帆入海，违者立置重典。”清政府也认为，郑成功的抗清力量之所以很难剿灭，是因为“有奸人暗通线索，贪图厚利，贸易往来，资以粮物。若不立法严禁，海氛何由廓清”。次年，颁布了《申严海禁敕谕》，敕令沿海各督抚镇，要求他们“著申饬沿海一带文武各官，严禁商民、船只私自出海，有将一切粮食货物等项，与逆贼贸易者……即将贸易之人，不论官民俱行奏闻正法，货物入官”，凡沿海可以停泊的海岸“俱严饬防守，各官相度形势，设法拦阻，或筑土坝，或树木栅，处处严防，不许片帆入口，一贼登岸”。

第四阶段，西方殖民者的东侵。15世纪以后，西方国家凭借工业革命一跃步入强国行列，葡萄牙、西班牙、荷兰等国向东进行资本掠夺，抢占殖民地。葡萄牙率先攻占马六甲海峡，野蛮抢夺中国商船，致使中国船只不敢走马六甲海峡，葡萄牙从而垄断了跟马尼拉的贸易。此时的荷兰不甘示弱，并且来得更直接，干脆侵占了澎湖岛，并在沿海一带进行骚扰。致使我国的商船尤其是东部沿海的商船，“内不敢出，外不敢入”，几乎中断了泉州港跟所有国家的贸易往来。

当然，真正踢临门一脚让泉州翻不了身的是市舶司的迁移。宋元时期，为了扶植泉州港，把福建的市舶司设在了泉州，加强对出入港船舶和外商的管理。而且泉州的市舶司是作为全国标杆的，以泉州的税收方式为规范，要求其他市舶司效仿。到了明朝，市舶司不受中央直管，而是隶属于福建布政司，而福建布政司设在福州，主管市舶司的官员只得经常往返于泉州与福州之间，在等级森严的封建社会，这样的机构设置对施政产生诸多不便。所以，到了明成化八年（1466年），干脆把市舶司从泉州搬迁到福州。由此一来，泉州港只能沦为地方性港口了。

诚然，海禁政策对广州也是适用的，为何广州港却可以弦歌不辍？毕竟倭寇之患、郑成功反清势力、侵占澎湖岛发生的地方都在中国的东面，作为东方第一大港的泉州自然受到最大的冲击。中国与海内外的贸易能够完全禁止吗？答案是否定的，平民百姓可以，但是皇室不同意，他们每年都要搜刮大量奇珍异宝供个人玩乐，没有了贸易窗口，从何而来呢？更何况，对外贸易产生的巨大经济效益是哪个皇朝都不会轻易放弃的。

但这个窗口设在哪里最合适？当然是广州。其一，它有着千余年的贸易史，早已闻名海外，航线、造船技术、港口设施、市场配套、航海人员等方面都是相对成熟的，也得到了海外大多数国家的认同。其二，广州一直作为封建朝廷的化外之地、南蛮之地，离中央政府又比较远，即使产生变故，放弃南端这一小块地方，对中央政权也不会产生直接影响。

广州港能够两千年来一脉相承、弦歌不辍，归根到底得益于它优越的地理位置。这片地灵人杰的宝地又是怎样的天造人设？后面的章节会一一叙述。

第八章

越秀层楼，海山形胜

明洪武年间，永嘉侯朱祖亮扩建广州城，把北城墙扩展到越秀山上，并在越秀山制高点修筑了镇海楼，“越秀层楼”成为羊城旧八景之一。广州依山傍海，镇海楼、岭南第一楼、拱北楼和海山楼四大崇楼共同见证了广州上千年来的山海形胜。

越秀层楼

早在孩提时，越秀山就已植入我的记忆中。越秀山有一座历史悠久的足球场，建于1926年。20世纪50年代，首任市长叶剑英元帅号召青年们在越秀山建造体育场，其宽广度在当年是绝无仅有的。

后来，我跟随父母出过几趟省城广州，越秀山是必到之处。我在懵懵懂懂中看到了一幢红彤彤的五层楼房，红墙绿瓦，雕栏陶饰，煞是好看。到越秀山来，除了记住了体育场以外，还多了这座五层楼。童年的记忆总是根植于脑海的最深层，铭记终生。后来，我上大学选修诗词格律课程，学习填写的第一首五言绝句就以越秀山镇海楼入诗。时隔二十年，拙作早已忘记，只记住了最后两句："镇海楼怀古，激扬粤海情。"

毕业时，我因热爱这座既有两千年历史文化沉淀，又有现代繁华都市气息的岭南都会，遂扎根于广州。从此，越秀山镇海楼成了我接待外地亲朋的首选旅游点。

早在南越国时期，越秀山已是南越国近郊的一座名山，南越王赵佗在山上建有越王台，在台上大宴群臣，并曾接待西汉使节陆贾大夫。每逢农历三月初三日，南越王赵佗总要到此登高游乐，随行官员、歌舞伎就会在台上跳起越族歌舞，故此越王台又被称作歌舞冈。

与南越王国时隔千年的南汉国君，依然以越王台作为主要游乐场所，常在此通宵达旦赏乐。南汉国把越秀山登山之路装饰了一番，道路两旁广种奇花异木，并饰有金菊、芙蓉，把此路称为“呼銮道”。如果评选广州最美丽的山路，我也首推越秀山的山道。山道两旁，树木粗壮，相邻的树枝交缠在一起，你牵我的手，我搭你的肩膀，亲密如兄弟，共同为登山者搭起一道长廊，带去一片遮天蔽日的浓荫。即使是大暑天，行走在这条登山路上也不觉辛苦。闻着草木的清香，迎着习习凉风，享受到几分人生惬意。我不知道这些古木有无与南汉国同寿的，如果有的话，颇有“旧时王谢堂前燕，飞入寻常百姓家”的况味，本作呼銮来，却迎百姓去。当然，历经千年沧桑，古今多少事，都付笑谈中。

宋代以后，越秀山成了广州不可或缺的重要景点，历代羊城八景，越秀山无一落榜，分别以“粤台秋月”“粤秀松涛”“象山樵歌”“粤秀连峰”“镇海层楼”“越秀层楼”等名称入选。“镇海层楼”“越秀层楼”就是镇海楼建成后的景色。

明洪武十三年（1380年），永嘉侯朱祖亮扩建广州城，把北城墙扩展到越秀山上，并在越秀山制高点修筑了一座五层高楼，此楼命名为“镇海楼”，有“雄镇海疆”之意。

镇海楼之于广州，其意义绝不亚于黄鹤楼之于武汉、滕王阁之于南昌、岳阳楼之于岳阳、鹳雀楼之于运城、郁孤台之于赣州。镇海楼没有被纳入中国历史名楼之列，实属可惜。

我曾因辛弃疾的一句“郁孤台下清江水，中间多少行人泪”，专程跑到赣州古城一睹郁孤台的风采。相比而言，无论从规模、形制、建筑艺术来说，镇海楼都略胜于郁孤台。镇海楼楼高五层共二十八米，呈长方形，底层墙厚三点八六米，往上逐层递减。一二层用红石砌，三四五层用青砖铺砌并漆上红漆。每层楼均有复檐，并采用了绿琉璃瓦盖，饰以石湾陶瓷鳌鱼花脊，寓意独占鳌头。这是广州现存最完好、最有气势，也是最富有民族特色的古建筑，被誉为“岭南第一览胜”。

历史上镇海楼也曾历经劫难，五次被毁。镇海楼最近一次重修是在1928年，把原来的木架构改建为钢筋混凝土结构。1929年修缮完成后，镇海楼被设立为广州市立博物院。1954年改名为广州博物馆，并一直沿用至今。

现时的镇海楼融入了高科技元素，分朝代介绍广州历史。一楼设置了液晶大屏幕，采用五维立体3D技术，把广州两千多年的城建发展史按时间顺序呈现在观众面前；二楼为海外商贸，讲述汉代海上丝绸之路的发展历程；三楼为东方港市，主要介绍隋唐到宋元时期，繁荣的海外贸易推动了广州的城市建设，呈现出独特的港市文明；四楼为世界名城，讲述广州在明清时期作为“一口通商”口岸的特殊地位，在经济、文化、城建方面得到快速发展，成为世界名城，展现当年出口的瓷器、丝绸、绘画等物；五楼是唯一开放阳台的楼层，主要给游客观光览胜。正对着阳台摆放着一幅巨大的珠江全景长卷，那是19世纪末至20世纪初的广州珠江河段景色，至今仍然伫立珠江畔的粤海关大楼、爱群大厦、圣心大教堂都在画中清晰可见，一艘艘乌漆漆的花尾渡像一叶叶浮萍一般铺满整条珠江，细数一下也有上百艘，形成百舸争流的壮观景象。

正当我沉浸在这幅画作中时，儿子猛地挣脱了我的手，迫不及待地冲到阳台去，双手扶栏作攀爬状。我赶忙跟随出来，把他摁住，母子俩一起在五层楼上远眺风光，学一把古人在此观瞻览胜的雅兴。儿子虽然到过广州塔高达四百八十八米的观光平台俯瞰广州全貌，但登上五层楼依然兴奋莫名，手舞足蹈，话语不断。我心不在焉地回应着他，忙着在镇海楼顶发思古之幽情。

“镇海楼”的横匾醒目地立在楼顶正中间，两侧对联颇为意味深长。上联为：“千万劫，危楼尚存，问谁摘斗摩霄，目空今古？”下联是：“五百年，故侯安在，使我倚栏看剑，泪洒英雄。”据说，这副对联是晚清水师统帅、“中兴四大名臣”之一的彭玉麟所撰。光绪十年（1884年），中法战争爆发，彭玉麟奉旨到广东办理海防。到达广州后，察看地形，检查各炮台、营垒，整修虎门要塞，在沙角设防，组编沙户渔船分守横门、磨刀门、崖门等珠江出海口，并在广州就地办团练。这副对联估计就是在这个时候写下来的。

明代，镇海楼因海防而建，与广州北城墙连成一体，使广州城固若金汤。那时的大明朝继续稳坐世界第一大国的宝座，确实具备摘斗摩霄、目空古今的豪气和傲气。大清帝国内外交困，国力衰退，任夷人鱼肉，纵有千般武艺，也只能倚栏看剑，长使英雄泪满襟啊！彭玉麟只能通过这副对联一吐胸中块垒。

我站在镇海楼的最高层极目远眺，滚滚的珠江水早已跳出视线外，无处寻觅。放眼望去，一幢幢高楼拔地而起，有的甚至超越了五层楼的高度。可我还是心有期盼地极力远望，期望能看得远些，再远些……

海山形胜

山水相依的城市总是多了几分妩媚与柔情，令人向往。现在一提起广州，人们总是想起具有标志性的云山珠水。山不在高，有仙则名；水不在深，有龙则灵。这句诗用来形容拥有云山珠水的广州再恰当不过了。

广州一直是海山形胜之地，当年秦军抵达广州，看到番山、禺山，索性把此地称为番禺。后来番禺城被毁，三国大将步骘在原地重建城池，也是看中了广州“负山带海，诚海岛膏腴之地”的极佳位置。泥城码头、坡山古渡、西来初地、扶胥港、黄埔古港等从古至今一座接一座的码头见证了珠江水千年的变迁。真正把海山相连，纳入广州城的总体布局，始于明洪武十三年（1380年），永嘉侯朱祖亮扩建广州城。他把越秀山纳入城市规划中，把城墙的北面直接建在越秀山上，并在越秀山的最高点建了座镇海楼，镇海楼与城墙相连，护佑着广州城的北面。

占据城市制高点的镇海楼，如一只山上的雄鹰，俯瞰着整座广州城。广州，从此拥有了一条清晰明朗的城市中轴线。数百年来，广州的城市建设都是围绕着这条中轴线来规划的。从中国传统的城市建筑规划布局来说，明朝的广州城北靠越秀山，南滨珠江水，东有如九龙出海的大港，西有三江汇聚的来龙，形成坐北向南、靠山面海的城市格局，得天独厚。当年步骘到达番禺后，曾登高望远，被番禺的万千气象震撼了。《水经注》记载了步骘对番禺的高赞：

“睹巨海之浩茫，观原薮之殷阜，乃曰：‘斯诚海岛膏腴之地，宜为都邑也。’”

纵观世界各大城市，延绵两千年且中心从来没有移动过的仅为三座，那就是罗马、亚历山大和广州。通过比照，我们会发现，这三座城市都有一个共同的特点，就是它们在城市规划上遵循了自然平衡法则，即立下城市中轴线后，城市建设向两侧平衡扩张。

广州的中轴线其实在南越国建番禺城时已确立，现有北京路的千年古道遗址作证。在这条中轴线的两侧，分别有秦汉造船工地遗址、南汉御花园、唐清海军楼遗址、明城隍庙、大佛寺等古迹相佐证。

广州城建一直重视登高望海览胜，清代屈大均在其著述《广东新语》中曾对广州的地形山貌、湖泊泉池、名胜古迹进行记述，其中提到广州“四大崇楼”。什么叫崇楼？就是重檐歇山顶式的装饰性建筑。广州“四大崇楼”分别是镇海楼、岭南第一楼、拱北楼和海山楼。除了镇海楼和岭南第一楼这对明代“双璧”尚存外，拱北楼和海山楼都已被毁，实在让人扼腕叹息。

镇海楼前面已述，岭南第一楼恐怕大家有点陌生。前面几章我们提到了五仙观和坡山古渡，岭南第一楼就坐落在五仙观大殿后面、坡山古渡西侧，建于明洪武七年（1374年），比镇海楼还早了六年。曾被毁了一次，现存的为明万历期间重建的。始建时，它以十七米多的高度成为岭南地区最高的建筑物，故名“岭南第一楼”。岭南第一楼延续了朱墙绿瓦，重构歇山顶的建筑样式，正脊饰有鳌鱼宝珠。

岭南第一楼远看如一座城门，中开一个拱形的门洞，前后贯通。可是，它又不是城门啊！这门洞究竟作何用处？我走到门洞的中间抬头望去，视线透过一个方形的竖井，看到一口硕大的反口铜钟。我不禁下意识地往后一躲，生怕这是小雷音寺那口把孙悟空盖得无法动弹的铜钟。正当我要离开之时，阵阵凉风袭来，是盛夏时节难得的避暑之处，骤然生出几分留恋。沿着楼两侧的木梯上到二楼，中空架构的方亭中间吊着一口青铜钟。岭南第一楼的主角是这口明代大青铜钟，撞击时据闻可以“声响十里”，就是根据共鸣的原理，钟声通过竖井传到前后贯通的门洞产生共鸣。我于是恍然大悟，知道这楼怪异的设计用意就在于此。在那个重文轻理的年代，能有如此匠心独运的设计，而且非常符合科学原理，让我不得不佩服古人的智慧。在古代，科学的大门还是时常有人叩击的，只是选拔人才的制度与社会氛围扼杀了不少数理天才，让中国在清代科学技术全面落后于西方国家。

我很想体验一把这青铜钟是如何声传十里、声震广州。只可惜，这青铜钟从它第一天被吊起，就被立下了规矩：非火警一类的非常事故不得撞击鸣钟。所以此青铜钟又被称为禁钟，岭南第一楼又被唤作禁钟楼。我终于明白，这座第一楼有两大功用：其一，警钟楼，有紧急事故以此作为通信工具知会大家；其二，也有登高览胜之功用。

再来寻踪拱北楼。来广州不能不到越秀区，到越秀区不能不逛北京路。广州两千多年的历史就浓缩在这条路上。北京路上，古代的遗迹与现代的商业文明共存，且一点都不违和。难道这不就是广州的缩影吗？不就是岭南文化包容共存的真实写照？

北京路除了声名远播的千年古道遗址外，还有一个千年古楼遗址，这座楼就是拱北楼。拱北楼最早建于唐朝天祐三年（906年），是一座双阙楼，当时取名“象阙”。当年是作为军事岗哨而兴建的。中国历史博物馆陈列着中国最大最完整的古代计时器“铜壶滴漏”，它自元代起就一直被安放在拱北楼，并有专人负责打更报时，从此拱北楼的报更钟声陪伴广州市民走过了好几个世纪。清咸丰七年（1857年），英法联军攻打广州，致使拱北楼失火，“铜壶滴漏”一度下落不明。后由两广总督劳崇光悬赏购得，把损坏的夜天壶修补好。1918年，广州拆城筑马路，拆毁了拱北楼，存世数代的名楼从此消失。

如今，在北京路与西湖路交界处，立起了一座“铜壶滴漏”的牌坊，上面书写着“北京路”，算是对这段历史的一点特殊纪念，让世人代代铭记曾经有这么一座拱北楼、这样一个铜壶滴漏。

最后一座崇楼是只闻其名不见其影的海山楼，但是能够证明海山楼真实存在过的文献资料可真不少。宋代诗人陈与义就曾写下《雨中再赋海山楼》：“百尺阑干横海立，一生襟抱与山开。岸边天影随潮入，楼上春容带雨来。慷慨赋诗还自恨，徘徊舒啸却生哀。灭胡猛士今安有，非复当年单父台。”

读着这首诗，我仿佛穿越到一千年前，与一帮文人墨客坐在横海而立的海山楼上把酒言欢，观海赋诗。手扶海山楼的栏杆，透过蒙蒙春雨，面对着碧波浩渺的海面，胸怀与抱负如山般雄伟、如海般辽阔。点点帆影随着潮水涌到岸边来，海山楼上温暖的春容顿时被雨水打湿。

宋代时，北京南路是一片海，被称为小海，扶胥港对出的海被称为大海。北宋嘉祐年间，经略使魏炎在小海边（今北京南路与东横街相交处）建了这座海山楼。《萍洲可谈》记载：“广州市舶亭，枕水有海山楼，正对五洲，其下谓之小海。”据考证，“五洲”即为现在的太平沙，因当年此处有五堆沙洲露出水面而得名。

有两份文献可以佐证海山楼可以望海。其一是《舆地纪胜》，说：“海山楼在城南，极目千里，为登览之胜。”其二是《明一统志》云：“海山楼在府城镇南门外，极目千里，百越之伟观也。”

宋朝廷建这座海山楼的主要目的是什么？我搜遍典籍发现答案是宴请前来经商的商人。宋朝有一个惯例叫“犒设”，即对前来经商的海舶举办慰劳送别之宴。《岭外代答》说：“岁十月，提举市舶司大犒设蕃商而遣之。”《宋会要辑稿》辑录有：“每年于十月内，依例支破官钱三百贯文，排办筵宴……犒设诸国蕃商等。”由此可见，犒设的时间在每年农历十月，并形成一种持之以恒的制度，还规定市舶司官员必须出席。《蒲寿庚考》也有记载：“犒设时，除蕃商外，蕃舶之重要船员，亦列席尽欢。”这相当于如今的客户答谢宴了。

宋元战争时的广州毕竟是最后拉锯的主战场，广州的许多建筑物都不能幸免于难，包括这座闻名遐迩的海山楼。

外地人到广州来，通常一脸费解，广州不是一座港口城市吗？怎么只见珠江不见大海？他们哪曾想到，今天最繁华的北京路就可以枕海听涛了。倘若海山楼尚在，岂不是有力的明证？

四大崇楼共同见证广州一千多年来的山海形胜，让广州在历史的沉淀中多了几分妩媚、几度追忆。

第九章

朝贡贸易，私易盛行

明朝由于倭寇作乱，要实施海禁政策，并从自由贸易倒退回朝贡贸易，郑和下西洋把朝贡贸易推向巅峰。后来东南沿海群情激愤，朝廷只得让步，终于同意有限制地开放海禁，授予广州口岸最多朝贡国登陆权。为了获取巨额利润，海商集团、散商、海寇等用各种方式进行私人贸易，也催生了资本主义的萌芽。

朝贡贸易

明朝对海外贸易的态度可以说是模棱两可的。一方面防倭寇作乱，要实施海禁政策；另一方面宫廷贵族又有使用蕃货和追求奇珍异宝的需求，于是出现了一种奇特的贸易现象——朝贡贸易。

如前所述，在魏晋南北朝时期，中国就实行朝贡贸易，海外诸多小国名为前来中国朝贡，实则想获得高额经济利益。一千年过去了，中国的海外贸易由保守走向开放，再回归保守。

从心理学的角度来分析，人的地位越卑微，自尊心就越强。明太祖朱元璋，在大明立国后，急于挽回“天朝上国”的颜面，把这种一千年前的朝贡的贸易形式推崇备至、发扬光大。明初，北方残元势力仍然蠢蠢欲动，以倭国（日本）为首的东亚诸国频繁作乱。朱元璋为了安定南部边境，意图通过朝贡的方式控制东南亚各国，消除嫌隙，防止侵扰边境的战争。这种贸易政治目的多于经济目的，属于恩赐的性质。如同刘姥姥这样的穷亲戚来走访荣国府一样，回赐的物品比进贡的物品多得多。

东南亚个别国家确实想傍大树，意图依附明帝国，向明帝国请求封爵、印绶、告哀、乞怜等。更大一部分国家出于经济目的，一方面，回赐物品比进贡物品贵重；另一方面，寻常的香料来到中国，往往有几十倍的利润。

于是，双方各怀目的，起初朝贡贸易也开展得如火如荼，最高峰时，有二十四个国家前来朝贡。后来，随着明朝国力的逐渐强盛，朱元璋的恩威意识更加强烈，严格审查各国的朝贡资格。双方的认知存在差异，导致洪武二十四年至四十九年间，竟然长达二十五年，没有一个国家前来朝贡。

把明朝的朝贡贸易推向高潮的就是大家所熟知的郑和七下西洋。

朱棣是明朝最有雄才大略的皇帝，他的高瞻远瞩在中国历史上并不多见。从两点可以看出，第一点迁都北京，规划兴建北京和紫禁城，这座一直沿用至今的都城、皇城是中华民族的根基与瑰宝；第二点就是派郑和七下西洋，在中国的航海史册、外交史册上涂上了浓墨重彩的一笔，也是世界航海史上的壮举，比欧洲航海家的远航早了半个多世纪。《郑和航海图》是世界上现存较早的航海图集，其对亚非各国的方位、航道、礁石、浅滩均有详细标注，对今天的航海仍然有指导意义。更重要的一点是，倘若中国沿着朱棣的指导思想继续逐鹿海洋，抓住海洋大发展的机遇，恐怕就不会陷入后来的长达两百多年的被动挨打、丧权辱国的局面了。可惜，历史不可重来啊！正如粤方言的一句俗语所云："有早知冇乞衣。"

朱棣派郑和七下西洋的目的，一说朱棣一是为了追寻侄儿建文帝的下落，也有一说是为了迎佛牙。郑和七下西洋有积极意义：一是进一步宣扬大明国威，放宽了对朝贡的限制，郑和一共拜访了三十多个国家和地区，把中华文明传播到海外；二是促进对外贸易，为当时的海禁政策指导下的朝贡贸易注入了生命力。当时，明成祖朱棣已经恢复市舶司的机构，如果发展得顺利的话，重新开放自由贸易指日可待。

当然，郑和下西洋是一项劳民伤财的"烧钱"工程，每艘船的造价就达到五六千两白银，每次出海都动用了两百多艘船，对外邦朝贡者的赏赐就达到六百万银。以至于国内的反对声也很尖锐，传言车驾郎中刘大厦气得一把火把《郑和航海图》的正本烧了。

广州在朝贡贸易中处于什么地位?

所有朝贡国的船舶称为“贡舶”。各国的贡使随贡舶来到中国，其入境的港口和进贡路线均有严格规定，不得随便选择。如泉州规定为琉球入境的口岸；宁波规定为日本入境口岸；广州为占城、暹罗、爪哇、满剌加、真腊、苏禄国东王、苏禄国西王、苏禄国峒王、柯支、锡兰山、古里、苏门答腊、古麻剌等国的入境口岸。泉州、宁波都是单一国口岸，广州却囊括了整个东南亚诸国，数量上占压倒性优势。除此之外，明朝还对各朝贡国规定了不同的朝贡年限，如琉球是两年一贡，日本十年一贡，其他国家基本是三年一贡。可以想象，泉州口岸两年才用一次，宁波口岸十年才“发市”一次，而广州因为涉及的国家多，广州口岸基本每年都要接待贡船，而且频率也相当高。可以推断，广州口岸在接待国家数量和频率上都完全盖过其他口岸，重新跻身于第一大港的行列。

特别是到了明嘉靖年间，浙、闽两地的市舶司都被撤销了，只剩下广州为唯一的贡使进出口岸，广州港的一口通商从此拉开了帷幕。当然，这个一口通商是朝贡贸易，非自由贸易，跟清朝中叶的一口通商还是不能同日而语。

中国是一个注重礼节的国家，尤其在明帝国，还得处处凸显自己天朝上国的优越地位，所以，对贡使的接待都有一套严格的流程和接待路线。那时候，贡使在广州登岸，广东布政司按照勘合制度，验明身份后，即行奏明朝廷。然后检验贡品，加以封识，以待起运进京。当朝廷的勘合到达广州后，市舶司便派员陪同贡使进京。贡使一行乘舟楫到南雄，然后舍舟登岸，越过梅岭经南昌等地到达南京及后来的北京。抵达北京后，贡使被安置在会同馆住宿。会同馆分南北两馆，北馆六所，南馆三所，设大使一员，副使两名，馆夫四百名，负责贡使的接待工作。贡使一行自抵中国后，一切食宿、交通、医药全由明朝政府提供。贡使在北京安顿下来后，把携带来的表文交礼部呈报皇帝并安排觐见。朝见皇帝时呈上贡品，皇帝回赐金银等贵重物品。朝贡完毕后，准许贡使将携来的货物在会同馆开市三至五天，事前由礼部于馆门出具告示广而告之。北京会同馆贸易结束后，贡使由礼部鸿胪寺官员伴送至广州。贡使抵达广州后，由当地布政司再宴请一次，才起程回国。

毕竟是朝贡贸易，相比起自由贸易，政府对会同馆开市贸易有许多限制，《明会典》中有详细记载。对本国民众规定：不许携带军器、铁器、史书、玄黄紫皂、大花蕃莲缎匹等违禁品与贡使交易；会同馆内外四邻、军民等，不得代夷人收买违禁品，违者问罪；前往会同馆贸易的（商人）必须将货物携入馆内，做到公平交易；如因赊账或布绢染色，故意拖延日期，使夷人不能按时起程者，问罪。对夷人的规定：贡使等所受的赏赐品，不能在开市时出售；各夷人若故意潜入民宅，私相交易者，没收货物入官。

为了让朝贡国获得更多利益，明政府允许入贡国有一定的船舶随贡使同来，并“许附载方物，与中国贸易”（《明史·食货志》）。所以虽然规定了进贡年限，进贡国还是觉得有利可图，依旧年年来华朝贡。

禁放之争

在“禁”还是“放”的问题上，明朝的统治阶级内部曾有过激烈的争论，一派极力主张海禁，以朱纨为代表。《东西洋考》中记述了一段朱纨执法的文字：“有佛朗机船载货，泊浯屿，漳泉贾人往贸易焉。巡海使者柯乔发兵攻夷船，而贩者不止。都御史朱纨获通贩九十余人，斩之通都，海禁渐肃。”另一派主张有限制地开放海禁，当然是以广东的地方官员为代表并占了大多数。那时，广东地方官员的薪饷“多以番货代”，蕃舶不来，他们连出粮都成问题，为了自身的利益出发，他们当然要极力争取了。他们以地方财政收入下降影响军事物资供应为理由，为开放海禁据理力争。

嘉靖八年（1529年），广东巡抚林富上疏朝廷：“以臣知中国之利，盐铁为大，山川水炪，仡仡终岁，仅充常额，一有水旱，劝民纳粟，犹惧不继，旧规番舶朝贡之外，抽解俱有则例，足供御用，此其利之大者一也。除抽解外，节充军饷。今两广用兵连年，库藏日耗，借此可以充羡而备不虞，此其利之大者二也。广西一省，全仰给于广东，今小有征发，即措办不前，虽折俸折米，久已缺乏，科扰于民，计所不免。查得旧番舶通时，公私饶给，在库番货，旬月可得银数万两，以其为利之大者三也。贸易旧例，有司择其良者，加价给之，其次贫民买卖。故小民持一钱之货，即得握持，辗转交易，于以自肥，广东旧称富庶，良以此耳。此其利之大者四也。”此疏可以称作是主张开放海禁的代表作，朝廷开始慎重权衡海禁的利弊得失了。

当然，也有“倒米”（成事不足败事有余）的广东人，他就是王希文。他给明武宗上了一疏，名为《重边防以苏民命疏》，疏中力陈，放宽海禁之害，认为“番舶一绝，则备倭可以不设，而民以聊生，盐课可通，而琼儋之利皆集矣”。明武宗果然被吓得瑟瑟发抖，采纳了他的意见，以致“番舶几绝”。

其后，福建、江浙一带的官僚地主，为了自身的利益，也陆续声援开放海禁；以致民意滔滔，群情激愤，朝廷只得让步，终于同意有限制地开放海禁，形式以朝贡为名，行贸易之实。其好处是：一者，朝廷可以很好地把握贸易的参与国、贸易节奏与频率，防止贸易国作乱；二者，增加财政收入，安抚地方官员；三者，满足统治阶层享乐之用。

私人贸易

禁止得越严，必然反抗得越激烈，这是事物发展的普遍规律。

海外贸易究竟有多少利润？我举一个人尽皆知的实例大家便可推算出来。1745年，瑞典“哥德堡号”在距离哥德堡港九百米的海域触礁沉没，他们紧急打捞抢救，最终也有三分之二的货物随船沉入海底。就是被打捞上来的三分之一的货品，在市场上拍卖后，除了足够支付来回广州的全部成本外，还能盈利百分之十四。

明朝实施海禁政策后，第一个跳出来反对的就是豪门巨贾。他们有财力、有社会关系，跟官员相互勾结，形成了一股强大的政治势力，人们称之为海商集团。他们对支持海禁的人群起而攻之，都御史朱纨就被迫自杀而亡。他们敢于对朝廷的政策抗命而行、顶风作案。《澄海县志》记载：“豪民造巨舰向外洋交易。”《漫游纪略》也说：“闽中巨室，皆擅海船之利，西至欧罗巴，东至日本之吕宋长岐，每一舶至，则钱货充牣。”这海商集团无一不是财雄势大的官宦世家。其中一家是我们所熟知的，就是海瑞家。海瑞是历史上清正廉明、忠君爱国的好官，而他的孙子海述祖是海商集团的领头人，一度当了船王，拥有首尾长二十八丈、桅高二十五丈的船，足可以与郑和下西洋的巨舶匹敌。沿海海商租赁其船，载货到海外贸易。传闻，这海述祖心术不正、心狠手辣，曾运送三十八位走私商人出海贸易，行至海中，利用船上机关把商人灭口，把货物据为己有。

有了海商集团做榜样，其他人的胆子也大了起来。一些散商联合起来，合资造船、合股经营，正如《泾林续记》记载：“闽广奸商惯习通番，每一舶推一豪富者为主，中载重货，余各以己资市物往贸，牟利恒百余倍。”他们组织严密，分工合作，职责明确，有股份公司的雏形。《东西洋考》就记录了他们的组织形式：“每舶舶主为政，诸商人附之，如蚁封卫长，合并徙巢，亚此则财副一人，爰司掌记。又总管一人，统理舟中事，代舶主传呼。其司战具者，为直库。上樯桅者，为阿班。司碇者，有头碇二碇。司缭者，有大缭二缭。司舵者，为舵工，亦二人更代。其司针者，名火长。”可以看出，这些商人均是航海的行家里手，专吃这行饭的。后来一些赚钱较多的散户也开始自立门户，自己出资造船，当船主，雇用船员，再招来商贩出海贸易。这种形式，船主跟货主是分开的，跟我们现代的航运业经营模式类似。

时势造英雄，什么样的环境造就什么样的人。海禁政策催生了一批有胆有识、有智有谋的海寇，他们反抗封建统治的海禁，组织海上武装力量称雄海上，进行海外贸易。

这些海寇并非只做劫掠的营生，也经营海外贸易。《虔台倭纂》说：“寇与商同是人，市通则寇转为商，市禁则商转为寇。”他们人数众多，船队庞大，内部组织严密，与明朝廷对抗，俨然一个小朝廷、小社会。他们的武装力量强大，擅海战，朝廷也拿他们没办法。

较著名的海寇要算郑成功的父亲郑芝龙，拥有成百艘海船，实际上就是一个经营海外贸易的大商人，业务遍布日本、琉球、吕宋、印度支那半岛，“田园遍闽广”。他的水上军事实力强大到什么程度？崇祯六年（1633年），他在泉州金门岛的料罗湾海战中成功击败海上西方势力，这是郑和船队退出海洋霸权两百年后，中国人重新夺取海上主导权。可以说，郑芝龙是大航海时代东亚海域举足轻重的人物，这为他的儿子郑成功留下了强大的海上基业。郑成功依此为资本进行抗清活动并打败荷兰殖民者，成功收复台湾，成为留名青史的民族英雄。

在海禁严厉的明朝中后期，往来广州的商船络绎不绝，屈大均在《广东新语》中记载："在昔州全盛时，番舶衔尾而至……豪商大贾，各以其土所宜相贸，得利不赀。"从中可以看出，私人贸易是当时对外贸易的主要形式，私人贸易的商船远远多于朝贡贸易的贡舶。广人以海外贸易为营生的也较多："广州望县，人多务贾与时逐，以香、糖、果、箱、铁器、藤、蜡、番椒、苏木、蒲葵诸货，北走豫章、吴、浙，西北走长沙、汉口，其黠者南走澳门，至于红毛、日本、琉球……倏忽数千万里，以中国珍丽之物相贸易，获大赢利。"

私人贸易建立了资本与雇佣劳动的关系与制度，早期资本主义在此播下了种子。海外贸易的蓬勃兴起，也带动了广州周边手工制造业的发展，广东的丝织业、陶瓷业、造船业、制糖业、果品加工业等都得到了大发展。从生产力水平、雇佣关系、产品的商品化各方面来看，已经具备了资本主义生产的初始状态，我们习惯称之为"资本主义萌芽"。这些均符合社会发展的必然趋向，是一种进步的社会发展状态。

中国早在秦朝已出现海外贸易活动；三国孙权、隋炀帝杨广派使臣出使，与诸国交好；唐朝设立市舶司、蕃坊，广州的三分之一人口都是蕃人，海上丝绸之路取代了陆上丝绸之路的地位，让中国正式成为海洋帝国。宋、元两朝，海外贸易进一步发展，直到明成祖派郑和七下西洋，中国仍然是世界第一海洋王国，造船、航海技术和综合国力均处于世界之巅。就是这样一个海洋强国，突然闭关锁国，把制海权拱手相让，失去了最佳的海洋大发展时机，以致整个中国由富强先进之国倒退至愚昧落后的国度，真让人百思不得其解。我们不妨多方探讨，追本溯源，以迪后世。

中国是一个农业大国。《小雅·北山》有云：“溥天之下，莫非王土；率土之滨，莫非王臣。”历代统治阶级把国土、疆域看得很重，没有意识到海洋也是国土的一部分。刘邦当了皇帝也不忘故土，唱着《大风歌》衣锦还乡：“威加海内兮归故乡，安得猛士兮守四方。”历代官员卸任后，总要告老还乡，落地生根。这乡情就是故土，土地情结在封建农业社会中占有很重的分量。当西方国家从血缘文明向属地文明发展时，中国一直固守着血缘文明。所以，当明清时期有倭寇作乱、有红毛鬼强占殖民地时，统治阶级觉得维护这海洋的成本过高了，害怕顾此而失彼，自然就主动放弃，固守着他们认为最重要、最能代表主权的土地。

广州有一条濠畔街，现位于越秀区，介于海珠中路与解放南路之间。最早出现在宋代，坐落在玉带濠边，故称为濠畔，当时被称为广州的秦淮河，有人形容当年的濠畔街“十里朱楼，商贾云集”。到了明朝，广州的舶来品多在濠畔街一带交易，故此地十分繁盛。史载：“当盛平时，香珠犀象如山，花鸟如海……日费数千万金，饮食之盛，歌舞之多，过于秦淮数倍。”（《广东新语》）清朝山西票号在此设分号，濠畔街成为广州的金融中心。经过八百年风雨沧桑，一直延续到今天，濠畔街依然成为岭南颇有名气的皮革一条街。不但在华南地区领导着市场潮流，而且也是全国鞋材皮料市场的晴雨表。

从五仙观穿过几条横街窄巷，到达濠畔街，已是傍晚时分。濠畔街隐藏于繁华的闹市中，两旁是旧式的平房或两三层高的民宅，一楼临街的房屋都辟做商铺，全部都是售卖皮革产品的，以批发为主。濠畔街路宽不过四五米，仅够一辆汽车通行，按现在的标准只能算是一条较宽的巷子。街道路面比房子普遍低了好几个台阶。说明这路面当年就是玉带濠涌，被填平了河面而成了街道。可以想象数百年前，无数的花艇、画舫泊于玉带濠上，莺歌燕舞，珠落玉盘，酒色财气在这里相会交融成一处繁华的烟花地，让多少客商乐不思乡。

傍晚的濠畔街铺面错落，有些学德叔提早“收工”了，有的正准备歇业，街上行人寥落。我徜徉于濠畔老街的石板路上，漫溯于静谧流淌的历史长河中，妄图寻得昔日胜于秦淮的一鳞半爪，却不得，让我徒生几分叹息，只得在飘溢于街头巷尾的皮革味和一间间手缝皮革的商铺中，捕捉到一丁点往昔的商脉气息。

第十章

三塔引航，古港遗风

明万历年间，广州先后建成了琶洲塔、莲花塔、赤岗塔，形成三塔引航的奇观。我踏上寻访三塔之路，感受五百年前的塔影风流。黄埔古港是继扶胥港后明清时期广州港最重要的外港，特别是一口通商时期，粤海关成立，设立黄埔挂号口，黄埔古港成为当之无愧的世界第一大港。

三塔引航

研究明朝的历史，好像不能忽略一个年号，就是万历年。万历年历时四十八年，是明朝使用时间最长的年号。万历年间出现能臣张居正，他通过推出一系列改革措施，明朝一度呈现中兴之象，史称万历中兴，似乎可以挽颓明于将危。只可惜，这仅仅是明朝的回光返照罢了，万历之后的二十多年的某一天，崇祯帝就被迫吊死在万寿山上。

之所以花如此多笔墨铺垫万历年，是因为万历年间，广州港出现了非常关键的举措。广州在万历年间接连建造了三座灯塔，为广州港乃至中国的海上丝绸之路立下了三座不朽的丰碑。那三座灯塔分别是：建于明万历二十六年（1598年）的琶洲塔，又名海鳌塔；建于明万历四十年（1612年）的莲花塔，又名文昌塔、石砺塔、狮子塔；建于明万历四十七年（1619年）的赤岗塔。莲花塔位于城东南四十公里的莲花山上，琶洲塔位于城东南二十公里的琶洲山上，赤岗塔位于城东南外的一处红砂岩山岗上，与琶洲塔相距不远。三塔在珠江口构成一个稳固的三角形。

这三座塔从外形来看，似乎一模一样。它们都属于楼阁式砖塔，与佛教的舍利塔造型相似。平面八角形，总高五十余米，外观九层，层层铺设木楼板，内膛为八角直井式。三塔皆为粉墙红柱，绿琉璃瓦，八角攒尖顶。八角均竖有一红色依柱，柱头有额坊，叠以牙砖。各级以砖牙挑出瓦檐，八面设门、窗或龛。平座，但非常狭窄，不便行走，另在壁内砌砖级，盘旋而上顶层。塔基用红砂岩砌成，表层为灰色斑岩，也为八角形，每边长五米五、高一米。各边均有托塔力士的石刻雕像，均为西洋人，他们跪着用双手或单手托塔，形象各异、神态生动，为不可多得的明代石刻佳作。

我们对比一下明式家具与清式家具就会发现，明式家具简洁明了。这三塔为明代晚期的楼阁式砖塔，具有简洁明快的建筑特点，同时又兼顾岭南建筑风格。

我们不妨还原一下明清时期这三塔引航的情景。

从南海进入珠江口的船舶，溯珠江而上，慢慢驶近广州，映入眼帘的第一座塔就是莲花塔。久在海上漂泊的船员，看到莲花塔的时候是何等兴奋啊！他们在甲板上手舞足蹈，载歌载舞，庆祝终于来到广州、来到中国。莲花塔代表的就是广州的门面和形象，故有“省会华表”之称。

又往里走四十海里，就会看到一个沙洲，两个小山岗相连而状似琵琶，琶洲塔傲然立在沙洲的山岗上，扼守着珠江要道，朝夕吞吐潮汐，故被称为“会城水口”。来到这里，船员们更加高兴了，因为很快就可以上岸了。其实在宋代，船员就是从这里上岸的，这里就是广州的外港——琶洲码头。《宋史》记载：“贡使行至三佛齐国，又行十八昼夜……至广州之琵琶洲。”据说当年闽浙舟楫入广州的多泊于此。传说，有船员刚好在琶洲的海面见到金色的海鳌，把黑色的海面照得异常光亮，恍如白昼，船员们仿佛进入传说中的海上宫殿。屈大均似乎看到过海鳌出现的异象，把这奇景写进了《广东新语》中。现如今，我们可以在哪片海域看到此般奇象呢？或许再也看不到了。

船再驶入一点，就到当年的广州外港——黄埔古港，再往里就是赤岗塔。

正所谓：前人种树，后人乘凉。明朝修筑的塔，为清中期一口通商的广州发挥了巨大的作用，广州成为名副其实的国际大都市，十三行更是富甲天下。

当年三塔所处的珠江是一片汪洋大海，潮来潮去。当汹涌澎湃的天文大潮压过来时，赤岗、琶洲山也许都被盖在浪底下，成为一座危机四伏的暗礁，那高耸的塔尖露出水面来，塔顶上的灯光眨着眼睛，示意来往的船只赶紧避开，这可挽救了多少过往的船只，拯救了多少无辜的生命啊!

寻访三塔

我家与琶洲塔、赤岗塔同处海珠区，曾无数次与它们匆匆对望、擦肩而过，却从没想过去登塔凭栏、把酒临风。为探寻广州港的千年密码，我第一次走近三塔。

赤岗塔离我家最近，开车就半小时车程，坐地铁也只有五个站的路程。赤岗塔与广州的新地标小蛮腰电视塔只有一河之隔，此河名为赤岗涌，两塔同处于广州新中轴线上。“樱桃樊素口，杨柳小蛮腰”。从塔下仰望小蛮腰，其扭动的腰肢婀娜多姿，直插云霄。一小段腰身倒映在整饬有致的赤岗涌里，构成了一道蛮腰倒映的美丽景致。

这里是寸土寸金的商业旺地，一座朱红色的小山岗孤零零地立在闹市中，小山岗上耸立着一座古塔。走近小山岗，周围已被围蔽，留有几个门进出。山岗脚下已被高大的植被所覆盖，林木茂密，荒草萋萋。抬头仰望，只见塔座，塔身已掩映在层层叠叠、郁郁葱葱的植被中。我正要寻觅登塔之路，发现登塔之路被铁马阻隔住了，无法攀登，只得失望离开。

此塔在四百多年间已历经多次维修，终因年代久远，老化、破损严重。在1996年维修以前，塔身更是倾斜了一百〇五厘米，随时有倒塌的危险。2010年亚运会前夕，广州斥巨资把其修葺一新，与小蛮腰形成“双塔争辉”的景观。也许这修葺只能保证它不倒塌，却承受不了游客的攀登，现如今依然禁止登塔。我虽有失望，却也理解。

我寻觅到一处双塔合璧的绝佳角度，赶忙掏出手机按下了快门。一古一今两塔定格在照片里，赤岗塔在此孤独地守候了五百年，似乎就为了此刻的相遇与相识，也实现了历史使命的交接与传承。

有了小蛮腰的加持，广州的东水口似乎锁得更紧了。2009年小蛮腰落成后，广州港得以重新跻身国际大港之列，重振当年的雄风。更何况，小蛮腰不是一般的塔，而是高达六百多米的位列世界第二的高塔，成为广州的新地标。

历史的轮回就是这么巧合。

相比赤岗塔，琶洲塔似乎得到更多的善待。落塔之处，已建成了一个占地二十六万平方米的琶洲塔公园，公园环境清幽，是市民的休闲好去处。虽然与广州水博苑同处一个公园，但是琶洲塔显然是此处的主角。琶洲塔耸立在一个小山岗上，山脚下流水潺潺，奇石叠翠，风景怡人。我沿着蜿蜒的山路前行，脚下的树叶铺了一层又一层，如踏在地毯般绵软舒适。路两边的植被呈自然状态伸腰蹬腿，犬牙交错，显然是缺乏人工修饰而呈现出荒凉的景象。独自行走其间，不禁有点胆战心惊，不时留意着脚下的情况，害怕突然从草丛中窜出一条蛇来。

幸好山岗不高，一会儿我便来到琶洲塔脚下，穿门进园，有一个管理员在此负责游客登记。正当我想抬脚登塔时，一圈铁栅栏把我挡在塔外，旁边一个牌子书写着“维修中”。我不禁大失所望。接连两座古塔都无法攀爬，完全没有机会体验一把当年古人一览众山小的豪迈。

我绕着塔仔细观看，目光所及的两层塔身，八面设门、窗或龛，龛内有佛像背靠芭蕉、脚踏莲花，左手以兰花指状放在腰前；手尖向下，右手五指并拢、掌尖向上、掌心朝外。

由于明太祖朱元璋早年当过僧侣，对于当年中国的佛教相当熟悉，因而有意加以整顿。明成祖朱棣重视佛教，意图通过佛教的宣传为其篡取皇位正名，给自己树立忠孝仁义的明君形象。明代中叶，自宣宗至穆宗，对佛教并不重视，佛教各宗衰微。可是，到了明神宗万历年间，名匠辈出，雕塑佛像自然不在话下，形成佛教复兴的气象。走笔至此，就不难理解琶洲塔上雕刻的佛像了，也成了三塔建造的原因之一。

琶洲塔巨大的塔基雕着数个西洋力士，单膝或双膝下跪，双手托塔，由于用力过猛，他们的面部显得有些狰狞。这些西洋力士穿的是明朝服装。从上古至明代，中国的西洋奴历史已有近千年，唐代有钱人家都喜欢蓄养昆仑奴，由于他们孔武有力，官宦富贵之家都爱买来从事笨重的体力劳动。王昌龄就有诗曰："青骢一匹昆仑牵。"张籍对这些昆仑奴有更详尽的描述："昆仑家住海中州，蛮客将来客地游；言语解教秦吉了，波涛初过郁林洲。金环欲落曾穿耳，螺髻长卷不裹头；自爱肌肤黑如漆，行时半脱木棉裘。"所以用西洋力士来托塔才够稳固。

环顾四周，高楼林立，现代化的建筑把琶洲塔环抱其中。站在琶洲山上，清风徐来，绿树掩映，给这繁华热闹现代的都市留下一方净土、一片清凉、一点绿意、一丝古韵。

数年前到过一次莲花山，因种种原因，没有来得及登临莲花塔，引以为憾。今年早已安排了与孩子再游莲花山，却因新冠疫情影响一再拖延，直至暑假才得以成行。我特意安排住在莲花山顶的酒店，莲花塔就在旁边。

莲花山因莲花石而得名。莲花塔耸立在莲花山主峰，海拔一百〇八米，是珠江西岸的最高点，再加上高五十米的莲花塔，外洋船舶从珠江口进广州，极为显眼瞩目。从塔顶俯瞰整个狮子洋，也有"一览众山小""极目楚天舒"的畅快与惬意。

从酒店上塔，需要拾级攀越一座小山岗。小山岗由红砂岩石组成，细看有海水拍击、侵蚀、风化的痕迹。经查相关资料得悉，原来有考古学家判断，莲花山原来就是海面上的小岛，又或者是大洪水时期，海水把许多陆地、高山淹没了，后来海水退去，才形成莲花山。莲花山上还有一块狮子石，被海水雕塑成狮子的形状，因而人们把这段开阔的珠江面称为狮子洋。其实整座莲花山都是红砂岩构成，因石质优，故从两千多年前，就被粤人开采作墙基用。据考证，建于两千多年前的南越王墓所用的十二种石料中，采自莲花山的就有八种，莲花山上的古采石场遗址，成为了广州两千多年建城历史的见证者。

白天登塔的人不多，毕竟要限制人流量。塔内旋转梯只能容一个中等身材的人勉强通过，大胖子恐怕是挤不上去的。凡遇有人下塔相遇，只能两人侧身而过，或者一人避让至狭长的窗台。塔的每一层开了两面或三面窗，其中两面风在此穿堂而过，风疾而猛。塔内装有龛橱，或空着，或放着佛像。到了第八层时，一段旋转梯中断了，要登九层塔顶，需要在这层的塔中间用木梯攀爬上去。后来我了解到那一面没有旋梯的塔墙是于1938年被日军炮弹轰毁的，再也修复不到原来的模样了。我颤颤巍巍地攀上塔的第九层，透过塔窗望向远方，山峦、村庄、稻田等美景尽收眼底，珠江如一条银色的白练一直飘向远方，有几艘货驳、渔船凝成一个个黑点，顺着飘带慢慢移动。山脚下的几处沙洲，也已被围垦成农田，与岸边陆地连成一片了。可以想见，五百年前的狮子洋面是多么的宽阔浩瀚，所有洋舶来到这省会华表之处，彩霞满天，帆影点点，海天一色，这是多么醉人的景色啊。

只可惜历朝历代的羊城旧八景都把莲花山和莲花塔忽略了，直至2002年评选新八景时，才把“莲峰观海”列入其中。这迟来了五百年的肯定，更显弥足珍贵。历朝历代的许多旧八景都已消失殆尽、无迹可寻，唯有莲花塔笑到了最后，虽然日寇侵华时，它也曾千疮百孔、伤痕累累，但时至今日它仍然昂首挺立在狮子洋畔。

晚上，从酒店的阳台看到莲花塔通体明亮，灯火辉煌。尽管现在的珠江航道两岸城镇林立，在珠江两岸形成了两条明亮的光带，但是莲花塔仍然是航行中的船舶举目可及的标志物。可以想象，当年一片暗影的珠江两岸，这样一座灯塔给远航人多大的惊喜与鼓舞！他们一看到莲花塔就知道已经到达广州了，他们多则几年、少则半年的水上漂泊的生活终于可以结束了。时至今日，莲花塔的引航功能基本已退化到可有可无，但作为景观的功用和历史文物的价值却蕴藉隽永。

天上的月亮不时被快速通过的流云遮蔽，起风了，我禁不住再次登上山岗看看台风来临前的莲花塔。山岗上的风呼呼响动，霎时间风起云涌，铜铃声自塔上而来，随风飘散至远方。我仰望莲花塔，塔檐端的铜铃在风中摇曳，碰撞出阵阵脆响。我细数了一下，每层八檐八个铜铃，九层塔共有七十二个。七十二个铜铃铃声大作，在这寂静的山岗越发清脆悦耳。我的思绪仿佛又穿越到明清时期，那时的洋船能否听到这塔上的铃声？如果听到了，能否让处于惊涛骇浪中的船员得到一丝慰藉？

听着这盘桓在莲花山顶五百年的铃声，我露出了心满意足的笑容。

古港遗风

从琶洲塔到黄埔古村，也就四五公里的车程，推算当年的海路也就两三里。相信当年的贡舶、商船驶过琶洲塔前面总会有“轻舟已过万重山”的欢快劲儿。

黄埔古港位于广州市海珠区的石基村（又称为黄埔古村），南隔黄埔涌与番禺仑头相望，东隔珠江与长洲、深井对望。北面和西面现在与陆路相连，可是在当年，黄埔村就是一个小岛，四面环水，碧波浩渺。

黄埔古村建村于北宋嘉祐年间，村内现存最早最大的两座宗祠是梁氏宗祠和胡氏宗祠，据介绍，胡氏是南宋时从南雄珠玑巷迁移到濠畔街，然后再来到黄埔古村的，最早建村的可能是梁氏。南宋时，黄埔古村就已是“海舶所集之地”。梁氏先祖可曾想到，他们选择的开基之地，短短百年间就从一个不起眼的江心小岛发展成为一座万国来贺的商贸大港？这需要多么卓越独到的眼光啊！

黄埔古村现今仍立着两块牌坊，从西面进村会看到一块刻有“凰洲”的牌坊，村南靠珠江支流有一块刻着“凤浦”二字的彩牌坊。相传，古时有一对凤凰飞临此地，陆为洲、水为浦，拆开即为凰洲、凤浦。从村民们保留的族谱、墓志铭和《番禺县志》有记载的地名就有三个：凤浦、凤圃、黄埔。也许是外国人发音不准的原因，把凤浦说成了黄埔；又或者是人们把凰洲、凤浦合称为凰浦，久而久之就衍化成为黄埔了。

现如今广州被称为黄埔的区域很大，石基村是较早被称为黄埔的地方。也许由于黄埔已成为外商对广州港的称呼，无论后来港口地点如何变更，黄埔的称谓依然不变。石基村现被称为黄埔古村，码头被称为黄埔古港。位于黄埔区港前路的港口被称为黄埔新港。黄埔军校更是将黄埔之名发扬光大，威震海内外，史册上赫赫有名的将军数不胜数。

黄埔古村真正发展为广州的外港，估计是在明朝万历年之前，琶洲塔显然就是为黄埔古港的导航而兴建的。黄埔古港是广州港继扶胥港后最重要的外港码头，最为兴盛的时期应该就是欧美商人津津乐道的对华贸易的黄金时期，即17至19世纪，也正是广州一口通商时期。乾隆三十四年（1769年），英国人威廉·希克来到广州，禁不住盛赞曰："珠江上船舶运行穿梭的情景，就像伦敦桥下泰晤士河，不同的是，河面的帆船形式不同，还有大帆船，在外国人眼里再没有比排列长达几里的帆船更为壮观的了。"

粤海关成立后，黄埔古村的通商贸易地位更是不可替代。粤海关在黄埔村设立黄埔挂号口，挂号口设书史一人、家人两人、巡役一人、水手十一人，其中家人是海关监督派驻大关、总口或最重要挂号口或税口的官员，黄埔挂号口家人两名，与澳门总口相同，足见其地位的重要性。黄埔挂号口设有黄埔税馆、夷务所、买办馆和永靖兵营等机构管理对外贸易。除进出口关税的货税不在黄埔口征收外，其他外国商船的船钞、引水费、船规银、通事买办费、挂号银等征收事宜均由黄埔税馆负责；夷务所负责办理外国商船进出黄埔港，以及外商由黄埔往返广州城进行贸易等的有关事宜；买办馆负责为停泊在黄埔港的外国船员提供购买食物等生活用品服务；永靖兵营则负责保卫黄埔港安全。（《粤海关志》）

跨过石拱桥即到凤浦门（大南门）。黄埔村最早有四个坊门，分别是凤浦、凰洲、澄碧、龙盘。现在的凤浦门是一个双镬耳民居式的门楼，原来的凤浦门只剩下粗壮的门基，已用玻璃围蔽，供游人参观。蜿蜒流动的河涌把黄埔村分为两半，碧绿的河水静静地流淌，给黄埔古村增添了几分灵动与生气。河两岸砌着规整的石栏杆，可供居民、游客走累时休憩。红黄双间的美人蕉从河基斜逸而出，把黄埔古村点缀得摇曳生姿。

黄埔古村规整有序，整座村子的路用青石板砌成，纵横交错、光滑平整，十分干净。村中有许多条巷子，每条巷子的两旁散布着民居，一个院落套一个院落，这是广府民居中典型的梳式布局，看似密密麻麻、全无规章，实则井井有条，不管如何转悠，总能找到出路。

古村的民居保留了大量的镬耳屋，就是把屋的山墙砌成镬耳状。其原理与徽州民居一样，山墙一来作防火用，高耸的山墙可阻止火势的侵入与蔓延；二来作挡风用，把风挡回巷子，并进门窜窗吹进民居，在屋内形成内循环，让民居住起来更舒适；三来可作装饰用，也是岭南民居的一个重要特色；四来蕴含着美好的愿望，寓意居住在里面的人吉祥如意丰衣足食。

如果说广府古民居是岭南建筑的皇冠，那么祠堂就是皇冠上的明珠。小小一个石基村，就汇聚了十九座祠堂，最有代表性的就是梁氏宗祠、胡氏宗祠。走进梁氏宗祠，我惊叹于能工巧匠把“巧”字发挥到了极致。这座建于清代的祠堂，其用料和做工居黄埔古村之首，据闻建筑时长达六十年三代人！

黄埔古村的梁氏家族也出了个大行商，那就是天宝行的梁经国。他当行商赚了大钱后，也不忘造福宗亲，在黄埔村建了座“左垣家塾”，专供宗亲子侄读书识字。梁氏从家塾中走出七位名人，有三位进士、一位北美华侨的开山鼻祖、一位中国社会经济史学奠基人、两位十三行研究专家。左垣家塾也是现存唯一的十三行行商所建的历史遗址。其他的，甚至华美如宫殿的启官花园、浩官花园都早已被夷为平地，不知所踪。

房屋值得保留，不在乎阔、大、美，而在于其背后的故事和内涵。黄埔古村就有两座这样的房子。一间是姑婆屋，一间是旅日华侨楼。为了找寻这两座房子的遗址，我在古村的巷子里兜兜转转，问了一个又一个村民，这个古村面积之大、巷子之幽深超乎我的想象。后来，一位好心阿伯带着我走到柳塘大街前，指了指，说这是姑婆屋，再走过去一点就看到日本楼了。我连忙道谢。

姑婆屋是一间极其普通的民宅，跟其他居民楼并无二样。但当你跨进姑婆屋时，就会发现它的与众不同，屋内被分隔为多间独立的单间。为何？我们首先弄明白何为“姑婆”。粤语称嫁不出去的老姑娘为老姑婆，特指晚清时期自食其力、立志终身不嫁的妇女，因她们会把头发梳起成髻，所以又被称为“自梳女”。“自梳女”起源于水乡顺德，晚清时期顺德开了许多缫丝厂，蚕桑女陆续跨出家门，走进厂门赚起工资来。她们觉得可以自食其力，不用靠男人养活了，便三三两两商议着合住一间姑婆屋，直至终老。姑婆屋的出现可以说明，当年的生产商品化已达到一定程度，已经在封建主义制度下出现了民族资本主义，这是社会进步的标志。在封建社会制度下，女性的社会地位极其低微，必须遵从“三从四德”。“自梳女”群体的诞生，意味着女性独立思想的觉醒，她们不再依附男人、依从家庭，生活自得其乐，也可以说，中国最早的女权主义践行者就是她们了。姑婆屋出现在黄埔古村，说明了当年在黄埔古港的周围聚集了不少作坊，需要雇用女工来完成，从而反衬出黄埔古港的兴盛。

恍惚间，我看到了三五女工穿着斜襟莨绸（香云纱）衣从姑婆屋里走出来，她们梳起发髻，手挽着手高高兴兴地出门上班去了，留下一串莨绸相互摩擦的沙沙声。

黄埔古村的姑婆屋大门右侧有一则冯永乐堂的“公布”（公

告），说此屋赠予姑婆们终老，后人兄弟子侄不得典当、拆毁。听村里的老人说，此屋现在就放置了原住姑婆的神祇牌，让她们有个安身立命之所。姑婆屋两扇黑漆木门紧闭，不让其他人打扰她们的宁静。姑婆屋的墙身，有新旧青砖交错，从旧青砖的缝隙中钻出一层又一层的嫩绿小草，显得娇柔妩媚，一如当年娇俏可人的年轻的自梳女们。

从姑婆屋往后走几步，就看到旅日华侨楼，此楼又名日本楼。来到旅日华侨楼门前，我不禁肃然起敬。这家女主人平美爱子，在侵华日军进村施暴并试图毁村时，挺身而出，救下了全村人的性命，也保全了整个黄埔古村的建筑，这才能够留下了17至19世纪广州对外贸易的重要遗迹，填补了一段非常重要的海上丝绸之路贸易的空白。日本楼楼高两层，前半段楼面呈倒"凹"字形布局，两边各有狭小天井，院墙及大门由红砂岩筑砌，仔细看有拱券、涡卷、线脚等细节处理，有近代日本建筑风格特点。村民冯佐屏于光绪二十六年（1900年）到日本留学，娶日本姑娘平美爱子为妻，后回乡定居，兴建了此楼。平美爱子成了黄埔古村的贵人、福星，倘若没有她，整座古村就会支离破碎，毁于一旦。现在，一家文化创意公司把日本楼租了下来，用作办公室。

我徘徊在日本楼外围，意欲寻访到那把救了整个村庄的日本军刀的下落。可是，没有人知道它究竟去了哪里。而我知道，即使在最黑暗的时刻，依然会有人性的微光闪亮。不经意间，我仿佛听到了一个声音响起："山川异域，风月同天。"声音越来越大，在巷子间形成了回响……

蔚为壮观的祠堂群，一汪碧水漂着浮萍的池塘，遮天蔽日的古树，连绵回环的青石板路构成独特的黄埔古村。我一路走来，感受到古朴与清幽的情调。毕竟黄埔古港声名在外，这里早已经是吸引中外游客的旅游区，商业街纵横交错，尤其是黄埔直街，依稀看到一些清末广州街道的影子。可是我却嗅不到浓烈的商业味，闻到的却是淡淡的乡土味，卖的几乎是村民自家的土特产。各色小吃店敞开着门，店员看到来客也没卖力招徕，一副悠然自得、愿者上钩的模样，秉承老广州人一贯的散淡闲适，也是见惯风雨后彰显出来的淡定与从容气质。他们显然做的是“街坊生意”，不是为旅游而特意设置的，而是与村民的生活早已融为一体。我走得又渴又累，找了一家店坐下来，点了一碗沙湾姜撞奶和一碗广州猪脚姜醋，浓烈的姜味瞬间暖了我的胃，人又精神抖擞起来了。下午时分，村民们三三两两地坐在屋前的石凳子上，手摇着蒲扇闲聊，几个孩子在小广场上追逐着，发出源自内心的欢快笑声，这座千年古村倏然显出勃勃生机。

终于踱到黄埔古码头。在粤海第一关纪念馆门前是一个宽阔的广场，广场正对着一个平阔的圆形港池，形成一个天然的避风良港。港池与珠江主航道相连，海船驶进来一马平川。现如今，港池的水已退去一半，露出了厚厚的淤泥，即使是夏季洪潮期，也依然看到江中凸起的泥坪，这里的泥积起了一个世纪的厚度。据说当年最高峰时这里可以同时停泊近一百艘船。有关史料记载，1836年停泊在这里的海船就有近两百艘之多，有迹可寻在此停靠过的名船就有瑞典的“哥德堡号”、美国的“中国皇后号”、俄罗斯的“希望号”、澳大利亚的“哈斯丁号”等。想当年，就在这港池里，千帆竞渡，百舸争泊。相互致敬的礼炮此起彼伏，烟霞扶摇直上，在空中形成蘑菇状再慢慢散开，把天边也染成了七彩。万国旗五颜六色随风飘扬，风帆收起，光秃秃的桅杆直插云霄。岸上不同的语言、语音、语调此起彼伏，也有语言不通、只得利用肢体语言做着夸张的动作，企图达成一致共识的场面。

青石板条砌成的埠头静静地躺在堆满淤泥的池子旁，一排百年古榕驻立在岸边，默默地守护着码头。古时洋人到达泉州港时看到了美丽的刺桐，因而把泉州港称为刺桐港，究竟有没有人把黄埔古港称为大榕树港呢？不得而知。现如今，这里又摇身一变成了一个石基渡口，航线就是石基——洪安围。我问在此乘凉的老伯，这渡口是从什么时候开始设立的。他说，从他懂事起就有这个渡口了。历史的烟云总是变幻莫测，这是历史的必然规律，也是人生命运的写照，站得了“C”位，也要耐得住曲终人散后那份独处的寂寞。

一两艘小艇在这里湾泊，反衬出这里的古朴与宁静。微风起处，小艇在水中轻轻荡漾，跳出了优美的弧度，没了喧闹却多了几分闲适。风从珠江河面吹来了湿漉漉的气息，似乎还夹杂着一丝咸腥气。靠泊在浮趸旁边的一艘复制的元代古船“阔阔真公主号”，让我骤然想起这里曾经是叱咤风云的国际大港。一阵大风吹来，伫立在埠头旁边的大榕树岿然不动，几百年的风霜海浪让它处之泰然，阅尽了繁华，也守住了寂寞。它摆动着长须，眯着眼，悠然自得地回忆着一桩桩属于这里的故事。

第十一章

天字码头，太平烟浒

建于明成化年间的天字码头是广州港最重要的内港码头之一，曾一度成为清政府官方码头，清末才恢复民用。天字码头见识了不少名人风云，黄花岗七十二烈士更是在此慷慨就义。天字码头与海山楼之间隔着一个太平沙，岭南三大家之一的陈恭尹亲题“太平烟浒”牌匾。

天字码头

孩子长到九岁了，还没去过珠江夜游，于是我便带他到天字码头乘坐游船，顺便重访故地。现在的天字码头依然是二层的楼阁式建筑，红色的圆柱配绿色的琉璃瓦，豪华气派，古韵盎然，有别于其他的内港码头。

天字码头曾经是我最熟悉的地方。我曾经与一帮同样刚步出大学校门的同事，在这里尽情地挥洒着青春和汗水。虽然珠江两岸的景观早就可以在我的脑海里倒放如流，可我还是坚持定期过来坐游船，不是为了游览，而是为了监督游轮上的服务工作。刚下水没几天的“花城明珠号”就接到接待国家领导人的任务，我们按照市政府的要求，布置并演练了一遍又一遍，尽管已累得人仰马翻，但大家还是拼着一股劲儿，意图展现出广州最好的面貌。

我曾经把最幸福最浪漫的倩影留在这里。十八年前那个天朗气清的春日，我曳一袭白纱，与先生手牵着手登上“白鸥号”游艇，在船尾摆出了《泰坦尼克号》露丝与杰克比翼双飞的招牌动作，摄影师把这一刻用胶卷定格下来，化作此生最难忘的回忆。

孩子好奇地东张西望，兴奋得一蹦一跳，好奇地问东问西。当码头的铁闸一开启，他就迫不及待地冲过浮桥，跑到浮趸上，我被他吓出一身冷汗来。这里的一切对他来说都是陌生而新奇的。他哪里知道，妈妈曾经与天字码头有一段不浅的缘分，更不会知道这天字码头的由来。

天字码头的历史可追溯到明朝，有五百多年历史了。《广东通志》就有一段对天字码头的记载："明代省垣未有码头，时有埔人李寿相操船业，广行善事，独主筑码头，现永汉路天字码头即其遗址。"埔人即广东梅州大埔人，因此《大埔文史》也记述了天字码头诞生的故事。

话说在明成化年间（1465—1488年），大埔村河坝人氏李寿相携妻逃荒至广州，衣食无着落，便当起了船工。有一天夜晚，正当李寿相撑篙行进时，突然见到江中有一黑影在挣扎，李寿相二话不说，立即跳进珠江救人，并把溺水者送进篷寮家中取暖。第二天，有人给李寿相送来了一千二百两银子，问起才知道昨天救起的是富商陈家公子，为报答他的救命之恩而来。有了这笔横财，陈寿相自己买了船，当起了老板，经营起水上货运生意。凭着他的努力和才干，陈寿相的船队越做越大，最高峰时拥有二十多艘船。此时，他动起脑筋来，觉得有船也得有自家的码头才方便，否则处处受制于人。于是，他就在永汉南路口建起了自家的专用装卸码头。"港航一家亲"的理念原来最早起源于明代的李寿相，也由于他的观念超前，很快就富甲广州。这个故事也起到导人向善、教化世人的作用，所以一直流传至今，让世人都明白"善有善报"，让天字码头的诞生成为一段永恒的佳话。

何以称天字码头？确切的答案早已埋在深土里，现在的答案都是猜测而来。中国人一直有敬畏天的传统，能用"天"字，一定具有不同凡响的意味。我估计是"天字"跟"天子"谐音相同，为天子管辖下的码头，起码也是达官贵人才有资格在此"上落"船。当年这个码头设有"接官亭"，是官员上任离任必经之码头，需要在此叩谢圣安，谢主隆恩。也有人认为，此名与《千字文》有关。由于古人编排号码多用《千字文》作顺序，《千字文》首句即为"天地玄黄，宇宙洪荒"，天字即为第一号码头，即为最尊贵显赫的码头。

清雍正七年（1729年），广东布政司王士俊在永汉南码头附近修建了“日近亭”，供接官之用，并把永汉南码头改名为天字码头，规定民船不得在此停靠，此事被记入《广州府志》中。王士俊此举是有历史原因的：广东一直偏安岭南，也成了南迁汉人的主要据点，反清势力不断，先后有南明政权、平南王尚可喜等。清朝一旦平定岭南，接管广州后，首先要做的事就是要宣示主权。王士俊此举一来对清廷表达效忠之意，二来让清政府任命的官员从天字码头登陆，有了这样一个迎接仪式，让官员的到任显得郑重其事，向民众宣示此官员正式开始执行清政府对广州行使的管治权。

我们可以想象一下，当年的接官仪式会是怎样的大张旗鼓、排场浩大。当官船靠泊天字码头收帆落锚时，岸上的一众官员已在岸上列队守候，旌旗飘舞，鼓乐奏响。到任官员上岸时，一众官员快步趋前相迎，此时礼炮齐鸣，一顶顶罗伞撑开，冠盖如云。如果是到任的地方大员，便在接官亭中摆上香案、贡品、美酒。到任官员穿上整套官服行三跪九叩之礼，对着北方谢主隆恩。礼毕，文官坐轿、武将骑马，在官兵、乐队的簇拥下，沿着花岗岩铺砌的道路浩浩荡荡地一路向北，经永清门、正南门，进入繁华的双门底大街（即现在的北京路），然后到达官署或八旗会馆或清兵军营。整个仪式隆重而热烈，每每吸引全城百姓驻足围观。

选择天字码头作为官方码头是有便利条件的，毕竟天字码头离中心区只是咫尺之遥，走完北京南路就到了最繁华的北京路。北京路自古以来就是广州的中轴线，历朝历代的官署都设在北京路附近，这是从珠江到官署最快捷最方便的路径。

随着对外贸易的兴起，天字码头也逐渐转为民用。清末同治年间的《广州府志》有这么一句话：“香港渡五，在天字码头。”由此可见，从香港驶来的民用渡船，也可以在天字码头靠泊登岸了，这是鉴于当时的形势迫使清政府不得不让步的。五口通商后，已有火轮行驶在珠江江面，来往的客货运量日益增大，天字码头一时间成为了航运中心，屡被扩建，最高峰时码头岸线长达一百二十米，成为珠江最大和最主要的码头。天字码头有固定的渡船航班，分别开往新安香港、东莞太平和新安长洲大澳等。此外，货船、疍船也可以使用天字码头，民间借用日益增多，反之，官方色彩日渐式微。

1905年，张之洞主持修筑近代广州城的第一条马路，即天字码头堤岸马路，由现今的海珠桥脚至天字码头，长约四百米。自此，天字码头正式改为民用。

民国时期，西学东渐已有相当一段时间了，许多政府管理者都是欧美留学生，再加上汽车的出现，城门和马路愈发显得狭窄。广州开始了大规模的毁城筑路运动。时任财政厅厅长杨永泰打前哨，他拆除了永清门、正南门，开辟了广州第一条马路，从天字码头一直延伸至财政厅前，旧称永汉路，即现在的北京路。原先，天字码头位于广州城外。修筑永汉路后，天字码头与广州城连成一体，再也不分城里城外了。

我的第一个工作单位就是广州市客轮公司（前身就是轮渡公司）。翻阅《轮渡志》时发现，1964年，天字码头就被纳入广州市公共交通系统，成为过江轮渡码头。那时的珠江两岸只有一座海珠桥，1967年才多建了一座人民桥。市民犹如过江之鲫，在南北两岸穿梭往来，依仗的只有渡轮。透过珠江氤氲的水汽，穿透时光隧道，仿佛看到三四十年前人们熙熙攘攘过江的盛况。老同事们曾跟我说，上下班高峰时根本来不及卖票，只能放个箩筐在入口处给过渡的人直接扔钱。

1999年，当我来到天字码头时，珠江两岸已飞架起八座大桥，用箩筐收钱的渡江盛况早已一去不复返。那时的天字码头正处于风雨飘摇中，在“一年一小变，三年一大变”的城建方针指导下，天字码头顶上的广告牌被勒令拆除，本来出租给别人经营娱乐业的码头室内也要限期整改，天字码头的经营顿时陷入了危机状态。直到珠江两岸的整饰工程从小变到大变再到质变，自2000年起，珠江夜游作为新兴旅游业迅速升温，天字码头又肩负起作为游轮码头的新使命。二十年来，天字码头迎来送往无数游客，成为中外游客观赏广州美丽景色的重要窗口和驿站。

在游轮离岸起航的那一刻，儿子终于安静下来，母子俩靠着巨大的落地玻璃窗，看着游轮在静水流深的水面滑行，慢慢远离天字码头。望向岸上，古色古香的天字码头犹如一座小型的水上王宫，金碧辉煌，璀璨夺目，焕发出新的活力和光彩。

天字码头的名人故事

几百年来，天字码头接待大小官员无数，他们的名字多被历史的洪流卷走，没有留下任何印迹，但终究有些名字在历史的长河中熠熠生辉，为天字码头增添了无上的荣光。他们就是林则徐、孙中山、周恩来、鲁迅、林觉民……他们与天字码头的故事在此择一二记述之。

林则徐于清道光十九年（1839年）作为钦差大臣在天字码头登岸，奉道光皇帝之命查禁鸦片，其后便主持了威震海内外的虎门销烟，成为民族英雄。鸦片战争爆发后，林则徐作为替罪羊被道光皇帝免职并发配新疆伊犁，也是在天字码头登船黯然离开，官民涌向天字码头相送，依依惜别，场面十分悲壮。

孙中山是进出天字码头的常客，多次乘船离粤或返粤，均在天字码头乘船。有史料可查的就有数次。1912年，就任临时大总统的孙中山为了让位袁世凯，向参议院辞职，乘船取道上海、福州回粤，于4月25日在天字码头登岸，广州市民涌向天字码头迎接孙中山。1921年，孙中山在广州建立政府，就任非常大总统，同时宣布北伐；10月15日，孙中山从天字码头乘坐“宝璧号”炮舰赴梧州，由广西取道湖南指挥北伐战争。

鲁迅与广州结下了不解的情缘，既当了广州姑爷（娶了广州第一家族的许家小姐许广平为妻），又曾担任中山大学的教授。1927年1月18日，是一个暖洋洋的冬日，鲁迅“抱着梦幻而来”，在天字码头踏上广州的土地。在广州短短的八个月时间里，他就在许多地方留下足迹。看得出他喜欢回妻娘家，在广州虽然生活简朴，但他过得相当充实且备受尊敬。当然，鲁迅之所以到广州来任教，跟妻子“许广平多次致函催促”不无关系。所以说，鲁迅能与广州结缘，夫人许广平功不可没。人都是相互成就的，中华人民共和国成立后，许家大宅因许广平是鲁迅遗孀的特殊身份而得以保存，也算是鲁迅对许氏家族、对广州文物的贡献。

码头是主要的交通要道，当然也发生过惊天动地的大事。1911年5月3日，天字码头响起了一连串骇人听闻的枪声。参与广州起义的七十多名革命军敢死队员被两广总督张鸣岐杀死在天字码头，随即尸体被抛进珠江。后来，同伴打捞起了七十二具烈士的遗骸，葬在了白云山南麓的黄花岗上，史称“黄花岗七十二烈士”。其中一位就是写就绝笔《禀父书》和《与妻书》的林觉民，牺牲时年仅二十四岁。他们在国家危难时大声疾呼：“中国危在旦夕，大丈夫应仗剑而起。”随即不惜为国家而舍弃家人，抛头颅、洒热血。天字码头是他们舍生取义的见证者，他们的英魂将永远盘桓在天字码头的上空，激励着一代又一代国人，展现不同时代的爱国情怀。

广州人一向具备幽默诙谐的传统，这跟他们乐观、随性的性格特征不无关系。粤菜有道名菜叫五柳炸蛋（因炸蛋与炸弹谐音），又被称为“凤山进城”，这其中就蕴含着一段跟天字码头有关的故事。话说广州起义失败后，革命党人开展一系列行动，策划暗杀清朝官员。清廷派来的新任将军凤山进广州的行程相当保密，但还是被革命党人掌握了。1911年10月25日，凤山只带着随行家眷抵达天字码头，随后乘坐绿呢大轿从偏僻的仓前路经过，恰恰是革命党人李沛基埋伏的路线。他远远看到绿呢大轿来了，便找准时机从“成记”杂货店楼上扔下三颗炸弹，凤山当场被炸开了花，从此广州人就把五柳炸弹戏称为“凤山进城”。广州人用菜名来戏称历史人物已不是第一次了。油条在广东被称为油炸鬼，就来源于“油炸秦桧”，表达了对奸臣秦桧的憎恶之情。以菜名借喻、打趣，“食在广州”果然名不虚传。

现时的天字码头正面墙上有两幅浮雕，主角分别是林则徐和孙中山，以这种方式纪念他们曾经留下的足迹，供后人凭吊、景仰。

天字码头的乘客都是匆匆过客，能寻获一爪半鳞的故事实属不易。码头依旧在，几度夕阳红，数百年的多少人事沧桑，都付笑谈中。

太平烟浒

天字码头与海山楼之间隔着一个太平沙。

虽然天字码头建成时，海山楼早已灰飞烟灭；但它们仿佛隔着时空对起话来，传话的恰恰就是连接两者的太平沙。

宋朝的《萍洲可谈》记载：“广州市舶亭，枕水有海山楼，正对五洲，其下谓之小海。”照此计算，太平沙的出现也有一千年历史了。五洲意为五堆沙洲。又经过两三百年的大浪淘沙，潮退沙积，五洲合而为一，成为靠近珠江北岸的一个大沙洲。于是，人们到沙洲上垦荒种植，并建起了亭台楼阁，成为一处景色宜人的风景区，有点类似现在雄踞湘江江心的橘子洲。

风景区自然游人如织，有一个顺德人看中了此处的商机，在五洲上开了一家糖水铺（甜品店），其中绿豆沙是其招牌产品，附近居民都被吸引来品尝。著名诗人、书法家陈恭尹晚年定居广州育贤坊，离五洲较近，没什么事便来五洲溜达。看到这么多人排队吃绿豆沙，他也禁不住来一碗。一碗绿豆沙下肚，顿觉神清气爽，脾胃皆畅，也立即勾起了他的乡情，久而久之竟吃上了瘾，哪天不吃竟然浑身不自在。于是，陈恭尹成了这家糖水铺的“铁粉”，而且有同乡之谊，跟顺德老板也混熟了。顺德老板得知他是著名书法家，趁机索要墨宝。陈恭尹大笔一挥，题上了“太平烟浒”四字。顺德老板如获至宝，装裱起来挂在店楣，为自己的店铺贴金。自此，这家糖水铺远近闻名。

“太平烟浒”是什么意思？我姑且揣摩陈恭尹的原意。浒，就是指水边的一块小陆地，指的就是五洲。烟，形容在水边飘拂的柳树，柳永的词就有“烟柳画桥”之说。陈恭尹的晚年正处于清初年间，天下初定，暗涌横流，陈恭尹认为五洲尚算太平之地，他也渴望天下太平，所以心有所触，觉得这是一个杨柳依依的水边桃源，远离烦恼的太平之地。

陈恭尹被誉为清初广州第一隶书高手，其字据行家评价“瘦逸遒劲”，很受时人推崇。这幅书法太引人瞩目了，时人便取了头两字作为沙洲的专名。清代诗人张维屏有诗为证：“连云第宅太平沙，别出心裁第一家。”

我国有两个时期的文人是比较有意思的，他们都有宁死不屈之志，具高峻冷逸之风。一个是魏晋建安时期，以竹林七贤为代表；另一个是清朝初期，有一个明遗民士群，收入《明遗民录汇编》中的就有五百多人（四百多人有立传），其中为我们所熟悉的就有《白门柳》中记述的黄宗羲和冒辟疆。

陈恭尹也是明遗民之一，顺德龙山乡人。他的父亲是著名的抗清志士陈邦彦，全家除他之外，都被清廷处死。之后，他潜居家乡笃志读书十几年，并与屈大均、梁佩兰并称为岭南三大家。因一度与平南王尚可喜有诗词酬唱之约，被指涉嫌“三藩之乱”而被捕下狱。半年后出狱，遂定居广州育贤坊，修筑“小禺山舍”，以明遗民身份终老。结合他的身世，就不难理解“太平烟浒”的用意了。

沧海桑田，珠江的泥沙不断沉积，不久后在太平沙的西部又多了一个沙堆，人们称之为增沙，有增沙街可证其名。又过了若干年，增沙的西部又延伸出一个沙堆，人们把它称为新沙，位置处于现在的海珠广场华厦大酒店一带。半个世纪前，还有新沙上街、新沙下街、新沙水埠等街道名称，现在均已消失在故纸堆里。

站在沿江中路海珠广场段的堤岸边，珠江北岸被拉成了笔直的大理石堤岸，再也分辨不出这沙那沙了。望着行色匆匆的都市人，不禁向往陈恭尹隐逸、自在的生活意趣。

第十二章

一口通商，十三行盛

清康熙帝开放海禁，设置四海关，终结了一千多年的市舶制度。“洪任辉事件”后，清政府宣布一口通商，粤海关一支独大，广州港的贸易攀上了有史以来的最高峰，现存的大钟楼是20世纪初建造的粤海关大楼。一口通商，催生了十三行，也把古代广州对外贸易的繁盛推向了极致，也催生了半官半商的御用商人——行商，他们虽然富可敌国，却要在夹缝中生存。

一口通商

历史总是在轮回。广州港从秦汉时一口通商，跨越近两千年的时空后，又回到原点。相同的是都是从广州港一个港口对外贸易，不同的是广州港的贸易攀上了有史以来的最高峰，完全可以睥睨天下。

众所周知，清初的海禁政策是十分严厉的。康熙皇帝初定天下后，即志得意满，认为天下大势都掌握在他的手中，中国是当之无愧的天朝上国。然则，康熙又是雄主，他并不固步自封夜郎自大，针对明朝以来的闭关锁国，他把改革开放提到议事日程，广开言路，让朝廷大臣讨论开放海禁之事。当时的大臣李率泰启奏道："弃膏腴而为荒土，捐楼阁而就茅檐，赤子苍头，啼饥在道，玉容粉面，丐食沿街。"另一位大臣王来任上疏曰，"流离数十万之民，每年抛弃地丁银三十余万两"，又曰，"未迁之民，日苦于科派；流离之民，各无栖止，死丧频仍，欲民生不困，其可得乎？"

康熙皇帝衡量再三，最后接纳了开禁的建议，于康熙二十三年（1684年）九月，下诏开放海禁，诏书曰："向令开海贸易，谓于闽粤边海民生有益。若此二省，民用充阜，财货流通，各省俱有裨益……故令开海贸易。"

康熙二十四年（1685年）批准开放广东、福建、浙江、江苏四省沿海港口为通商贸易地点，对应设立四个海关，分别位于广东的广州、福建的漳州、浙江的宁波、江苏的云台山，四海关的职责是主持对外贸易和征收关税等事宜。这标志着自唐代以来，一千多年的市舶制度的终结和中国海关制度的创始。

康熙皇帝心里还藏着小九九，四大海关只有广东设置了专职的海关监督，其他三个海关由当地的巡抚或将军兼任海关监督。这就意味着，清政府希望对外贸易以广州港为主，“惟广东粤海关专设监督，诚其重任也”（《粤海关志》）。其他三个只是做做样子，陪衬一下。

海禁虽然开放了，但是清政府对外贸之事管得甚严，陆续颁布一系列禁令：本国船只出洋限制在五百石以下；出洋船舶只准用双桅，梁头不得超过一丈八尺；禁止本国船只往南洋贸易；外国人来中国贸易，必须通过牙行、牙商，不得直接与中国商人接触。

这个时候，一个庞大的殖民机构悄然诞生，那就是英国的东印度公司，它不但主营海外贸易，还拥有一定的军事权力，曾一度成为印度的实际主宰者。英国国王查理二世曾授予东印度公司自主占领地盘、铸造钱币、指令要塞和军队、结盟和宣战、签订和平条约、在被占领地区就民事和刑事诉讼进行审判等一系列权力。此时的东印度公司俨然是英国国王的海外全权代表。清康熙十九年（1680年），东印度公司就建立了一支武装力量，相当于英国的海军部队，要起了海上霸权的威风来。

东印度公司对中国的贸易政策非常不爽，所以私下搞起了小动作。康熙三十三年（1694年），东印度公司曾派了一艘船来广州港，因“备受海关苛税及强征船丈量费贡物诸苦，贸易无多而去”（梁嘉彬《广东十三行考》）。为了扩大贸易，他们派商船驶进宁波、定海等港，发现税率比广州低，而且当地政府对他们的贸易加以保护，高兴得如同发现了新大陆，把往广州口岸的船只火速调往浙江口岸。广州的进口船舶从乾隆二十年（1755年）的二十二艘，锐减至乾隆二十二年（1757年）的七艘。

这时候，轮到广东的地方官不满了，船不来了，粤海关的关税收入减少了，广东的商品出口也大受影响。广东巡抚托恩多算了一下，竟然少收了十万银！前几章已述，历朝历代，派往粤海关任职通常是皇帝的心腹大臣。于是他急急忙忙上京禀告，上疏《奏复乾隆二十二年粤海关税收短少折》，并拉拢福建官吏一同告御状，奏请提高浙海关税率，正税照粤海关则例酌加一倍，以限制外国商船往宁波等港贸易。这无理要求正中乾隆皇帝的下怀，他不想外国人太接近京城，于是御笔亲批准了。

东印度公司为了自身利益不惜铤而走险，派中文翻译洪任辉（是一个取了中文名字的英国人）往宁波贸易，授意他如不得要领时可直赴天津。洪任辉奉命前行，到了定海后，果然被挡在宁波的大门外，于是洪任辉按照后备方案，直接闯入天津。通过贿赂直隶总督方观承，把一纸状书递到乾隆皇帝面前。不外乎就是说，粤海关人员营私舞弊，对外商敲诈勒索；保商制度存在种种弊端；行商有拖欠货款、侵吞外商货银等行为。乾隆皇帝接到状纸后，果然委派了两位钦差大臣新柱、朝铨赴广东，雷厉风行地把海关监督李永标革职查办，废除了陋规。此时的洪任辉得意扬扬，自以为胜利在望。谁知道人算不如天算，广东总督以“英吉利夷商洪任辉等屡次抗违禁令”为由，把洪任辉由天津解回广东，并把他囚禁在澳门的前山寨，三年后才被释放，并勒令他永远不准踏入中国领土。中国人历来对“二五仔”（叛徒）最痛恨，为洪任辉写状纸的福建人林怀亦被处以极刑。这就是震惊中外的洪任辉案件，成为广州一口通商的导火索。

乾隆皇帝更多的是从江山稳固的角度来考虑，而非经济思维。梁嘉彬在《广东十三行考》指出，乾隆皇帝提倡一口通商基于四点理由：第一，粤省地窄人稠，沿海居民俱借洋船为生，不独行商受益；第二，虎门、黄埔设有官兵，较宁波可以扬帆直达者，形势亦异；第三，闽、浙向非洋船聚集之所，海防即宜肃清；第四，外船专限广州通商，不独粤民有益，且赣、韶等关均有裨益。

第一点理由，就是抓好广东的民生工程，不要断人生计，逼人造反。况且当时的反清势力多聚集在南方，这是清政府忌惮之处。第二点理由，广州港处于特殊的地理位置，从海上不能直达港口，需要经过狭长的珠江水道才能到达广州，而清政府在虎门、黄埔等处都设有炮台、驻军，珠江水道形成一个天然屏障，保护着广州不易失守。第三点理由，说福建、浙江一向都不是洋船聚集的地方，靠海的几个口岸直接面对大海，没有屏障，而且日本、中国台湾初定，清政府还是忧心忡忡的；认为“多个香炉多个鬼”，为免生事端，最好的办法是让商船不来。第四点理由，认为开通广州口岸，也能带动周边省份、地区共同富裕。

天时、地利、人和等各种因素造就了广州港一口通商的独特条件，在对外贸易中处于垄断地位，也迎来了广州港建港以来的巅峰时刻。我们来看一看一口通商后的广州港有怎样的成就。

《粤海关志》统计了自1749年至1838年间，广州港停靠的船舶共有五千六百多艘，最少的一年只有七艘，最多的近两百艘。设关之初来船大约二十艘，“国朝设关之初，番船入市者，仅二十余柁”（李洵《明清史》）。可见一口通商后，广州港的来船数是翻了好多倍的。

前来广州港的进口船舶规模也越来越大，式样越来越多，西洋船大到可以在船舱挖有甜水井，辟出菜畦来种植新鲜蔬菜。屈大均的《广东新语》对番船有详细介绍：“洋舶之大者，曰独樯舶，能载一千婆兰，一婆兰三百斤，番语也。次牛头舶，于独樯得三之一；次三木舶，于牛头得三之二；次料河舶，于三木得三之一……凡上舶容人千余，中者数百。”还有一种贺兰船，也许是对荷兰船的称谓，船上配备了大炮，“崇如山岳，有楼橹百十重”。

任何贸易都是互惠互利的，进口船舶带来了本国商品的同时，也把中国商品源源不断地输往国外，主要输出商品有：茶叶、丝绸、棉布、铜、黄金等，其中茶叶是最主要的出口商品，抢购最厉害的国家有英国、法国、荷兰、葡萄牙、西班牙。特别是英国，喝茶已经成为王室贵族的新时尚，所以迅速自上而下普及开来。据统计，自1781年至1793年间，英国从中国进口茶叶就达九千六百多万银元，其次是丝绸。输入的商品主要有印度棉花、铅、香料等。在常规商品贸易中，中国一直处于出超地位。东印度公司为了扭转贸易逆差的劣势，向中国输出罪恶的鸦片。自1778年至鸦片战争前夕，英国向中国输出鸦片高达四万余箱，获利三亿多银元。

一支独大的粤海关

粤海关是清政府设在广州，主持对外贸易和征收关税的机构。于康熙二十四年（1685年）设立，是当时唯一一个设有专职监督的海关。监督只能由满族旗人担任，生怕肥水流入汉人田。雍正初年曾一度撤销监督，由地方官来监收税务，目的是解决地方财政问题，及时调剂地方钱粮。后来，雍正又恢复了监督的设置，并且命令地方官协助管理。乾隆年间，再次明确关税由监督征收，但必须会同两广总督报关，这样有利于相互制衡，防止监督一人中饱私囊。乾隆二十二年（1757年），正式宣布广州港一口通商，粤海关的地位超然。

粤海关组织架构庞大、严密，下设总口，总口辖各口。当年粤海关下辖七大总口，分别是省城大关（辖十一口）、澳门总口（辖四口）、乌坎总口（辖十一口，分布惠州一带）、庵埠总口（辖十六口，分布潮州一带）、梅箓总口（辖六口，分布现高州、阳江一带）、海安总口（辖十三口，分布雷州一带）、海口总口（辖九口）。

粤海关最根本的任务就是征税，把船、货分开征税，命名为“船钞”“货税”。船钞又称为船料、船税，其税率按船的大小分级征收。因东西洋船的规格有一点差异，粤海关均一一标列不同的规格，对照标准征收。货税分为进口税和出口税，根据商品的价格、性质标列明细。

一口通商时期的海关税收制度已具有当代税收制度的特征，税种、税率的设置已相当科学。据了解，现行的海关征税制度也依然延续两百多年前的船、货分开征税的模式，船舶属于运输工具税，征收的税种为“船舶吨税”，也就是按船的吨位来征税，也延续了当年按船的大小分级征收的做法。现在的货税也是把进口税和出口税分开征收，价格、性质不同而税率有别。由此可见，粤海关是中国现代海关的鼻祖，其开拓之功不能被泯灭。

除了规定的税则外，还有“规银”“分头银”“缴送”等杂费。雍正年间，广州巡抚兼海关监督杨文乾把外商带来的现金都要抽税，番银一律抽取十分之一的税率，使得外商进退维谷，虽有抗争，仍于事无补。

清政府认为中国地大物博，啥都不缺，即使缺了外商也能活下去，只不过少了些可有可无的珍奇玩意儿罢了。而外商就不同了，中国茶、丝绸、陶器盛，都是生活品。所以，清政府自上而下都认为开放口岸就是为了帮助、施恩于夷人。

清政府在贸易方面出台了一系列禁令，把米、谷、麦、豆、杂粮、金、银、铜、铁、铅、锡、硝磺、书籍列为禁止出口的商品。对于洋人需求量大的茶叶，也规定每年出口不许超过五十万担；生丝的出口也有诸多规定，每船准买土丝五千斤，二蚕湖丝三千斤，头蚕湖丝及绸绫缎匹禁止出口；每年每国购买大黄不得超过五百斤等。

经过洪任辉事件后，清政府意识到洋人也不好管理。广州一口通商后，两广总督李侍尧就在寻思管治洋人的事了，终于琢磨出了“防范外夷规条”五项，这就是有名的“防夷五事”。一是禁止外国商人在广州过冬；二是外国商人到广州，应令寓居洋行，由行商负责稽查管束；三是禁止中国人借外商资本及受雇于外商；四是永除外商雇人传递信息之弊；五是外国商船进泊黄埔，酌拨营员弹压稽查。

后来，发生了英国大班携家眷入住“夷馆”一事，清政策在防夷五条的基础上加至八条，最后定为九条，见马士、宓亨利的《远东国际关系史》，概括如下：

1. 兵船必须停泊省河口外，不得进入虎门。

2. 洋妇不许带进商馆；枪炮和其他武器也不许携入。

3. 行商不得向外国人拖欠。

4. 外商不得雇佣华籍仆役。

5. 外国商人不得坐轿。

6. 外国人不得在省河内划船游乐。

7. 外国人不得呈递禀帖；如有陈诉，必须交由行商转呈。

8. 外国人住进商馆，行商负责管束，不准夷商擅自出入，私下交易营私舞弊。

9. 外国人不得在广州逗留过冬，一俟货物销出，船舶装妥之后，应即回国或前往澳门。

一口通商时期，广州的外港是黄埔港，即位于现在石基村的黄埔古港，粤海关也设于此。洋船一旦靠泊码头就可以办理海关事务，还是相当便利的。清政府规定，凡外国商船进入广州贸易，均须停泊黄埔古港，办理纳税等手续后，才可进行货物贸易。

《粤海关志》记载：“各国夷商来粤贸易，统归粤海关衙门经营。”粤海关当年可真是牛气冲天，牛到何种程度？据章文钦先生研究，仅嘉庆十六年（1811年）粤海关征得税收一百三十四万多两，超过广东全省的地丁银（一百二十五万两），占全国税收总额的四分之一。而这些钱，地方政府只留下百分之三帮补财政，粤海关也只留下百分之三作为办公费用，百分之九十四的大头直接送京归入户部及内务府（皇室的私库）。当年位于黄埔古港的粤海关，高高的旗杆上一面旗子猎猎飘舞，旗子上“钦命粤海关”五字彰显着它的超然地位。

粤海关监督是个肥差、要职，不是一般人可以任职的，必须是皇上的嫡系亲信，而且规定由旗人担任。有多大的权力就要承担多大的责任。中国最隆重的节日是农历新年，中国官府衙门定于每年农历十二月二十日至正月二十日放假欢度春节，唯独粤海关“无假放”，因为春节期间是最繁忙的贸易季，洋船也要赶在信风到来前办好所有货物，“对广州的外国人有一种例外。为了使他们的贸易尽量避免中断，海关监督衙门一年到头，除了正月初一以外，都向他们开放”（《粤海关志》）。

因为洋人众多，广东官员就要面临许多涉外的大小事务。正如康熙皇帝所说的，评价一个好官，在于地方不出事，年岁丰登，钱粮清楚，但对广东官员还要加一条，就是要处理好洋人事务。可见，当广东的地方官尤其是粤海关官员是非常忙碌的。

一口通商时的广州港繁盛至极，可以说达到了两千年来封建制度下对外贸易的巅峰。盛极而衰成为历史的必然规律，清政府外贸表面的繁华却掩藏着潜伏的危机。中西双方就如同足球场上对垒的两支队伍，西方依靠科学、技术这两个后盾，以进攻为特长；中方却不断地防守、退缩，不断出台的禁令让防守的范围退到禁区内，最后只有招架之功而没有还手之力。久攻必胜、久防必失，西方就抓住中方其中一个漏洞把中方的国门轰开了，连关税大权也落入了殖民者手中，从而诞生了一座具有西方古典风格的粤海关大楼。

爱恨交加大钟楼

我曾在一个只有零度的冬夜游览黄浦江，那金碧辉煌、十里洋场的外滩让我在瑟瑟发抖的寒冬里兴奋得热血沸腾。

对比黄浦外滩，广州的沿江西路就是一个小外滩。这里耸立着大钟楼、塔影楼、南方大厦、爱群大厦、永安堂、中央银行旧址……古建筑林立，灯火璀璨，美轮美奂。我曾经一段时间流连忘返于广州小外滩，第一个工作地点就位于南方大厦对岸，每天下班，我乘坐轮渡从南岸海幢码头到北岸西堤码头，逛一逛华灯初上的小外滩，徜徉于百年古建筑的斜阳夕照下，然后踱到南方大厦背面的“西关名小吃”店，吃一碗地道的欧成记云吞面或伍湛记布拉肠。一顿简单而美味的晚饭后，我便心满意足地坐公交车返回宿舍。这时候，我跟大钟楼（粤海关大楼，现为粤海关博物馆）打了无数次照面，却从来没有跨进去看一看。直至日前，才得以一睹它的芳容。

在跨进粤海关博物馆前，我做足了功课，去追寻它的前世今生。

两次鸦片战争爆发后，清政府除了割地赔款外，连海关税收大权也拱手相让了。咸丰九年（1859年）10月，海关总税务司英国人李泰国攫夺了粤海关行政大权，从此，粤海关被帝国主义把持了九十年，直至中华人民共和国成立才回归中国管辖。不久，海关总税务司就在现时大钟楼的位置正式建立公署。旧公署也许沿用了中国的木结构建筑样式，先经白蚁蛀食，后遭火灾，这使得殖民者不得不考虑重新建造公署。民国三年（1914年），大钟楼在现址奠基。大钟楼由英国建筑师戴卫德·迪克仿照欧洲古典建筑风格设计，由华昌工程公司承建，于1916年竣工。2006年，广州海关搬离大钟楼，从此大钟楼作为粤海关博物馆向市民开放。至此，粤海关在大钟楼办公九十年。

来到原先熟悉的海幢码头，想不到轮渡已停航，只得移步到五百米外的鳌洲码头。熟悉而又陌生的轮渡晃悠悠地游向对岸，让我重拾昔日的美好时光。靠坐在船舷旁，望向对岸，一排苍翠的榕树亭亭如华盖，列队守护着珠江北岸；一座钟塔露出头来，高耸的塔尖悬挂着一面五星红旗，在风中猎猎飘动。了解粤海关过往历史的人，就会觉得这面国旗意义非凡，它向世人宣示着一个国家的主权。上岸后，大钟楼便耸立在我的眼前，正要穿过窄窄的马路到钟楼去，一架电车拖着两条黑辫子从钟楼前驶过，瞬间构成了一幅绝美的近代画面，即使电车远去了，我还陶醉在那怀旧的意境中不能自拔。虽然主建筑只有三层楼高，但是它建造的用心、用料的舍得让人惊叹。大理石的基座、花岗岩的墙体、粗壮的罗马柱，让钟楼显得特别厚重、庄严，俨然一座欧式的神庙或教堂。

拾级而上，来到一楼的台阶，高大的门柱有种庄严感。入门后给我的印象就是相当漂亮，一百年前的装修现在看来依然赏心悦目。绿色的马赛克裙墙，地上铺着当年属稀缺物资的花瓷砖，黑色的弹簧门，立于大厅内的垂直电梯……均代表了当年最先进的装修水平。看介绍发现，此楼是最早采用钢筋混凝土框架结构的建筑物之一，也是最早设立走火梯和逃生通道的办公建筑之一，至今仍能满足消防要求，让我不得不佩服这些洋建筑师的远见卓识。这座建筑当年耗资二十一万两银，也属天价建筑物了。

沿着展馆细看了一遍，有两处特别吸引我：一处是一台手摇计算器，略有褪色的数字表面昭示着它的岁数已达高龄（1931年购入的），却依然显示出它的现代感。研制出这种计算设备的国家，科技水平确实比当年还用珠算的中国先进很多。另一处是一幅挂图，标示着“19世纪广州人与外国人交谈的广式英语”，这可解了我内心的疑团——当年他们是如何谈交易的。广式英语看了后让人捧腹大笑。如别人已经还过价，英语是Other man have offer the price，广州人便标上译音——哑达、蛮、哈夫、哑否、提、泼癞司。正如广州人常挂在嘴边的俗语：“蛇有蛇路，鼠有鼠道。”只要有需求，大家就会各出其招达到目的，这样一来就避免了“鸡同鸭讲眼碌碌”，还是可以勉强达成交易的。

任何事物由陌生到熟悉，都是有一个过程的，广商与洋商之间也闹过笑话，曾经有一个中国米商向英国商人说要出售lice（虱子），把英国商人吓坏了，后来才明白他要出售rice（大米）。原来广州人说话l和r两音是不分的。还有些直译的广州英语，更让洋商一头雾水，如当时的《纽约时报》记载了一个广州人说的英语：“My father feeds his docks。”有人翻译过来就是，“我爸爸在喂他的码头”。准确意思是：我的爸爸给他的码头做补给、运货物。

这让我不得不佩服广东人的包容、开放精神。洋人来中国交易，本该“入乡随俗”，说中文才对，广东人却主动学习外文。广东人就是凭着这股开放、包容的精神，勇闯外蕃，如陈嘉庚、田家炳等一批爱国商人，取得成功后，用自己的行动来回馈家乡、回赠祖国。近现代中国的历次革命都离不开海外爱国华侨华人的慷慨解囊。20世纪80年代后，广东成为改革开放的急先锋和排头兵，敢闯敢拼、锐意创新、先富起来，跟这种包容、开放的精神传承密不可分。

海关大楼又称为大钟楼，自然钟是它的建筑重点。钟楼以穹窿顶耸立在主体大楼之上，高十三米，建筑面积六十二平方米，分为上下两层：下层为钟室，内有不同口径的铜制吊钟五座；上为钟机房，四面各有直径为两米半的外向圆钟面，并砌有双柱塔司干双柱。当年钟楼昼夜通明，可二十四小时奏乐报时，据闻方圆一公里都可以听到钟声。这在买块手表都异常艰难的年代，大大方便了市民。20世纪80年代后期，为了不影响周围居民休息，大钟停止了钟声和音乐报时，直到2016年1月1日，大钟楼才恢复敲钟，时间设定在早晚8时正。

为了切身体会这百年钟声，我赶在早晨8时之前来到大钟楼前。清晨的万缕阳光照射在大钟楼上，金光自穹窿顶倾泻而下，让大钟楼显得格外庄严肃穆。此时此刻，我像一个孩子般怀着好奇的心情焦急地等待着钟声响起，不时望着腕上的手表，内心默默地倒数计时。刚到8时，钟声突然响起，音乐钟声悠扬悦耳、响彻云霄，仿佛穿透了云层，飘散在珠江水面。

钟声一下又一下地叩击着这座城市的心房，唤起了这座两千年古城近一百年来的记忆。当然，这也是长鸣的警钟，警醒着一代又一代的国人不忘历史、勿忘国耻。

十三行盛

一口通商，催生了十三行，也把古代广州对外贸易的繁盛推向了极致。

十三行究竟是什么？它又是如何起源的？十三行繁荣到何种程度？我带着一连串的疑问，在故纸堆里刨根问底，揭开十三行的层层面纱。

十三行是广州人对十三行商的简称，十三行商就是由官方指定管理外商贸易业务的牙商，又名官商或洋行。

史册中对十三行的记载也不少。《粤海关志》说："国朝设关之初，令牙行主之，沿明之习，命曰十三行。"另一部《澳门纪略》也记载："国朝康熙二十四年设粤海关监督，以内务府员外郎中出领其事……岁以二十余柁为率，至则劳以牛酒，牙行主之，曰十三行……即明于怀远驿旁建屋一百二十间以居番人之遗制也。"

这里提到"沿明之习"，我们回过头来看看明朝的建制是如何的。明朝是有牙行的设置的，如福建的市舶司最初有牙行二十四家，后来减至十九家，到嘉靖末年就只剩下五家。海禁政策的严格执行，让牙行日渐衰落。此时，却有一个机遇让牙行"咸鱼翻身"，那就是葡萄牙人占领澳门后，他们需要通过中介与中国通商互市，这种中介在《广东新语》中被称为"揽头"，即为牙商。书中如是说："每舶载白金巨万，闽人为之揽头者分领之。"有史料记载的明牙商就有周鸾、李叶荣等人，当时被称为"奸民"。

到了明万历年间，广东的牙行发展至三十六行。梁嘉彬在《广东十三行考》解释道：“广东有所谓三十六行者出，代市舶提举盘验纳税，是为十三行之权舆。”也就是说，这三十六行行使的就是后来十三行的职权了。广东有句俗话“三十六行，行行出状元”，估计三十六行之说也出自这里。这三十六行从传统的牙行商人转化为专门代理外商贸易的买办商人，外商需要什么货都得通过他们来组货、买卖交易，是买办资本主义的萌芽，也是清朝垄断广州对外贸易的十三行的前身。

明朝虽然号称三十六行，但真正长期固定为行商的就只有十三家，所以在民间一直称作十三行。清朝贸易最高峰时广州行商一度高达四五十家，但因“沿明之习”以及沿用民间约定俗成的称谓，依旧称为十三行。

康熙帝重开海禁后，十三行得以重振雄风。一口通商以后的乾隆年间，十三行更是蒸蒸日上。当时最有名气的要算同文行潘振承（启官）、怡和行伍秉鉴（浩官）、广利行卢继光（茂官）、天宝行梁亟禧（经官）、同孚行潘绍光（正官）、同顺行吴天恒（爽官）、中和行潘文涛（明官）、顺泰行马佐良（秀官）等；也有一说是“潘卢伍叶谭左徐杨”八家。

当年的十三行位处哪里？清朝沈复在《浮生六记》中记述了他到广州经商贸易之事，并提到：“十三行在幽兰门之西，结构与洋画同。”

一幅19世纪初英国威廉·丹尼尔的绘画为我拨开了三四百年前的迷雾，给出了确切的答案。这幅油画名为《广州商馆区风貌》，它把整座广州城和珠江前航道都囊括其中。珠江河面百舸争流，有帆船、有花尾渡、有小艇，铺陈了一半的珠江河面。珠江北岸，一堵围墙包围着大部分的建筑，九层六榕花塔高高耸立，俯瞰着整座广州城。西面城墙外围一角，整齐地排列着一排排房子，就是十三行的所在地，各行商的商铺、仓库就在其中，具体地点就在现今的文化公园。在镇海楼（广州博物馆）内一幅《广州十三行商（夷）馆玻璃画》（18世纪末至19世纪初绘制），给我们还原了十三行夷馆的原貌。夷馆不在洋行内，但在十三行街区内，与洋行相距甚近，是十三行修建租赁给外国商人，让其在贸易季节暂住，方便与行商在商馆内进行贸易活动。

夷馆一家连着一家，坐北朝南望向珠江，房顶都竖起旗杆，各国旗帜高高飘扬，随风舞动，一看就知道是哪国的洋商。夷馆一般分为两层楼，上层给洋商居住，下层用作办公或存货。夷馆的建筑风格一般依照洋商国籍地的建筑特点，它们临江而建，自西向东分别为：荷兰馆、新英国馆、炒炒馆（混合馆）、旧英国馆、瑞典馆、帝国馆、美国馆、法国馆、西班牙馆、丹麦馆等。各馆的山墙都有各国的国徽和格言，如英国馆的格言是："为了国王和英国政府的利益。"这在当年，形成一幅独特亮丽的外国风情画。如果没有接二连三的大火，现在的十三行将会比天津的洋行街、青岛的八大关历史更悠久，更富有异国情调。

十三行至珠江北岸还有一段距离，大约一百米，这块空地被称为十三行广场，地点包括现在的大钟楼、南方大厦、孙逸仙纪念医院、爱群大厦一带。贸易淡季时，这里成为广州市民的休闲游览区，安静、美丽。然而，一旦贸易旺季到来，这个广场便大有乾坤。各行商在码头边搭建起了一个个临时仓库，把洋商采购的即将装船的货物暂时堆存在这里。广场上熙熙攘攘，热闹非凡。琳琅满目的洋货吸引了来自全国各地的客商，以及广州本地的官宦贵族之家。各类小商贩来到广场，趁机向洋人及客商兜售各类小商品、土特产，这里俨然成了自秦汉以来最繁荣最大型的进出口商品交易会。

几幅关于十三行、黄埔古港的油画带我穿越回三百多年前的一个贸易旺季。瑞典“芬兰号”不远万里来到黄埔港，此时此刻已有八艘欧洲船舶停泊在港湾里。“芬兰号”鸣放了八响礼炮向他们致敬，八艘欧洲商船一一鸣炮回敬，一时间整个黄埔港湾礼炮轰鸣、热闹非凡，一圈圈烟幕作螺旋状上升，在空中作圆形扩散，形成迷人的烟霞，大家沉醉在到“他乡遇故知”的欢喜中。

此时两艘海关官船向“芬兰号”驶来，一左一右地护卫着，全程陪伴“芬兰号”在广州期间的活动。早在虎门就已登上“芬兰号”的海关官员出来迎接官船。海关官员把“芬兰号”的报关文书送达粤海关监督处。海关监督亲自主持丈量仪式，丈量时先量出船的长度（前面桅杆中心到后面桅杆中心的距离）和宽度（船中间的主桅杆后部的船舷两侧），这样得出船的吨位，以便收取吨位税。然后清点货物，计算货税。粤海关丈量的严格和细致程度把洋人吓坏了，计算到小数点后九位数。粤海关收到了该收的税款后，海关监督便向“芬兰号”赏赐整头牛和美酒，美其名曰“施以牛酒”，以此体现清政府皇恩浩荡，对洋商宽厚仁慈、以礼相待。

随后，粤海关向“芬兰号”发放开舱准许状，自此“芬兰号”就开始忙碌起来了。洋人把船上的货卸下来，用雇来的舢板从黄埔港运到十三行瑞典商馆。“芬兰号”大班住进了十三行的瑞典商馆，筹划着卖货、进货之事，办好的货用雇来的舢板从十三行又运到黄埔港，搬上“芬兰号”。贸易季即将结束时，“芬兰号”的货也办齐了。此时，“芬兰号”向粤海关申请离港。粤海关再次复核“芬兰号”该交的税交齐、该办的手续办全，然后向“芬兰号”发放粤海关外洋船牌，上面盖有粤海关监督的大印。至此，“芬兰号”扬起风帆，向黄埔港挥手作别，期待下一个贸易季再相遇。

正所谓“洋楼虽栖于省岸，市舶皆聚于黄埔”（清同治《番禺县志》）。在珠江的黄埔港至十三行，这样的程式周而复始地上演了八十三年。熙熙攘攘的洋船迎来了朝霞，送走了晚霞；迎来了盛夏，送走了隆冬。各国商人兴高采烈而来，心满意足而归，来自世界各地的巨额财富一路浮游于珍珠之河的江面上。

成败系于官府的行商

2001年，美国《华尔街日报》（亚洲版）刊登了一个《纵横一千年》的专辑，统计了近几个世纪以来世界上最富有的五十人，其中中国有六人入选，分别是成吉思汗、忽必烈、刘瑾、和坤、伍秉鉴和宋子民。这六人中，除了伍秉鉴以外，都是帝王将相或权倾天下之人。伍秉鉴就是十三行商人，道光十四年（1834年），他以两千六百万银元的身家位列世界首富，据说，财雄势大的东印度公司都常向他借贷。在大清政府的封建统治下，作为一个商人能有如此成就，不得不让世人叹服。同孚行潘正炜也以两千万银元的身家紧随其后。

如前一节所述，行商是专门代理外商贸易的买办商人。一般一个行商代理一个国家的贸易，如同文行潘振承专门代理英国洋行，怡和行伍秉鉴专门代理美国贸易。清政府设立行商的目的在于什么？说白了，就是要垄断对外贸易，并监督外商的行为，把保甲制度延伸至中外贸易之中，控制了行商就等于控制了外商。而且官员们根本犯不着跟外国商人直接打交道，必须找人从中协调所有事务。所以，十三行行商便摇身一变，成为受朝廷直接控制的半官半商的御用商人，正所谓“以官制商，以商制夷”。

武育干在《中国国际贸易史》中阐明了行商的作用：“船抵黄埔，即由商馆之运货人（俗称大班），以船上装货清单交于公行行商，由其支付一切码头费用后，运货于商馆内……”《广东通志》

也说："盖彼等以货交付公行行商后，即视行商为唯一'靠山'，故当时行商至有'保商'之称焉。船舶由下碇到解缆一切事务，以及完纳税项，亦皆由'保商'代为处理。"

行商与洋商之间的关系可以说是唇齿相依的，一荣俱荣、一损俱损。一旦洋商犯了事，行商就得受责难。乾隆四十八年（1783年），洋商们因为税收问题到粤海关上诉。随后粤海关监督就把行商叫到衙门来，一进门不由分说各打二十大板，并大骂行商，洋鬼子懂什么？还不是你们在背后教唆他们的？我看你们就是欠揍的。行商们即使被冤枉了，也只能唯唯诺诺，答应尽力约束好洋商，保证不再让他们犯事。

在这样的身份加持下，行商普遍具有双重人格：一方面，行商是叱咤风云的商界大咖，而且是威风八面、说一不二的"话事人"，行商直接给出货价，外商没有商量的余地；外商要站着跟行商说话，拜访行商只能步行不可坐轿子，毕恭毕敬；另一方面，行商是跪拜在官员脚下、见利"趋之若鹜"的贱民。正如英国商人约翰·巴罗所见："行商见了官府最低的小吏也会发抖，眼睛只敢看到官员的第九颗纽扣。"粤方言有一句话说得好："食得咸鱼抵得渴。"行商既然要赚取大量财富，就不得不看官员脸色了。正如美国人马士所言："行商的处境，可说是前有猛虎，后临深渊，困难万分。"

能当上十三行行商的绝非等闲之辈，他们都有安身立命的真本领。

同文行的潘振承，十四岁便作为船工出海走南闯北，见多识广，他第一个借鉴外国商人的做法，用汇票来解决资金周转的问题。

怡和行的伍秉鉴精明能干、敢闯敢拼、为人慷慨。他把存放在英国商行一百多万的期票取出时，利息算得分毫不差。他不安于只

“迎来”外来商品，还租用美国和普鲁士的货船装载武夷茶叶，直接到欧美市场去销售。一位叫阿斯特的美国商人因沉船欠下他的巨款，伍秉鉴不但撕毁借条，还赠他一笔钱东山再起，结果阿斯特获得了成功。

天宝行的梁经国从一个小学徒变身行商，源于他的勤劳、好学、忠诚。老板到国外期间，他把生意打理得井井有条、不负所托，老板回国后大受感动，帮助他成立天宝行。

行商再精明，也精明不过清政府。清政府规定，能够当行商的必须满足两个条件：一是“殷实”，二是“诚信”。正如嘉庆皇帝所言：“不得滥保身家浅薄之人承充洋商。”（《粤海关志》）

当行商需要什么流程？首先由商人主动“投充”，向官府递交申请书，然后要经过严格的审查，最后经皇帝批准，才可以当上行商。天宝行的后人至今还保存着嘉庆皇帝于嘉庆十三年（1808年）批的御旨：“请旨自设天宝行，获准，遂得列‘十三洋行’之一。”

清政府还要在行商中选一个总商作领头羊，统领这群行商。《粤海关志》就记载了总商的委任：“于各行商中，择其身家殷实、居心笃者，选派一二人，令其总办洋行事务。”

有利益的地方自然就有腐败行为。行商的执照也可以通过巨资买来，甚至高达二十万银元。即使如此昂贵，商人们仍然趋之若鹜，以期获得长期的巨大利益。而且，投充行商是底层人实现阶层跃进的捷径。同顺行的吴天恒早年靠卖鸡为生，即使当了行商，被洋商尊称为“爽官”，仍被知情人安上绰号“卖鸡爽”。他通过当行商赚得巨资后，也捐上一套官袍穿上，非常气派。

诚然，行商的工作不是一般人可以胜任的，他们常常充当夹心饼的角色，一方面，他们要面对不守规矩、意图获得更大利益的洋商；另一方面，他们要面对淫威不断、阴晴不定、贪得无厌的官员。使他们往往里外不是人，屡屡骑虎难下。

潘振承就遇到过无良英商退茶叶的要求。乾隆四十八年（1783年），英国东印度公司的“皇家亨利号”一口气卸下一千四百多箱废茶叶，那不是小数目啊！退赔款达一万银元。而且茶叶包装破破烂烂，箱子上的编号也模糊不清，分不清是哪家商号的，还涉及关税问题，况且也没有退货的先例。潘振承即使心里一万个不愿意，还是强压着心头的怒火，说服粤海关对退茶免税，然后照单赔偿，只为了保全十三行商的国际信誉。潘振承看似不精明，实则有大智慧，怪不得能成为行商中的翘楚。行商陈芳观，按美行洋商要求备齐了货，谁知美国大班却不认账。诸如此类的事也不少。

行商辛苦赚来的钱让清政府及广东官员眼红。广东官员想方设法向行商索贿，来一任索一任。但凡有赈灾、赔款之事必想到行商，其中一位行商欠了债务，往往由其他行商分摊承担……所要支付的钱不问来由、不计其数。鸦片战争后，清政府赔款六百万银元，作为总商的伍秉鉴就独自承担了一百万银元的赔款。

作为洋商的保商，一旦洋商有不端行为，行商就有连带责任，动辄被官府打骂、逮捕、用刑、下狱、流放，甚至被折磨至死。广利行的卢观行、卢继光，首富伍秉鉴及他的儿子们都曾被投进监狱。而益行的石中和受酷刑而死，福隆行的关发成被流放伊犁不久后死去，万和行的蔡世文身为总商也被逼吞鸦片自杀。

行商是不能随便“收山”不干的，朝廷不允许他们赚了那么多的钱而置身事外，要把他们榨干为止。潘有度明明厌倦了行商生涯，好不容易获准退休了，过了几年还是被清政府逼着重操旧业。

行商们的出路是什么？让子孙们考取功名，真正当个一官半职，此时才可以一扫半生冤屈气，昂首挺胸地走在街上。

在越秀山的广州博物馆，有一幅《怡和行浩官花园》的油画，画中茂林修竹、雕栏玉砌、美眷如花，主人享尽荣华富贵、人间之福。然而，当我知道伍家最终的命运时，却怎么也羡慕不起来。当年富丽堂皇的伍家花园，消失得不着一丝痕迹，只留下一块“猛虎回头”的奇石，屹立于海幢公园正门对着的鱼池内，其余物件都已散落于渺渺烟尘中，不知所踪。

第十三章

精美广彩，绝伦粤绣

一口通商后，外国人对瓷器的需求极大，最高峰时每年销量达百万件，原因应该归功于广彩的出现与发展，这是广州地区特有的釉上织金彩瓷。清末广彩由简单到繁复，由清雅到庸俗。岭南画派画家们站了出来，他们要改变广彩的庸俗化，着力提高广彩的艺术品位。一口通商后，粤绣的发展更是如虎添翼，广州也由此衍变成纺织刺绣行业的中心，广东特产香云纱更是独步华夏。现如今，广彩与粤绣均成为非物质文化遗产。

精美广彩

十三行的繁盛有赖于进出口商品贸易，丝绸、茶叶和瓷器一直稳居古代中国对外贸易的前三位。瓷器的英文china与中国的英文China是一致的，可见瓷器成了中国的代表性物件。

年轻时，我比较偏爱玻璃、水晶、琉璃、珐琅等器皿；随着年龄渐长，审美意趣大变，喜好回归到朴拙典雅的中国瓷器，尤其是清新素雅的青花瓷。青花瓷洁白的瓷体上敷以蓝色纹饰，釉质透明如水，胎体质薄轻巧，让我陶醉。

我不禁想起了永乐皇帝的故事。15世纪初，一位穆斯林的统治者给永乐皇帝进贡了一套玉碗，非常珍贵、精美。出人意表的是，永乐皇帝竟然谢绝了这份厚礼，吩咐礼部退还玉碗，并说："朕朝夕所用中国瓷器，素洁莹然，甚适于心，不必此也。"（埃德蒙·德瓦尔《白瓷之路》）我心中一阵狂喜，仿佛找到了跨越六百年时空的知音人。

那天，刚好淘得一件描金广彩饰盘，我捧在手上把玩，不由得对广彩的前世今生进行了一番梳理。

我国最早的瓷器制作诞生于东汉时期，是前代陶器和原始瓷器制作工艺的发展。唐代瓷器的制作技术和艺术创作达到了高度成熟，以唐三彩为代表。宋代的制瓷业得到了蓬勃发展，名瓷名窑遍及大半个中国，出现了钧窑、哥窑、官窑、汝窑、定窑五大名窑，景德镇成为中国的制瓷中心。元代景德镇青花瓷一经面世便享誉世界，风靡一时。元代罗马旅行家马可·波罗曾对景德镇瓷器作了一番描述："人们制作瓷碗，这些碗大小不等，美轮美奂。瓷碗只在这座城市制作，别处没有；它们从这里出口到全世界。在这座城市，瓷碗到处都是，且价格低廉，一个威尼斯银币可以买到三只精美的瓷碗，其玲珑可爱，简直无法想象。"

中国的瓷器外销，自公元8世纪末（即唐朝）开始，宋、元、明初为瓷器输出的第二阶段，最远到达非洲东海岸。从明代中晚期到清初的两百余年，是中国瓷器外销的黄金时期。输出的瓷器品种主要是景德镇青花瓷、广州彩瓷、广东石湾瓷、福建德化白瓷和青花瓷、安溪青花瓷等。其中较高档和精致的要数定烧瓷，相当于当代的"高定"产品，多为中西合璧的风格，造型和装饰图案带有浓厚的西方色彩，有些在纹饰中绘有国家、城市、家族、公司、团体等图案标志，称为纹章瓷。17、18世纪，中国的瓷器通过广州港行销全世界，成为赚取白银的主打商品。17世纪每年输出瓷器约二十万件，18世纪瓷器外销急速上涨，最高峰时每年销量达百万件，最大的原因应该归功于广彩的出现与发展。

顾名思义，广彩就是广州地区釉上织金彩瓷的简称，以构图紧密、色彩浓艳、金碧辉煌而著称。广彩装饰风格独特，一种是构图丰满，很少留白，然而密而不乱，犹如万缕金丝织于白玉之上；另一种是满地加彩，不留白胎，这种情况是瓷器表面缺陷较多时，满地加彩可以遮掩缺陷，谁知道却大受欧洲人欢迎，真是"错有错着"。由于广州不产白胎瓷器，早年所用的白胎均来自景德镇，广州的行商在珠江南岸（俗称"河南"）开设作坊，在白胎上做釉上彩加工。后来需求量太大，只得放宽标准，白胎来自多个产地，这样一来，导致产品质量参差不齐，造成胎色、胎质不一。

千锤百炼始成器，一件瓷器的制作需要经过上百道工序，辗转多人之手。清代法国传教士殷弘绪说："一件瓷器，直到烧成为止，要经过七十人之手。”为了降低差错率，早在清代，瓷器作坊就想出了标准化、流水线的作业方式，每个工匠只负责一道工序，即拉坯的拉坯、晾晒的晾晒、荡釉的荡釉、装匣的装匣……清代的朱琰在《陶说》中点出了制陶的实质及其残酷性：“青花圆器，一号动累百千，若非画款相同，必致参差，难以识别。故画者，学画不学染；染者，学染不学画。所以一其手，不分其心也。”

工匠们只要不思考、不走神，在描画线条时只需要“在精准的时刻提起画笔，转动笔尖，用扁平笔刷的侧面，勾勒出草茎轮廓鲜明的边线；然后，在钴料中蘸一下画笔，在下一只素胎上重复这个动作。”（埃德蒙·德瓦尔《白瓷之路》）

用现在的话来说，这些流水线作业的只能算是行货而不是精品。中国历代皇室需要的是定制品，尤其是嘉庆皇帝，简直就是一个瓷器控。他在位的第八年，吩咐手下交给景德镇画工一张纹饰清单，不厌其烦地标注着瓷器的内外壁可能用上的纹饰：“赶珠龙、一秤金、娃娃、升降戏龙、凤穿花、满地娇、云雀、万岁藤、抢珠龙、八仙过海、狮子滚绣球……”（埃德蒙·德瓦尔《白瓷之路》）。清皇室的定制任务异常繁重、艰巨，景德镇顶级的制瓷师傅都忙着精心制作、反复锻炼朝廷的定制品。雍正年间，随着中国对外商业贸易和文化交流的发展壮大，景德镇的部分釉上彩绘瓷器移至广州加工生产，这样，给予广彩的诞生创造了条件。

广州陶瓷加工厂应运而生，正如清代陈浏著《匋雅》中所述：“盖其器购自景德镇，彩绘则粤之河南厂所加工者，故有河南彩及广彩的名称。”十三行商看中了瓷器销售的商机，主动适应市场，根据洋商的来样来稿，把景德镇的釉上彩瓷与烧青艺术（铜胎瓷珐琅）相结合，使釉上彩瓷出现了新的装饰形式，形成早期的广彩瓷器。

有资料显示，广彩工艺的祖师爷——杨快和曹琨来自景德镇，广彩工艺是景德镇传入的。广彩传承人陈文敏却纠正了这个说法，他认为广州早在宋代已有多个名窑，如广州西村窑、佛山石湾窑和奇石窑、南海的官窑、三水的洞口窑、番禺的沙边窑，这些名窑组成了广州地区制瓷业的生产网，其出产的多为外销瓷。从广州起航到海外的船舶，“货多陶器，大小相套，无少隙地”。（《萍洲可谈》）陈文敏强调，广州的制瓷业已发展上千年，水平较高，广彩其实是广州工匠自行研发的制瓷工艺，广州人有这个能力和实力。

我们不妨来还原一下两百年前的广彩制作、销售流程：上山采瓷石（高岭土）—用水击碎瓷石—制泥—拉坯造花瓶—修坯挖足—釉下青花—上釉—入窑—添柴—出窑—釉上五彩—入低温窑—装桶—陆路运输—水路运输—瓷器抵达珠江北岸货仓—摆放在瓷器店的货架上，供洋商选购。

陈文敏说，因广彩的需求量确实太大，这时候的广州商人就开启了外包的先河，从全国各地搜罗白胎瓷，运到广州后再描彩加工。广州工匠只需要掌控广彩的核心技术，当年的叫法为“借胎加彩”。开放的海洋文化让广州人的思想意识提前了整整两个世纪。

清初，外销瓷大多数情况下是在青花中加金彩。当我踱进越秀山广州博物馆时，看到清康熙的《青花花卉瓶》，主纹饰和三角形叶子已渗有欧洲风味；清乾隆的《青花描金花卉盘》，在叶子上加了金彩。这时候广彩的特点还不明显。

乾隆帝在位六十年，也是广彩瓷发展迅速的六十年。我用广州博物馆馆藏乾隆年间的几件瓷器来梳理它的发展脉络。首先看《广彩青花描金开光人物纹瓶》，图案已用上了紫红、干红、绿、蓝、黑、麻色，且装饰较古朴，仍有部分青花，它被断定为早期广彩。接着看《广彩折枝花果纹唾壶》，已褪去了青花的痕迹，红、绿、蓝色分明，壶口镀上了一圈金彩，但是图案仍显疏朗简洁，从广彩的角度来看，其上彩工艺较前一件上了一个台阶。再看《广彩珍珠地开光人物纹扁瓶》，此器已吸收了西洋绘画的技法，使图案的明暗和层次对比分明，富有较强的立体感，主画为中国故事，饰边已是西方饰物常用的缠枝花卉图案，中西装饰艺术在此瓶中得到完美结合，但饰边处露出的白胎仍然较多，可见广彩技法又前进了一步。还有一件《广彩人物纹盘》，广彩中喜用的水青、西红、干大红、麻色、大绿、鹤春、茄色等颜料一应俱全，辅助纹饰布满了彩碟的边缘，花螺纹、织锦纹同时出现，金线描钩璀璨夺目、密而不乱，整个画面相当丰满，几乎找不到留白处，可以推断为乾隆后期作品，广彩艺术臻于成熟。到嘉庆年间，广彩到达了岁无定样的成熟阶段，也是广彩成就最高的时期。

最初，中国瓷器在欧洲属于高档奢侈品，只有皇室、贵族才用得起。他们看中国的定制瓷做得得心应手，便“食过翻寻味”，定制单越来越多，并提出定制纹章瓷的要求。在越秀山镇海楼（广州博物馆）的第四层，纹章瓷放满了几个展架，均为瓷碟，纹章大多绘于碟的中心位置。纹章的结构比较复杂，分为盔饰、披幔、饰环、头盔、冠冕、护像、盾牌、家族箴言等八个部分，风格精细典雅，而且纹章是代表家族或个人荣誉的，需要绘制得分毫不差，确实很考验彩绘师傅的功力。欧洲皇室、贵族把纹章瓷作为在上流社会交际中互相馈赠的礼物，也作为个人、家族荣誉传承的重要纪念品。

后来，中国瓷器逐渐走进欧洲、美国的寻常百姓家，也进一步促进了瓷器的出口外销。道光、同治、光绪年间，广彩完全进入了程式化生产阶段，色彩绚丽而流于庸俗。

那时候，欧洲已出现了商业间谍，盗得瓷器制作秘诀的那个人就是到景德镇传教的法国人殷弘绪。他在景德镇住了七年，也偷师瓷器制作七年。康熙五十一年（1712年），他寄了一封三万字的书信回法国，详细描绘了瓷器的制作工艺，并道出了瓷器制作的秘密——高岭土。乾隆五年（1740年），法国成立了赛菲尔陶瓷制作坊，制作的瓷器开始走进欧洲贵族家里，他们甚至还烧制了乾隆像。虽说是偷师学艺，但从文化交流的角度来看，也未必不是好事。

在西方人引进中国的瓷器制造技术的同时，我们也从西方引进了胡椒、胡桃、胡瓜、胡茄、胡豆、番薯、番瓜、番石榴等食物，以及引进制作玻璃、珐琅、钟表、油画等技艺，不断推进中华民族的文明进步。世界本大同，这是中华民族几千年的智慧结晶，大多数情况下，社会的进步都是人类不同文明不断相互交流的结果。

江山代有人才出。广彩在余培锡、陈文敏等当代大师的传承下，推陈出新、香火不断。2008年广彩申遗成功后，广彩在传承、保护、支持方面，特别是在走精品路线上，无疑是更上一层楼。除此以外，广彩还具有一定的市场竞争力的，我们不能只把它“供”起来，更应当把它更好地“推”出去。如何让广彩在文化传承与市场需求上找到一个更好的平衡点？这是广彩亟待解决的问题。

广彩与岭南画派

我在陈列着广彩的橱窗前慢慢挪动着脚步，目光贪婪地在瓷器身上扫来扫去，恨不得把每一种花式、每一个细节都看在眼里，装进脑中。

一路看来，我发现广彩的发展规律：由简单到繁复，由清雅到庸俗。毋庸置疑，乾隆后期至嘉庆时期，广彩瓷从构图、织金、彩绘水平各方面都达到了顶峰，然而到了道光、同治时期，满彩较多，而且审美的格调逐渐下滑。正当我百思不得其解时，广州市广彩研究所所长陈文敏道出了个中缘由。原来，广彩早期的销售客户是英国、法国、意大利、西班牙、葡萄牙等欧洲国家，经过文艺复兴的熏陶、洗礼，欧洲人的审美观念、艺术修养确实是处于一个相当高的水平，此时的广彩自然格调高雅、流光溢彩，处处洋溢着艺术气息。那时广彩的特点是“岁无定样”，处处可见其独特性与唯一性，开出了一朵朵艺术的奇葩。

乾隆四十九年（1784年），当“中国皇后号”抵达黄埔港，升起这片海域上的第一面美国国旗，鸣响了十三枚（代表美国当年的十三个州）礼炮时，中国与美洲大陆的贸易帷幕从此开启。广彩的外销主市场由欧洲转向美洲，后期的客户更有来自南美洲，因此道光、咸丰、同治、光绪年间的广彩为了适应新的客户群体，由“岁无定样”改为“开斗方”式的半定制，即绘制好边框以及背景的装饰纹样，留出若干个大小相同、空白的几何图形，然后再按外商的要求绘制图案，从而转为流水线作业，广彩逐渐走向批量化和庸俗化。

一个光绪年间的《广彩开光人物花鸟纹盘》映入我的眼帘，此盘为开光对称的扇形，以花果、蝴蝶作地，开光内绘人物花鸟纹，中间留一圆窗，可绘花鸟或徽章。可是，此盘艺术韵味已荡然无存，满屏的图案流于庸俗。

这时候，一群画家站了出来。他们要改变广彩的庸俗化，着力提高广彩的艺术品位。这就不得不提当时的广彩行会——灵思堂，它跟粤绣会一样成立于乾隆年间。本来，只有行会内的人才可以进行广彩制作，这是各行各业的行规。但是，灵思堂却不拘一格、放开怀抱，不仅允许画家参与广彩制作，还把先进的画法引进广彩中来。

首先是“岭南画派”的祖师爷居廉、居巢兄弟，他们称自己为隔山画派。两居师承宋光宝，源于常州画派，其技法受西方影响，开创工笔没骨画风并注重写生。他们独创的“撞水、撞粉、没骨法”被应用到广彩中去，如广彩的“挞花头”技法就是以水调色料，在素胎上用没骨法画出花朵，层层堆叠凸显立体感。据说，这撞水、撞粉法源于一次“撞彩”（偶然）的行为。他们的曾徒孙李锐志老师说，当年听师傅刘群兴介绍，居廉由于醉心于绘画艺术，过着极清贫的生活。一天晚上下大雨，瓦顶漏水了，刚好滴在床铺上，居廉无法入睡，只好点上油灯坐起来观雨、听雨。又一滴雨落在蚊帐上，把帐上积了多时的渍尘在水滴中晕开，慢慢晕出了一朵花，再一滴落下来，又晕开了一层。居廉想不到这水滴撞尘竟然撞出如此曼妙的效果，于是灵机一动，创新了绘画新技法。

接过居廉兄弟棒子的是他们的学生——高剑父、高奇峰、陈树人。高剑父、陈树人曾游学于日本，其绘画融合了中国传统技法、西洋画法以及日本画法，倡导“折中中西，融汇古今”，称自己为

“折中派”。他们在日本游学期间结识孙中山，加入了同盟会。我们只知道高剑父是位画家，却不知道他也是武艺高强的剑客，他曾担任“支那暗杀团”副团长，参与黄花岗起义。所以他既有艺术追求，更有侠之大义。他在广州的河南（现海珠区）保安社附近，开了家美术瓷窑，对外宣称是日本人开的“博物商会”，实质一边研究广彩制作，一边制造并匿藏炸药等武器，此“博物商会”便成为一个革命秘密机构。前面提到的炸死凤山的炸弹就出自他的美术瓷窑。当时清政府也曾来搜查过，但由于的瓷窑设计得确实太巧妙，把炸弹等武器埋藏得毫无破绽，清兵无功而返。

高剑父等人抱着“广兴工艺”的理念开办“博物商会”，一是想通过开办广彩实业筹措革命经费，他在《论瓷》中提出“知实业必源于美术”“美术为工业之母”的观点。二是想变革广彩，他们首先从艺术风格入手，据暨南大学郑子成老师介绍，他们“抛开了广州传统的‘万花满地’细碎繁缛的做法，以岭南画派的画法来驾驭广彩的工艺，造景则深致，造物则生动。他们的创作虽然是传统广彩的‘别调’，但却代表着当时广彩最高的艺术水准”。其次，他们还要变革广彩的制作流程。前面说过，广彩的生产属于来料加工，从景德镇等地运来素白胎瓷，再在白瓷上描金绘彩。但由于广州生产不出跟景德镇同样质量的素白胎瓷，高剑父携弟子刘群兴及亲友于1913年、1914年分别两次在景德镇办厂，企图生产出高质量的素白胎瓷，只可惜没有掌握其核心技术（当地人秘不外传），高剑父愿望落空。虽然高剑父变革制作流程失败了，却收之东隅，培育了一位真正的广彩大师，那就是刘群兴。

据刘群兴的弟子李锐志介绍，刘群兴跟随高剑父学画，悟性相当高，一般人勾勒树叶要六个月，他三个月就学会了。迫于生计，刘群兴十五岁就到永铭斋花玻璃店当学徒，做刻花及彩绘，然后又学习瓷器彩绘。由于他有绘画功底且天赋高，十九岁就扬名广州彩瓷界。当高剑父意欲振兴广州彩瓷业时，刘群兴当仁不让地当了他的得力助手，且一直追随着他。师徒俩在景德镇铩羽而归后，高剑父逐渐归隐山林，刘群兴则潜心研究广彩技艺。民国四年（1915年），刘群兴创作出一百五十件《十二王击球》广彩箭筒，以岭南画派技法绘制了十二个唐朝的王侯将相，骑着骏马挥拍击球玩乐的场景，虽然笔墨疏落，然而人物形象却逼真、自然、形态各异，此作品大放异彩，获得美国旧金山巴拿马万博会优胜大奖，一举成名天下知。由此，广彩深受美洲客户欢迎，得以重振十三行时的雄风。

不久，香港的利丰集团（当年专门从事瓷器及丝绸贸易）掌门人冯剑基委托刘群兴编制广彩目录。刘群兴在高剑父的指导下，用了四年时间，广泛搜集和整理自清朝康熙以来，广州织金彩瓷图案一百〇八种，织金人物、绿白菜、绿枝梅和绿云龙画稿九种，编成《广州彩瓷产品目录》一册，由五常瓷庄刊印发行。该册为四开大型彩印本，是我国第一部较为完整的广彩画稿，既是广彩行业授徒学艺的教科书，也是外商订货的工具书。它的出版在广彩史上意义非凡。刘群兴享年九十二岁，为广彩的制作和教育事业奉献一生。他在大埔指导广彩生产时，赋言志诗一首，诗云："茅店鸡声晓雾浓，乍惊初日上高峰。芒鞋竹杖无人识，踏破云山第几重？"读到这里，我的眼前仿佛看到一位老人穿着芒鞋、拄着竹杖，为了寻觅理想的瓷矿石踯躅独行，渐渐消失在云蒸霞蔚的大山深处……

弟子李锐志说起老师刘群兴时，怀有深切的崇敬之情。他说，当年十年动荡初起，他小学六年级毕业就没学上了。刘群兴的家就在大路边，他就天天趴在刘群兴家的窗户上看他授徒画画。有一天，被师母发现了，问他："细路（小朋友），想学画吗？想学把你的习作拿来给刘老师看看啦。"就这样，李锐志误打误撞投入到刘群兴的门下。他动情地说，刘群兴教学非常认真，随他学画不但分文不取，还提供纸笔等工具，颇有大家风范。

人的成长需要相互成就，广彩与岭南画派亦然。

当年的岭南画派大师高剑父、高奇峰、高剑僧、赵少昂等都曾参与到广彩的制作中，让广彩与岭南画派相互交融、互相促进，融汇中西的同时充满岭南风情，岭南画派的审美格调提高了广彩的艺术品位；广彩的广销渠道为岭南画派的发展壮大提供了广而告之的平台，最终自成一派，并代代传承，至今仍有很强的生命力。

绝伦粤绣

外销商品又怎少得了丝绸?

中国是世界上最早饲养蚕和织造丝绸的国家，最初以丝国闻名世界。丝绸之路已有两千一百年历史，是西汉年间，由张骞出使西域开辟的中西贸易路线。以长安为起点，经甘肃、新疆，到中亚、西亚，并联结地中海各国的陆上通道，包括南道、中道、北道三条路线，贸易以丝织品最为著名。

我国的丝绸纺织早在汉朝就达到非常高的水平，长沙马王堆西汉墓中出土的丝绸，虽埋藏在地下两千一百年，但是颜色依然相当鲜艳。最著名的“素纱禅衣”，只有四十九克，一两都不到，确实是薄如蝉翼、轻若云烟。1977年，国家文物局决定复制这件素纱禅衣，特地培养一批特殊桑树，复制西汉时的植桑工艺，空气、水、肥料控制在接近两千年前的环境，通过药物来控制蚕的生长，最终得到了现代社会最细的丝，还重新制造了一台特殊织机，于1997年终于完全仿造出一件几乎一模一样的素纱禅衣。正当人们欣喜若狂时，放上天平一称，顿时傻了眼，复制品比原件重了零点五克。这可是举全国丝织界之力，花上二十年的精心之作啊！竟然还是没有突破这微不足道的零点五克，可见两千年前的纺织水平至今仍无法超越!

西方王公贵族很早就对丝绸热烈追捧，那时候的丝绸昂贵得惊人，丝价与黄金等同。于是中国丝绸成为古代贸易中运销最远、规模最大、价值最高、获利最丰的商品。丝绸面料在西方普及出现了两个高峰时段，一个是古希腊罗马时期，丝绸每磅高达十二两黄金，恺撒大帝、埃及艳后都是中国丝绸的忠实拥趸。古罗马的一个作家曾描绘："丝国人创造宝贵的花绸，它的色彩像野花一样美丽，它的质地像蛛丝一样纤细。"另一个是以文艺复兴为中轴的历史时期，法、英、意等国所有贵族的服饰除了拉夫领外，其他都用丝绸制作，连鞋子都不例外。拿破仑的蓝缎靴子、双角毡帽就是用丝绸制作而成的。

在前几章说过，由于北方战火不断，陆上丝绸之路时有中断。唐代安史之乱后，海上丝绸之路取代陆上丝绸之路，成为最重要的中西贸易线路。这个时候，岭南地区处于繁荣安定的社会局面，农业、养蚕、纺织都得到了长足发展。宋元明三个朝代，广州港的繁荣促进了粤绣（包括广绣和潮绣）工艺的飞速发展，粤绣品开始通过海上丝绸之路输出海外。明代，是一个商品经济萌芽的重要时期。粤绣作为海外输出商品，制作工艺更进一步，广州的刺绣艺人已经能够娴熟地运用各色丝线刺绣，并创造性地使用动物的尾羽缠绒作线，使绣品更加自然生动。明正德年间，粤绣出口到葡萄牙、英国、法国等地，立即受到宫廷、贵族追捧。

广州港一口通商后，粤绣的发展更是如虎添翼。雍正、乾隆时期，粤绣大量行销欧亚各国。乾隆年间，第一个粤绣行业组织"粤绣行"（又称"锦绣行"）在广州应运而生，从业人数众多，工艺和针法不断推陈出新。康王路华林玉器市场旁边有一座三进的祠堂式建筑，就是建于雍正年间的锦纶会馆，它是清朝至民国年间广州丝织行业会馆，也是广州市目前唯一完整保存的清代行业会馆。会馆的挂幅介绍了当年纺织行业的一些管理规定。嘉庆二年（1797年），广州的丝织机共有四千二百五十一台，绣工三千多人，店坊五十多家，多分布在状元坊、新胜街、沙面一带。由此可见，当年丝织业是一个多么庞大而重要的行业，丝绸成为中西方贸易最重要的商品。广州也由此衍变成为纺织刺绣行业的中心。

因行业人员数量庞大，为了便于管理，行会按照先师主会的要求，将机户分为十二股进行管理，由各大绣庄轮流担任执事。先师主会的职责有：负责锦纶会馆的日常管理；负责锦纶会馆的修缮事务，负责修贮先师主会、锦纶主会叫来的助金、“机户科金”和“灯笼金”，用于会馆的维修；负责收取先师主会成员的“助金”；负责按照每机白银一钱的标准，收取“机户科金”；负责收取新开业主的“助金”，标准是黄金贰钱；负责协调丝织业东家和西家的关系；负责协调丝织业和政府的关系。此外，绵纶主会也有它的职能：主要是负责筹备“张骞诞”的活动，如诞节期间的打醮、酬神演戏等活动；收缴主会成员“助金”，每年轮值的主会有十二人，定额收取黄金三两五钱；负责按照每户收缴丝织业主的“灯笼金”。

那时的洋人对定制上了瘾，除了定制瓷器外，也想着定制丝织品。英国商人自己找来图纸要求绣坊加工，类似于现代的“来样加工”。这些来样色调丰富，运用了透视和光线折射原理，突出了西洋画的艺术风格。洋人定制丝织品促使了粤绣工艺的发展与创新。

《存素堂丝绣录》《纂组英华》等书记载了当年粤绣的特点：“铺针细于毫芒，下笔不忘规矩，其法用马尾于轮廓处施以缀绣，且每一图上必绣有所谓间道风的飞白花纹，所以成品花纹自然工整。”粤绣的精美同样得到中国皇宫、贵族的认同，清宫廷陈列粤绣挂屏、团扇等装饰品，现在的故宫博物院还悬挂着乾隆、嘉庆时期的粤绣背心。清中叶，粤剧、粤曲兴起并走向繁荣，需要制作大量戏服，粤绣得到了淋漓尽致的发挥。状元坊一带的戏服享誉全国，连清宫戏班也慕名前来定制京剧戏服。

我小时候的理想就是当一名粤剧花旦，那身华彩戏服让我相当着迷。我时常幻想着披上一身锦绣在舞台上旋转，两管长蛇般的水袖在空中舞动，演绎着一段段人间的悲欢离合、儿女情长、巾帼豪情。只可惜，20世纪80年代后，粤剧日渐式微，我也只能走上传统的读书、考学之路。

晚清、民国时期，中国逐渐开眼看世界，粤绣也得到了国际参展的机会。1915年，粤绣参加巴拿马国际博览会的展出；1923和1925年，粤绣均参加伦敦赛会，甫一亮相便震惊国际。中华人民共和国成立后，粤绣依然弦歌不辍。1979—1981年，中国的出国展礼物选择了粤绣，共计二百五十件，受到了国内外各界的极高赞誉。当代粤绣工艺大师康惠芳，就在原来潮绣技法的基础上创新立体双面垫高刺绣技法，让潮绣技法更臻完美。粤绣工艺大师许炽光也在广绣原有的基础上，创造了“施盖针”“鸡仔针”等新针法，为当代广绣添光加彩。

一种事物曾有过辉煌并不可贵，最难得的是辉煌过后依然保有极其旺盛的生命力。粤绣便是如此。

有一种奇怪的现象让我百思不得其解。在粤绣这一行业中，古时绣工大多是潮州、广州男子，这一现象着实让我吃惊。深究才知道，原来粤绣有“传男不传女”的行规。粤绣大师许炽光就传承了家族的粤绣事业，他家至今已传一百四十多年，以男性为主要从业人员。幸好，当代的粤绣大师中拥有康惠芳、陈少芳两位巾帼英杰，没有辜负数千年来千千万万绣娘的辛勤劳作。

我第一次触电粤绣是在多年前的陈家祠。当我的目光触及挂在壁上的《晨曦》时，那玲珑浮凸的孔雀翎毛，那泛着亮光的柔滑的丝线，让我的目光久久不肯移开，我差点惊掉了下巴。我觉得此画只应天上有，人间难得看一回。站在我身旁的外国游客也不停地发出“啧啧”的惊叹。自此以后，陈家祠成了我接待外地亲朋好友的必到之处。

后来友人赠我两幅粤绣挂画，一幅是“南国红棉”，另一幅是“岭南红荔”。虽然大不过一平尺，我却倍加珍视，把它们挂在我的床头，便于随时欣赏。红棉、荔枝是岭南特有的物产，用岭南传统粤绣工艺来展现，更是别有韵味和情致。红棉的花瓣舒展而平滑，鲜亮夺目。荔枝表面的凸状鳞纹，刺绣时需用扪针及立体绣法，难度相当高，然而凹凸有致的荔枝绣得相当逼真，让人垂涎欲滴。儿子一岁多时，常常一只手扶着床靠踮高脚跟，另一只手伸直使劲往玻璃镜面上抓，意图摘一个荔枝下来解解馋。无奈，我只得用其他画替换下粤绣挂屏，只怪这荔枝绣得太诱人了。

香云纱缈缈

苏杭丝绸冠绝天下，相信这是大家的共识。这在白居易的诗中有所体现："去年中使宣口敕，天上取样人间织。织为云外秋雁行，染作江南春水色。广裁衫袖长制裙，金斗熨波刀剪纹。异彩奇文相隐映，转侧看花花不定。昭阳舞人恩正深，春衣一对值千金……"

广东也有一种特产丝绸，可以独步华夏，那就是"香云纱"。因其纱互相摩擦时沙沙作响，所以最初名为"响云纱"，后来取其谐音与意境，改叫"香云纱"，其中提花的叫莨纱，平纹的叫莨绸。沈廷芳在乾隆《广州府志》中记载："佛山丝绸之精，金陵苏杭皆不及也。"自北宋以来，南迁的汉人就已经把先进的农桑生产技术带到岭南。明、清以来，佛山的五丝、八丝及香云纱更是誉满天下，成为外销的主要商品。

香云纱究竟出现于何时？具体年代估计已无法考证。据绵纶会馆记载，香云纱最早在清道光年间出现，由广州府南海县生产。广州荔湾区石围塘的通福桥（五眼桥）就是当年广州香云纱涂晒河泥、晾晒的主要地方。现今这里已是都市的一部分，再也挖不出能制作香云纱的河泥了。现在主要生产香云纱的地方是佛山顺德伦教镇和广州南沙榄核镇。

香云纱是一种极其珍贵的布料，被称作软黄金，产量极少，制作材料特殊、工艺独特且复杂。香云纱的珍贵在哪里？首先它是由纯天然桑蚕丝制作而成，用上等桑蚕丝织成布后，再由广东特有的植物薯莨汁液对织物做染色处理，制作过程必须全手工。由于它的晒制过程对环境、日照要求很高，每年可以制作香云纱的时间只有五个月，随后还得存放半年甚至几年时间才可能成为上品。它是世界纺织品中唯一用纯植物染料染色的丝绸面料。可以说，香云纱是大自然的馈赠，是阳光、河水、泥土、草药糅合的精华。

香云纱的制作相当繁复，需要经过如下步骤：坯绸准备—薯莨液制备—浸莨水—晒莨—洒莨水—一次封莨水—一次煮绸—二次封莨水—二次煮绸—三次封莨水（俗称“起货”）—过河泥—清洗河泥—三次封莨水（俗称“复乌”）—摊雾（只能在太阳下山前后），简单概括为“三蒸九煮十八晒”。

这种特殊的制作工艺和原料是需要条件的，为何香云纱独独产在广东？且让我一一道来。广东分布在高要、禄步、新兴等地的山麓遍植薯莨。珠江三角洲的顺德、南海、三水、番禺等地河涌交错、河网交织，河水流速缓慢，河床下细润无沙之泥层逐渐沉积，形成没有被污染的河泥。河涌两岸多是平坦之地，可以种植青草，形成舒展晒莨技艺的场地，称之为“晒地”。原料和晒地都具备了，关键看工艺。纺工们先用植物薯莨汁液在丝绸上涂层，再把丝绸埋进河泥中，俗称为“过河泥”。薯莨汁液的主要成分是易于氧化变性产生凝固作用的多酚和鞣质，过河泥时与河泥的高价铁离子发生化学反应，从而产生黑色沉淀物凝结在绸缎的表面。

关于香云纱有一个让人意想不到的故事。最初的香云纱是正反两面都是棕红色的，有一次一个晒莨场遭遇劫匪，工人们情急之下把莨绸就地埋在沟渠的泥污之中。劫匪走后，工人们把莨绸捞起，发现莨绸红黑相间，怎么也洗不掉。没办法了，工人们索性把莨绸双面涂上河泥，过一段时间后把河泥洗净，莨绸双面乌黑发亮，效果独特，从此发现了香云纱制作的独特工艺，真是歪打正着。后来，制作香云纱时只用河泥涂正面，此方法一直流传至今。

民国初期，广东省省长廖仲恺大力推动广东桑蚕业发展，再加上第一次世界大战爆发，世界对生丝的需求急剧上升，这时候是香云纱发展的鼎盛时期。特别是南海的西樵和顺德的伦教，丝织厂多达数千家，而且多数丝织厂兼作晒莨，共有丝织机三万余台，晒地五百余场，从事丝织及晒莨的工人达三四万之多，年产“莨纱绸”二百万至二百五十万匹。这时候珠江三角洲的“自梳女”群体也是最庞大的，纺娘们纷纷走进工厂，自食其力，摆脱封建家庭的束缚。女性独立意识觉醒，并付诸实际行动中。

1925年以后，随着西方工业发展，机械化生产的物美价廉的洋布充斥市场，丝绸的生产、出口量迅速衰落。陈济棠主政广东后，曾掀起蚕丝复兴运动，蚕丝业迎来了短暂曙光。日本侵华战争爆发后，日军势如破竹地占领广州及珠三角富裕地区，以“利用当地物资，树立百年战争”为口号，垄断、控制、破坏丝织厂。从此，香云纱丝织业一蹶不振。当地顺德人大量逃亡，我自小生活的大鳌岛就有许多那时候“走日本仔”（逃难）来的顺德人，他们在大鳌岛落地生根。自梳女也纷纷漂洋过海到东南亚、香港去当“妈姐”（女佣），有的一辈子为雇主服务，如影片《桃姐》中的“桃姐”。较著名的要算曾经在陈嘉庚、李光耀家当过女佣的自梳女欧阳焕燕女士。

苍黄翻覆，岁月没有把香云纱埋没掉，它在岁月的淘洗中越发光亮迷人。时至今日，香云纱依然得到传承和发展，成为顶级高档衣料，是品质与品味的典型代表。它已不再是“乌卒卒”（极黑）一片，而是色彩斑斓，在暗沉的色调下有一股内敛的美。

近日，我瘦身成功，拿了一条香云纱绿花裙让楼下裁缝店的姜姨改一改。姜姨接过裙子后立即赞不绝口，跟我拉起家常来。她的外婆是南海萍洲人，小时候就看到外婆只穿香云纱，她在外婆的影响下，也当了一名裁缝。以前的香云纱只有黑、红两种颜色，显得老气，很多人不喜欢。改革开放后，香云纱不断改进工艺，款式上也花样翻新、契合潮流。2011年香云纱申遗成功后，更是受到重视和追捧，成为最高档的衣料之一。

去年，我跟友人一起到顺德选购香云纱，一件短装旗袍售价高达两三千元。我问售货小姐能否再便宜一点？她说，一尺香云纱绸布的成本就要两三百元，怎么也便宜不了多少。我第一次与香云纱结缘是在2015年，我在顺德的试衣间穿上香云纱，看着镜中雍容得体的自己，不停地把身子转过来又转过去，久久不愿脱下，那时候一件短装旗袍一千多元就可以买下来。短短几年时间，香云纱的价格飙升了一倍，我忍痛又入手了几件，谁让我对香云纱一见倾心、情有独钟呢？我的好友河南作家叶晓燕也是“香云纱控”，不远千里到顺德来选购，就为了那一贴身的温柔，那一勾魂摄魄的低调的奢华。

香云纱颜色较深沉，乍一看略显成熟、老气，可是越看越耐看，如同一位腹有诗书气自华的女子，初看时毫无惊艳之处，相处久了便被她的内涵、气质所打动。香云纱是实用的，特别清凉透气、不粘皮肤，即使是岭南的湿热天气，穿上仍觉得干爽、舒服。香云纱是耐用的，穿一辈子都不成问题，越久越柔软舒适。旧时代的大户人家，主人把香云纱新衣给佣人穿，穿旧了才回到主人身上，真是“妹仔大过主人婆”。香云纱的打理是方便的，脱下后放清水里一漂，捞起晾干即可，连洗衣粉都不用放。

我母亲年纪大了后，特别喜欢忆苦思甜。她说当年十多岁时离家出外求学，外婆穷得没钱给她做衣服，只是把自己古老、陈旧的纱绸改短给她做衣服，全班女同学只有她穿了件烂纱绸。我听了后，禁不住反驳她：“你穿的可是贵如黄金的香云纱啊！”

我的外婆是那个时代的大美人，高挑，有一米六以上的身高；

肤白，年老后皮肤仍白皙光亮，没有一点老年斑。她嫁给外公时算是风光大嫁，嫁妆中有十二个木制箱笼的物品，几乎把一辈子的衣服都做好了。那时候的外公家开有米铺、木屐铺等，用现在的话说就是嫁入了豪门，估计这箱子里有不少是香云纱。只可惜，外婆没过上几年好日子就经历战争浩劫，家道中落，外公也客死异乡。她含辛茹苦地独自养大三个孩子，那需要多大的艰难和坚忍啊！小时候，我就常常看到外婆穿着一件乌黑发亮的斜襟衫，滑滑的绸面有着祥云暗花，走起路来衣服“沙沙”作响。我那时候不懂欣赏，认为那是老太婆才穿的古老衣。现在我倒想再摸一摸那件沉淀了近百年岁月的香云纱，感受那份岁月的沧桑与悠长。只可惜，外婆已去世十多年，那件香云纱今在何方？

第十四章

中国“仙草”，独特通草

一口通商后，西洋人尤其是英国人爱上了中国茶，并把其称为中国“仙草”，出口量为所有商品之冠。在众多茶叶之中，他们尤爱武夷茶。经过一个多世纪的轮回，广州依然是全世界最大的茶叶集散地。一口通商时期，外销商品中通草纸水彩画风靡一时，但其只兴盛了六十年。

中国“仙草”

爱神的美德，日神的荣耀
比不上她和她带来的仙草，
人中王后草中茶，
均来自那个勇敢的国家，
他们发现太阳升起的美丽地方……

这首诗名为《饮茶皇后》，是一位叫埃德蒙·沃尔特的英国诗人献给王后的庆生诗，是世界上第一首英文茶诗。这位王后芳名卡瑟琳，是一名葡萄牙公主，葡萄牙是最早从东方带茶叶回欧洲的国家之一。卡瑟琳嫁入英国王室后，也在英国王室推广饮茶的雅习。上行下效，在她的带动下，英国贵族、平民都把饮中国茶作为新时尚。诗中的“仙草”指的就是来自“太阳升起的美丽地方”——中国的茶叶。美国人福斯特·史密斯在《中国皇后号》中写下了这么一句话：“在国王喝下第一口中国茶后的十五年里，随着英国对茶叶需求的增加，英国茶叶进口量从几乎为零增加到每年近十万磅。”

中国“仙草”让英国人又爱又恨。

英国人喝下“仙草”后神清气爽、舌底生津、齿颊留香，这是人生多大的享受啊！他们爱死这“仙草”了，一天也离不开它，以至于英国国会向东印度公司下了死命令：公司必须储备一年的茶叶供应量。从一口通商的初期（1761年）到后期（1830年），英国东印度公司从中国进口茶叶，由二十八万多磅增至三千一百四十三万多磅，增长了一百一十一倍还多（范小静《十三行故事》）。茶叶托起了东印度公司这艘外贸航母，它从中国进口的商品中茶叶占了百分之九十以上。更让它毫无顾忌地进口茶叶的原因是，茶叶跟本国的产品不存在竞争关系，以至于格林堡说："茶叶是唯一能够成为普通消费品而又不与本国制造业竞争的一种合用的货物。"（《鸦片战争前中英通商史》）

看着白花花的银元如潮水般地涌向中国，换来一箱又一箱的黑不溜秋的草叶搬上英国海岸，英国人心疼不已，气不打一处来。他们算了一下，在1761—1800年这四十年间，英国进口中国商品三千三百九十多万磅，出口本国商品一千三百多万磅，贸易逆差高达两千万磅（范小静《十三行故事》）。巨大的利益让一些英国人生出了邪恶的念头，他们瞅准了中国人的弱点和死穴，输出让中国人飘飘欲仙的仙膏——鸦片，一举扭转这贸易格局，从中国抢回大量白银，这一黑一白瞬间颠倒过来。二三十年后，轮到清政府"心惊惊"了，真是"三十年河东三十年河西"。

中国是茶叶之乡，茶叶品种、产地多得惊人。从大类来分就有黑茶、红茶、绿茶、黄茶、白茶、青茶六大类。可是，当年最受西洋人欢迎的却是福建武夷地区的红茶和岩茶。英国最早的茶叶文献称茶为"Bohea"，实质就是"武夷"的音译，其中武夷岩茶被视为高档茶。在17、18世纪伦敦的市面上，武夷岩茶的价格比浙江的珠茶还要高，为中国茶之首。那时候，单一个瓯宁地区就有茶工一万人。有文献记载显示，1784年，美国"中国皇后号"首航广州，回航时就载走了七百箱武夷岩茶，每箱三百六十磅，每箱六十美元，单这一项就耗费四万二千美元（范小静《十三行故事》）。

西洋人为什么独爱武夷茶？首先，当时十三行行商大部分是福建人，以道光十七年（1837年）十三行行商为例，怡和、同孚、东兴、中和、顺泰、仁和、同顺、兴泰、东昌、安昌的行商都是福建人，其中怡和行伍家、同孚行的潘家是行商中的佼佼者，只有广利、天宝、孚泰三家是广东人。这样一来，行商对茶源地熟悉、采购茶叶方便。武夷山也是国内最有名气的产茶区之一，自宋代起就是贡茶供应地，所以外销茶中武夷茶必定是首选。伍浩官在武夷山还拥有自己的茶山。其次，英国的气候属于温带海洋性气候，英国人寒湿气重，而武夷红茶经过全发酵、武夷岩茶经过半发酵，性温而健胃，很适合英国人的体质，曾有“百病之药”的美誉。第三，武夷岩茶高味醇厚、岩韵特显，茶汤有浓郁的鲜花香味，饮后甘馨可口，回味无穷，很对英国人的口味。

要知道，当年的西洋商船漂洋过海、历经风浪甚至付出生命的代价才能到达中国，他们的舱位多宝贵啊！茶叶蓬松，需要压紧压实装箱才不会占用太多舱位。这跟普洱茶紧压成饼、成砖，才驼上马背的道理相同。于是，茶叶的装箱就出现了非常壮观的一幕。粤海关博物馆就有一幅《茶叶装箱外销》的油画。

黄埔古村人文历史展览馆有一个展板展示了为瑞典国王制作的广彩茶叶箱，内有二十一个大格，每格放一个长方体的锡制茶叶罐，罐内装的估计是最上等的芽茶。

不管是中国人还是西洋人，都追求舌尖、味蕾上的那份极致体验。英国人喝茶越喝越刁，在嘉庆二十一年（1816年）的伦敦拍卖会上，出售了二十八万磅贡熙茶，一共分成了二十一个品种（范小静《十三行故事》），这也促进了中国制茶业的兴旺发达。在黄埔古村人文历史展览馆就藏有一幅展现当年茶叶种植、加工、收购、贩卖、销售全过程的通草纸水粉画组，艺术来源于生活，从中可以看出当年的制茶业确实发达。

相对当年同样热销的丝绸、瓷器来说，这茶叶确实不让人省心，因为它易腐且品质如何用肉眼无法看出来，所以会出现行商无法控制的情况。前几章就提到大行商潘振承就遇到过无良英商要求退茶叶的事，足足一万银元啊！而且怎么理论？谁来鉴定这茶的品质？况且漂洋过海一个来回，吸附了海上的咸湿气，多好的茶叶都会变质。潘振承确实是“哑巴吃黄连，有苦自己知”。

一口通商时期的大部分外销商品都已日渐式微，有些甚至已经消失，唯独茶叶依然傲视群雄，几百年后依然长盛不衰，无论内销还是外销，市场需求量仍然很大。茶叶已成为很多人的生活必需品。

当年的广州是全世界最大的茶叶集散地。历经一个多世纪后又一次轮回，现时的广州依然是全世界最大的茶叶集散地。2000年，广州市政府正式划出市场用地十万平方米，仅仅用了两年时间就建成了芳村茶叶批发市场。此专门的茶叶市场一下子就闻名全球，做得风生水起，大型茶叶市场如雨后春笋般在花地上一个接一个地冒出来：南方茶叶市场、广东芳村茶叶城、广州芳村国际茶叶贸易中心、广州芳村三一国际茶叶贸易中心、广州芳村山村茶叶批发市场、广州市芳村正好茶叶市场……这是历史赋予广州最好的传承。

我也是一名老茶客，从小喝着老家的鹤山红茶长大。喝完芳香馥郁的清明茶，就盼着沁人心肺的白露茶。参加工作后，更是附庸起风雅来。年轻时喜欢甘香猛烈、浓醇鲜爽的凤凰单丛茶，年岁渐长便喜欢厚重醇香、润滑回甘的老普洱。

2015年秋，我到武夷山游玩，幸与武夷岩茶结缘，看到那一杯橙红透亮的茶汤即感惊艳。我端杯一抿，武夷岩茶芬芳如单丛，却没单丛烈；醇厚如普洱，却没普洱的陈、涩味，而且还多了几分鲜活清甘。怪不得武夷岩茶能成为茶中极品，看来这数百年前的西洋人真是识货。

那一次，我投宿在一茶农开的客栈，九曲溪就在客栈门前时而缓缓时而奔腾而过。客栈与九曲溪隔着一条路，路两旁植着高大芳香的樟树，沿溪漫步，樟木香随我走了一路。得知我想看看茶田，客栈老板娘自告奋勇地当了一回导游。

六十多岁的老茶农带着我们从武夷后山的茶道上山，一路上草木花香裹着温润的水汽扑面而至，山腰处流岚萦绕，云蒸霞蔚。走不惯山路的我吃力地随着老阿姨走过一道又一道山涧，涧窄湿滑，我好几次差点滑进水沟里去。涧两旁是陡峭的岩壁，岩石是红色砂砾岩，呈“赤壁丹霞”地貌。我们攀上一座山岩就会看到一片长在岩石上的茶田，所以武夷山茶被称为“岩茶”。

走到半山腰，看到一块状如马头的山岩，老阿姨兴奋地指着岩上的茶田跟我说：“那就是我家的茶田啊！”老阿姨脚底生风，一下子便走到自家茶田前，我也三步并作两步地趋上前。这片茶田绿油油的，芽叶上躺着一滴滴露珠，在阳光的折射下泛着五彩的光。老阿姨冷不防掰下两片嫩叶塞进口里，津津有味地咀嚼起来，问我：“甘甜甘甜的，你也试试？”我立即摇了摇头。她看出了我的疑虑，说：“这茶不打农药，干净得很啊。”说完，又塞了两瓣到嘴里，迈开腿转眼就到了前面的山头，站在那笑嘻嘻地等着我蜗牛般地攀爬上去。我刚才用心地留意到老阿姨摘的茶是最嫩的芽尖，四瓣为一朵，最上面一瓣已开，她说这是茶农采摘的最标准的茶。

我竭力跟上老阿姨的步伐，并跟她攀谈起茶来。她说，武夷岩茶又分为大红袍、水仙、肉桂、名枞、奇种、白鸡冠、铁罗汉、水金龟、瓜子金、金钥匙、半天腰等品种，她家种的是肉桂。我的脑海中突然冒出“香不过肉桂，醇不过水仙”的说法。老阿姨年纪渐大，力有不济，早把茶场、客栈交儿子、儿媳妇打理。儿媳妇非常能干，里里外外一把手。每到采茶季，自然就有江西、河南等地的农民工来应聘采茶工，最能干的每天能采茶一百余斤。前几年她每天还能摘六十斤茶，今年体力下降了，只能摘四十斤。茶采好后，请茶师傅炮制，茶师傅的工资一个月就三万元。当然，茶好不好就看师傅的制茶技艺，花大价钱雇佣一个好的师傅是物有所值的。每年她们村都会举办斗茶赛，每家每户采摘下新茶后，使出浑身解数，以期炮制出最好的茶来。斗茶赛开始后，评委对各家的茶匿名打分，得分最高者就是本年度的茶王。她家的茶拿过斗茶赛的亚军，很不简单了。老阿姨说着爽朗地大笑起来，笑声在武夷山的岩壁间形成了巨大的回音。

费了两个多小时，终于攀上了武夷山的天游峰。回望来时的茶路，泥泥泞泞，曲曲折折，沟沟壑壑，这是眼前的老阿姨走了一辈子的茶路，更是武夷茶农踩了上千年的路；还有一条他们用辛勤与汗水铺就的，延绵百多年跨越重洋的海上茶路。

这些茶路还在延伸。

独特通草

随着年岁渐长，我越来越喜欢逛博物馆，近来一口气逛了广东省博物馆、广州博物馆、广东海上丝绸之路博物馆、黄埔古村人文历史展览馆，沉醉在前人艺术的殿堂里流连忘返。在这几个博物馆里，我同时被一种小品画吸引住了，那就是"一口通商"时期风靡一时的通草纸水彩画。

我在博物馆所见的通草水彩画长十至十三厘米，宽七八厘米，也就两三个巴掌那么大。为什么就没有大点尺寸的通草画呢？原来，通草纸又名通脱木，由俗称为通草的灌木茎髓切割而成，而切割的树茎大小有限。这种灌木就产自华南地区，本是做宣纸的原料，也可作为一味中药。

通草纸在北宋时期就已出现，那时候淮扬地区用它来作通草花。扬州正值"淮左名都，竹丝佳处"的繁荣鼎盛时期，城乡仕女皆喜装饰，以戴花为美，以至"扬人无贵贱皆戴花"（宋代王观《芍药谱》）。再加上民间节日和庙会也需要大量的工艺花，他们发现通草纸有不透水的特点，很适合制作工艺花，于是发明了通草花。据《扬州画舫录》介绍，乾隆年间，扬州通草花不但在民间流传甚广，还作为扬州两淮盐史给清廷的贡品，后宫妃嫔皆喜簪通草花，把其视为时尚。秋冬时节如无鲜花时，也用通草制花来装饰。话说《红楼梦》十八回，元妃省亲进大观园，触目处皆精巧奇妙，"只见清流一带，势如游龙，两边石栏上，皆系水晶玻璃各色风灯，点的如银花雪浪；上面柳杏诸树虽无花叶，然皆用通草绸绫纸绢依势作成，粘于枝上的，每一株悬灯数盏；更兼池中荷荇凫鹭之属，亦皆系螺蚌羽毛之类作就的”。这里就提到用通草花代替鲜花。

人们制作通草花通常把通草的内径采回家，然后趁着水未干时把内径取出来，截成小段，在无风的地方把内径晾干，把晾干的内径切成纸片状，也就是通草纸，再根据自己的构思折成花儿。在这个过程中，人们发现了通草纸不透水、不溶于水的特点。西洋水彩画传到中国后，中国画家就想到用通草纸来作画。

这水彩画技法又是怎样传进中国的呢？

18世纪晚期，一些欧洲的职业画家来到广州，他们对中国的山水、风情、城市风光都饶有兴趣，创作出许多反映中国风貌的油画作品，有威廉·亚历山大于1795年画的《广州城郊风光》为证。1825年9月，英国画家乔治·钱纳利自印度加尔各答抵达广州，与当地外销画室结成毗邻，他的西洋画也不断影响着中国画家。

中国画家应西洋人审美要求，开始向西洋人学习水彩、水粉画。他们发现通草纸不透水的特点非常适合用来绘制水彩画，而且当水彩运用到质感丰富的通草纸上时，经过光的折射，能够呈现出五彩斑斓的效果，非常漂亮。于是通草纸水彩画作为一种外销画存在，既符合西方人的审美意趣，又反映出中国的本土风情，因而很受西方人喜爱。他们通过通草纸水彩画这个窗口，就可以窥见中国的一街一景、一草一木，以满足他们对这个遥远神秘的东方古国的猎奇心理。

由于通草纸水彩画属于外销画，大部分都销往国外去了，国内的存量寥寥无几，个别博物馆现存的大多是华侨回赠祖国的。

一幅是画于清道光三十年（1850年）的《广州河南庙前风光》（藏于越秀山广州博物馆）。画中河岸上耸立着一座红瓦白墙的宗祠，人们站满了河岸及埠头，一棵大榕树伫立在埠头的石阶旁，一溜渡船挤满了码头，一个拖着长辫子的白衣男子正在努力地撑橹驶离码头。画中红的瓦、绿的树色彩明丽，水中的倒影、光线的明暗均运笔得恰到好处。

一幅是成画于19世纪的《养鸭船》（藏于越秀山广州博物馆）。此画色调偏暗，但用色朴实，很适合反映农家生活题材。褐色的船画得非常细腻，线条交错、绵密，一群白色的鸭子凫在水面，形态各异，煞是可爱。

一幅是画就于19世纪中叶的《江畔风光》（藏于黄埔古村人文历史展览馆）。此画为中国传统山水画的构图和意境，远山、江心岛、江中泛舟、近处游人；色彩非常丰富，有红、白、黑、深蓝、浅蓝、深绿、浅绿、青绿等色，色彩明暗交替、层次分明，画功相当成熟，有油画的味道。

通草纸水彩画兴起于1820年前后，从18世纪中后期起，十三行商馆的范围内就出现了一家又一家专售通草水彩画的商铺，据闻当年最高峰时三十多家商铺，受雇作画的画师就有两三千人，这样的规模已然成为一个新兴的行业。当时为了快速完成订单，画行多采取了跟后期广彩一样的流水作业的形式，所以多行画、少精品。通草纸水彩画至1880年达到巅峰。其后，随着照相技术的发明和应用，通草纸水彩画快速走向衰落，甚至一下子几乎绝迹。这也是通草纸水彩画一个很奇特的现象，通草纸水彩画有点“魏晋风度”，乘兴而来，尽兴即返，绝不拖泥带水。

通草纸水彩画的昙花一现勾起了我探究的兴趣，我认为有几点因素：其一，通草纸尺寸有限制，只能绘制一个小场景、小物件，表现不出复杂、宏大的画面，于是通草纸很快被淘汰了；其二，通草纸水彩画写真程度较高，但是呆板有余而灵气不足，艺术性不够，跟照相有同质化，所以被相片所取代；其三，随着十三行的衰落，外销贸易日渐式微，外销已无市场；其四，随着岭南画派兴起，中西画法折中，技法创新日渐成熟，更有艺术生命力，完全取代了通草纸水彩画。

我咨询画家倪俊老师，问中国美术史是怎样评价通草纸水彩画的？他说，他美术专业本科毕业，还真没看到中国美术史有片言只语提到通草纸水彩画。通草纸水彩画走过了六十年辉煌路，对于个人来说，六十年一甲子是人生最辉煌的光阴，也许已经超过部分人的生命长度。可是，放在中华民族五千年的历史维度，六十年又算什么呢？

不管有没有记载在中国美术史上，通草纸水彩画在中国海上丝绸之路贸易史上，的的确确留下了举足轻重的一笔，这就够了。

第十五章

铁木广船，哥德堡号

“越工善为舟”，岭南先民很早就掌握了造船和航海技术。唐代，广船走出国门；宋代，广州是重要的造船基地。广船早期用广西乌婪木，后期多用本地产的铁力木、荔枝木，坚固无比。在外来洋舶中，哥德堡号堪称典型代表，并于2005年“复活”，重走当年的丝绸之路，加深了中瑞两国的友谊。

铁木广船

岭南自古被称为南蛮，具有热带原始部落的生活习性。

河北真（正）定人赵佗来到岭南后，推行“和揖百越”的民族亲和政策，他很快被“越化”了。当汉使臣陆贾看到他时，赵佗竟然一身越人打扮，“椎结箕踞”。陆贾看不下去了，批评赵佗说：“今足下弃反天性，捐官带，欲以区区之越与天子抗衡为敌国，祸且及身矣。”（西汉刘向《说苑·奉使》）赵佗当时的样子是，梳着锥子一样的发髻，像簸箕一样伸开两腿坐着，弃汉人的衣冠、巾带，穿上了越人土著的衣饰。这样的打扮固然是当地风俗使然，但也跟炎热的气候有关，适者生存。

岭南地区一向被视为瘴疠之地。唐代的韩愈被贬潮州，翻越南岭时，不知前路如何，只好吩咐侄孙韩湘“好收吾骨瘴江边”。到达潮州后，韩愈看到：“潮之州，大海在其南，鲸、鹏之大，虾、蟹之细，无不归容……”（《祭鳄鱼文》）那时的潮州濒临的是真正的大海，有鲸鱼出没，有鲲鹏展翅。在潮州走马上任后，韩愈又遇到棘手之事，就是恶溪“鳄鱼朝发而夕至”，食“民畜、熊、豕、鹿、獐”，遂写《祭鳄鱼文》以驱鳄。甚至到了宋代，顺德的勒流还有鳄鱼出没，1973年勒流就出土了一副宋代的鳄鱼骨骼。岭南不但有鳄鱼，还有大象，佛山南海西樵山就于1890年出土了一副汉代的大象头骨。这些足以证明古代的岭南是一片热带雨林地区。

热带雨林什么最好？当然是木头了，最贵的红木都出自热带雨林地区。海南黄花梨、印度紫檀、泰国花梨、缅甸酸枝等都是有名的红木。东汉的杨孚在《异物志》中记载了岭南出产“梓棪大十围，材贞劲，非利刚截不能克，堪作船”。这木桩巨大得需要十人合围，木质非常坚硬，很适合于造船。

靠海、水系发达又有好的木头，岭南地区具备了造船的必要条件，怪不得早有“越工善为舟”的说法了。中国的志怪神话《山海经》就提到“番禺始为舟”，表明岭南先民很早就掌握了造船和航海技术。

学术界有一种推断，说美洲大陆的印第安人是殷商后人。当年殷国军队突然消失得无影无踪，就是乘船漂洋过海去了美洲大陆，并在那里繁衍生息。如果这个假设成立的话，说明殷朝建造的船已经可以漂洋过海了。1974年，真有一位奥地利的人类学家名为库诺·克诺伯尔的，仿照广州陶船（出土船模）建造了一艘长六十米的木船，取名“太极号”，果然顺着洋流漂到了美洲的阿拉斯加。可以想见，印第安人是殷商后人的推断不无根据。

广州有一处古迹相当独特，三迹重叠，最上层是南汉宫署、中层是南越王宫署、最下层是秦代造船遗址。这表明，在南越国立国前，广州已经有造船工场。如今，我们可以从秦代造船遗址上看到船台上有木墩、滑板和枕木，还有在造船过程中砍劈下来的小木片，经鉴定分属于格、樟、杉、蕈四大乔木。在两千年前的广州，造船工人已经采用船台与滑道下水相结合的结构原理来造船，而且这样的造船原理一直沿用到现在，让我不得不佩服古越人的智慧。出土较大的二号船台，据测量，已具备了建造长三十米、宽八米、载重量六十吨的木船的能力。

广东的几大博物馆早期的陈列中都有陶船（木船）模型，它们原来就躲藏在两汉的墓洞中。这些船模也造型各异，从而可以推断出汉代有哪些船型。通过整理，可以归为六类：一是大型楼船，顶作三脊三坡式，应为尾舱盖顶，推断可有四个舱室；二是客货运载内河船，前舱低矮宽阔，中舱呈方形略高于前舱，后舱稍狭特高是为舵楼，可以证明在两千年前的汉代就已出现了舵，比欧洲的船舵早了约一千年；三是交通用船，船中有两舱，舱尾有个矮小的尾舱，设施较完备；四是内河货艇，身短且宽，设备简单，适合在浅窄的河道上行走；五是农耕运输小艇，船内仅有前后两道坐板，没有舱也没有篷，这类小艇一直沿用至今，在岭南水乡随处可见；六是游玩小艇，船体轻巧，拱篷上开天窗，“打开天窗说亮话”的俚语估计就出自这里。《南越志》就有“越王造大舟，溺人三千”之句，这是我国最早的对广船的文献记载。

对造船要求最高的可谓战船，就如现在的航空母舰，代表造船技术的最高水平。广州一直是中国的战船制造基地。东晋末年，卢循领导的农民起义军就在韶关始兴一带建造战舰千艘，据说有四层，高达十二丈。唐代，岭南节度使杜佑就在广东督造大量战船，也是楼高三重，高如城垒；还有能力建造一种长二十丈，可载六七百人的苍舶。中世纪阿拉伯商人苏莱曼在《东游记》提到，波斯湾风大浪大，航道险恶，只有中国船能够通行无阻。因此购买或租赁中国船成为波斯商人的首选。广船正式走出国门，成为出口商品的时间大约在唐代。

宋朝是古代中国贸易最兴盛的朝代，国民的生活也因经济的活跃而处于古代最高水平，是最重视商业特别是海外贸易的封建王朝，你们看宋朝的两个都城开封、临安都是通三江、达四海靠近大江大河的地方。造船业是宋代比较重视的，到处设立造船务、造船场和造船坊，杭、明、温、扬、泉、广六州为宋朝的海船制造基地。那时候，广西钦州沿海地区生产一种特别适合建造巨舶的乌婪木，运到广州来可以赢利十倍，伐木工都争先恐后、源源不断地把乌婪木运来。那时候的造船能力怎么样？我们可以从《萍洲可谈》

中略见一二：“海舶大者数百人，小者百余人……船舶深阔各数十丈。”当时还有一种巨舶叫作木兰舟，在《岭外代答》一书中有描述：“舟如巨室，帆若垂天之云，柂长数丈，一舟数百人，中积一年粮，豢豕酿酒其中。”

我们单从这些文字的描述，是很难想象出来宋代海船的大小的，然而沉没在海底达八百年之久的“南海一号”，被陆续打捞出水，让世人有幸亲眼看见近千年巨舶的雄姿。1987年，人们在广东阳江海陵岛海域发现一艘尖头古船，被命名为“南海一号”。直到2019年3月船货清理才进入尾声，此时清理船载文物超过十四万件，估计文物总量会超过十六万件；测量船长约四十一米、船宽十一米、设计水线长约三十二米。当然，广州也是战舰生产基地，南宋皇室把宋元决战的最后战场选定在珠江口的崖门就是在情理之中了。

到了明代，中国的造船技术可以说达到登峰造极的境界，以郑和宝船为代表，长“四十四丈，阔一十八丈”，相当于船长有一百四十八米，其体积相当于数百年后著名的哥德堡号的三倍（哥德堡号船长五十八米）。

自明朝海禁政策实行，发出禁令“片帆不得下海”后，常年不用的船坞只得眼睁睁地看着被荒废，建造宝船的技术也慢慢失传了。

清初，不自信的清廷只会把海禁政策变本加厉。他们规定做船不得超过两桅，就是为了大力打击私人贸易。而这时候，西方国家掀起了工业革命，科学技术水平突飞猛进。到了18世纪初，他们已经研制出三桅帆船，可以利用六十五度角以内的风行驶，装载大量物资，在海上连续航行数月，甚至环绕地球航行。三桅帆船的出现，扭转了东西方的造船格局。到了20世纪，连一向落后于中国的日本的造船技术都超越中国，赫赫有名的永丰舰（中山舰）就是清政府向日本三菱造船厂订制的。

当我到达十三行博物馆时，我被广船繁多的种类惊吓到了。广州一口通商时期的船舶分为民用船、商用船、官用船三大类。民用船有横水渡、顺德红艇、七月半水陆船、舢板、横楼、黑楼船、沙姑、马草艇、田料艇、红船（戏艇）、鸭艇、鞋艇、石船、糖漏船、快艇、水寮、九江渔船、赛龙舟、五月龙船等；商用船有西瓜扁、白盐船、运粮船、舢板船、四往、贩米船、中国皇后号、乌艚船、大开尾、蠔壳船、始兴油船、东场盐船、白盐艚、白艚船、西南谷艇、三板船、送夷商下澳西瓜扁等；官用船有海关缉私船（桨艇）、解饷炮船、缉私艇、官船、粤海关官船、捕盗米艇、暹罗贡船、外江运粮官船等。按图索引、比照，我发现这些船的体积相对较小，以行走内河居多。果不其然，广船的特点确实比较适合内河航运。

中国古代的造船基地和船型呈三足鼎立之势，它们是浙江的沙船、福建的福船和广州的广船。

沙船又名防沙平底船，出现得较晚，于唐代才有。它的特点是方头、方尾、平底、吃水浅、抗风能力强、不怕搁浅，但受水面积大、破浪能力差，以郑和宝船为代表。

福船首尖尾宽、两头翘，适航能力好、船体大，双舵设计，深浅航道变换自如。用料为松杉，修补容易，但不耐撞击。

广船首尖体长、吃水较深、适航能力和续航力都较强；多孔舵，便于遇急流排水；水密隔舱，当一个舱进水时，其他舱仍然密封，不会下沉。缺点是一旦船体被撞坏，修复比较困难；用材珍贵，早期用广西乌婪木，后期多用本地产的铁力木、荔枝木，这些都是上等硬木，坚固无比，当战船最合适。有屈大均的《广东新语》和王在晋的《海防纂要》为证。《广东新语》曰："广之蒙冲战舰，胜于闽艚。"《海防纂要》也曰："倭夷造船亦用松杉之类，不敢与广船相冲，广船铁力木坚。”

尺有所短、寸有所长，三种船型各有优点，使用者也“萝卜青菜，各有所好”。

近代，有一种被俗称为“大眼鸡”的船频繁游弋于波涛汹涌的洋面上，船首两侧有一对大龙目，寓意船在茫茫的大海上航行时能够看清航路，不致迷途。五大洲的游子每当看到“大眼鸡”便会倍感亲切，仿佛看到了自己的祖国、自己的家乡。这“大眼鸡”是不一般的船，它是广船与福船的集大成者，既有广船的坚固，又有福船的大而便捷。船首通常被漆成红色，因这红色代表喜庆、吉利，在船头更有“鸿运当头”的兆头，因而“大眼鸡”又叫作红头船。

在香港的艺术博物馆就有一幅《中国木帆船耆英号》的飞尘蚀刻版画，“耆英号”就是一艘“大眼鸡”，在广州制造，是一艘往来于广州与南洋之间的从事茶叶贸易的海船。采用硬木建造，有悬吊式多孔舵，水密隔舱，艉楼有广船式的观察小窗，这些均是广船的特征。同时也采用了福船的船形，船首和船尾向上翘起，有点像粤剧演员穿的厚底靴。船舵上方绘制了一只意欲展翅的雄鹰，带有明显的福船“花”的线型风格。船首两只大眼圆睁，“龙眼碌碌”，仿如一双被赋予了神力的千里眼。

父亲告诉我，我的太祖母为了帮补家计，在20世纪初就曾坐着“大眼鸡”漂洋过海到南洋去，在那里当起了“红头巾”——到工地挑担搬砖。因为她们常年扎着红头巾，所以被当地人戏称为“红头巾”。父亲听太祖母说，那时候好多非法劳工被蛇头塞进舱底，俗称“卖猪仔”。被塞进船舱底的她们七天七夜不见太阳，在惊涛骇浪中颠簸、晃荡，她们被颠得翻来滚去，狂吐不止。在底舱里，汗臭味、尿溺味、呕吐物味混在一起，把人熏得七荤八素，渐渐地连味觉都几乎失灵了。七天七夜后，她从底舱爬上来，见到第一缕阳光的那一刻，被刺得连眼睛都睁不开。那时候，她仿如从地狱重回人间。几年后，太祖母带着每天辛苦劳作的血汗钱回到家乡，以不惑高龄接连生下我的爷爷和叔公。太祖母最终一百〇三岁高寿，也算是命大福大之人。二十年后，她的女儿也就是我的姑婆也步她的后尘，乘着“大眼鸡”到南洋又当起了“红头巾”。姑婆最后在南洋落地生根，儿孙满堂，八十六岁寿终正寝，也算人生圆满。

无疑，“大眼鸡”给予了处于水深火热中的中国底层劳动人民一种生活的希望，它载着千千万万的中国人漂洋过海，认识世界，重获新生，把中华文明与血脉撒播全球的每一处。然后，他们又反哺家乡、回报祖国。

今天，广船在中国依然占据着一席之地，龙穴造船基地已成为中国的三大造船基地之一，有能力建造三十万吨级的邮轮。龙穴造船基地把龙穴山——据闻是张保仔的藏宝洞也囊括其中。我踏着手扶电梯上到龙穴山顶观光台，整个造船基地一望无垠，船台、船坞均可看到吊具上下倒腾，阵阵“叮叮当当”的响声随风传进我的耳朵里，我却听得特别入迷，因为这是一首传承了数千年的古老歌谣。

哥德堡号

一口通商时期，各国商船涌入广州港，这些商船过了虎门就到达黄埔古港了。“自海禁既开，帆樯鳞集，瞻星戴斗，咸望虎门而来。”这是《粤海关志》描述当年广州口岸的盛况。到来的商船如鱼鳞般集结在一起，一个挨一个，好不热闹，这其中就有一艘名叫哥德堡号。

据统计，自乾隆十四年至道光十八年（1749—1838年）的八十九年间，外国到广州贸易的商船共计五千二百余艘。这些洋船中大家熟知的就有：英国“真布里顿号”“广州号”“马可号”“国王乔治号”“皇家公主号”“皇家乔治号”“英格利斯号”，瑞典“腓特列国王号”“哥德堡号”“芬兰号”，美国“中国皇后号”“公民号”“邮船号”，俄国“希望号”“瓦涅号”，荷兰“海豚号”等。

在这些有名有号的洋船中，为何只有哥德堡号牢牢地镌刻在我的脑海中？我在好奇心的驱使下追根索源，探寻哥德堡号的故事。

翻开两百年前的中瑞贸易史，发现中瑞贸易发端于瑞典的哥德堡市。1731年，瑞典国会成立了一个对远东贸易的公司——瑞典东印度公司，虽然它比大名鼎鼎的英国东印度公司晚了一百多年，但发展后劲很足，1732—1806年共组织了一百三十二次亚洲航行，除了三次到达印度外，其余的一百二十九次都奔广州来了。而瑞典东印度公司的总部就设在哥德堡市。在一幅油画中看到，瑞典东印度公司门前的河道挤满了载货的小船，可见往来货物之频繁。

瑞典东印度公司刚成立，就迫不及待地派遣商船前来广州。雍正十年（1732年），“腓特列国王号”在加的斯港下锚，经过加那利群岛，绕过好望角，来到广州时是9月，正好走了半年，这是瑞典船首航广州。与此同时，一艘大船正在瑞典首都斯德哥尔摩的特拉瓦造船厂加紧建造。五年后，这艘以瑞典最著名的港口命名的哥德堡号下水，并迫不及待地驶往广州，实现它的最大价值。短短几年间，便三次往返中瑞贸易。

帆船航行靠风力，而能够从西半球航行到东半球来，靠的就是季风。所以船期要迁就季风，一般每年的春夏之交来到广州贸易，初冬就得回程了。哥德堡号前两次的航行都能够恪守自然规律，相对比较顺利。而第三次却被耽搁了，足足走了一年半。完成所有的贸易后，已到深冬初春的季节了。按清政府规定，所有外舶不能在广州过冬，完成贸易后必须立即离开。哥德堡号由于错过了季风，回程也走得不顺利，直到乾隆十年（1745年）9月12日才到达瑞典埃夫斯堡要塞附近。然而，离埃夫斯堡要塞仅九百米的主航线上有一处海底暗礁，哥德堡号一不留神就被暗礁绊倒了，整个船首被岩石压碎，船尾迅速沉没水中。

不幸的是，哥德堡号沉没了。幸运的是，经过迅速打捞，从沉船上捞起了三十吨茶叶、八十匹丝绸和大量瓷器。这些打捞物拿到市场上拍卖后，除了足够支付来回广州的成本外，还能获利百分之十四，海外贸易的获利能力多么惊人啊！哥德堡号相当于瑞典一座行走的国库，走一趟中国的获利就相当于瑞典国一年的国民生产总值。

哥德堡号第三次从广州回程时究竟装了多少货物？据统计，船上装载着约七百吨中国货物，具体为二千六百七十七箱茶叶、十九箱丝绸、二千三百八十八包瓷器、六千〇五十六锭铁（即一百三十三吨锡合金），以及螺、姜、藤器等物品，约合西班牙银元二百万至二百五十万元（参考黄埔古村人文历史展览馆介绍）。

想当年一艘木帆船就敢漂洋过海，跟风浪搏击，每次出海都要历经九死一生，很多航海经验就是以无数生命为代价总结出来的。他们懂得装货物要“压舱”，也就是说最底层的货物要足够沉重且不怕潮湿。哥德堡号是这样装船的：船的最底层是瓷器，瓷器上面放置锡合金的锭铁（铜锌合成物），这都是沉重和密封的货物，可以形成一个稳固的平面；接着放置压得非常紧实的普通茶叶，上等茶叶覆盖在普通茶叶之上，最高层放置最轻的丝货。这样装船才能做到下重上轻，在风浪中保持船体平稳。经验教训告诉他们“回程各船的压舱是一件颇为重要的事”（马士《东印度公司对华贸易编年史》）。鉴于这样讲究的装船，当哥德堡号沉没海底时，最先被打捞上来的必然是丝绸和茶叶占了大部分，它们也是当时最值钱的货物。

两百多年后，沉睡在海底的哥德堡号货物得以重见天日。1984年12月2日，潜水爱好者安德斯发现了这艘沉船的宝藏。他经过艰难的海底发掘工作，仍然找到了五百余件完好的瓷器，还有茶叶、生姜、丝绸、香料以及近八吨重的破碎瓷片。茶叶沉入海底泥层被覆盖了七十厘米厚的泥，装在木箱里的是低价位茶，每箱约有一百七十公斤。上等茶装在小锡罐里，密封得非常好，几乎没被氧化，可以看出是绿茶，冲泡后还能散发出沁人的清香。

诚然，一艘沉船是不值得人们对它念念不忘的，海底的沉船多了去了。关键是，这艘沉船竟然“复活”了。

1993年，瑞典决定重造古帆船哥德堡号，并成立“瑞典东印度股份有限公司”运作重建事宜。从1993年至2003年，历经十年努力，仿古帆船哥德堡号终于完工。2005年10月2日，这艘由四千名工匠依照原船打造，耗资三千万美元的新哥德堡号从瑞典哥德堡市起航，沿着当年的航线，一路劈波斩浪，又来到了广州港。航程耗时接近一年，跨越不同季节、不同海域，到达广州港时累计航程超过一万九千六百海里。

经过中瑞双方磋商，哥德堡号在广州的行程安排是：首泊广州港南沙港区，并在南沙港区举办瑞典国王、王后登船仪式；次站停靠南沙客运港，广州市政府在此举办隆重的欢迎仪式；再泊广州港新沙港区；7月23日至8月15日停泊在白鹅潭洲头咀码头，供广州市民上船参观；最后哥德堡号驶往上海，并从上海返回瑞典。此期间，它将在中国作商务推广与宣传活动。

我有幸目睹了复活的哥德堡号重访广州的过程。

2006年7月17日，天空蒙上了一层迷蒙的薄纱，海水受洪峰影响显得异常混浊。可是，大家的心情却格外清朗，因为哥德堡号快到了。

中午12时，伴随着三声长鸣的汽笛，期盼多时的哥德堡号已驶入南沙港区港池，在重重雾霭的笼罩下，哥德堡号只闻其声不见其形。渐渐地，两个黑点出现了并越走越近，两艘仿古船在风浪中颠簸而来，一艘是特意引航哥德堡号的“南海神号”，乍一看，让人忽地联想到好莱坞大片《加勒比海盗》中的海盗船，身体不由自主地战栗了一下。哥德堡号帆船越发清晰，伫立船头的金狮在波涛中昂然翻跃，在暗沉的天幕下熠熠生辉，气势如虹。插在船尾的蓝底黄十字瑞典国旗迎风招展，发出“猎猎”响声。水手们敏捷地爬上桅杆，一面收帆一面向岸上的围观群众招手致意，两三名金发碧眼的美女穿着背心热裤频频向岸上的人送上飞吻，岸上围观的人群当即炸开了锅，口哨声、欢呼声响彻广州港南沙港区一期的上空。

哥德堡号靠岸了！它听从引航员的指挥，停靠在码头的四号泊位。听说进入伶仃洋后遇到了八级大风和海浪，因而延迟了靠泊时间。相对我们司空见惯的动辄十万吨级的大船，这艘号称18世纪世界最大的商船显得有点“渺小”。

哥德堡号静静地停泊在深深的港湾里，月白色的风帆已轻轻降落。棕黄色的木制船身被烈日风雨侵蚀，受波涛海浪冲刷，显得斑斑驳驳，再加上它浑然天成的典雅古朴韵味，更凸显出历史的沧桑感、厚重感。哥德堡号船头装有一副特制的双尾狮雕饰，传承着瑞典云游四方、商通九州的历史使命。

傍晚，经过一番协调安排，哥德堡号船员们终于可以着陆，到南沙港员工饭堂吃上一口新鲜的饭菜，他们纷纷感叹着陆的感觉真好！没有远航任务的他们放松了下来，每人手拿一瓶冰镇啤酒，仰起脖子豪饮起来，一瓶啤酒不消几分钟便已见底，他们顿觉淋漓酣畅。经与他们交谈得知，上岸喝啤酒是瑞典水手的传统，啤酒对瑞典人而言就是日常的饮用水。趁他们豪饮之时，我仔细打量这些水手，男的肌肉发达、身强力壮，女的结实性感、肤色黝黑光亮。

当我在水手中发现两个中国人的身影时，不禁喜出望外。两名中国水手都来自上海，女水手名朱慧芳，是上海交通大学的一年级硕士研究生；男水手名陈业成，是上海海事大学的二年级本科生。他们是哥德堡号上的第一批中国见习船员，从南非登上哥德堡号后，已随船航行了四个月。朱慧芳身材颀长、面庞清秀、肌肉结实，黝黑的皮肤透着健康的光泽。当问她当水手最大的感触是什么时，她不假思索地脱口而出：“一定要吃苦耐劳，胆大心细。快乐水手并不是摆个样子就行了，而是一个真正的最普通的见习水手，船的很多重体力活都得干。”

朱慧芳向我们描述了当水手的情况。水手每天都有升帆降帆、维护船体各项设施的体力活，比如最普通的擦甲板，爬上四十多米高的桅杆去解系缆绳等看似简单的工作，其实一点也不轻松。哥德堡号共有十七张帆，最大的帆有二百五十平方米、重四百五十公斤，得多少人使出吃奶的力气才能升降啊！此外，船上还有数不清的绳子，每根绳子都有其独特的作用，一旦弄错了，就会影响船的航行。作为初来乍到的水手，光是搞清楚这些绳子的作用就很不容易了。跳水也是水手的基本技能，在南非的伊丽莎白港，很多水手从十几米高的桅杆跳到几十米深的海里，小点胆量都不行。朱慧芳自豪地说，她现在已经可以爬上四十多米高的桅杆上去了。哥德堡号男女水手各占一半，想不当女汉子都不行。

好奇的我们，在船员的邀请下上船溜达了一圈：宽敞的内舱摆放着原哥德堡号打捞回来的黑漆火炮，据闻当年海盗猖獗，哥德堡号专门安装了三十门火炮来对付海盗。火炮后面放置着一张地图，是哥德堡号从瑞典到广州的航海图，在那个科技尚不发达的年代，这航海图就是无价宝。复活的哥德堡号水手的卧室已安装有床铺、空调和厕所，要知道这在当年水手能有一张平躺的硬床都是奢望。房间的木梁上专程保留了穿凿的洞，还原了当时水手们艰难地睡在吊袋上的情景。让我睡一个晚上吊袋都受不了，别说一年半载了。想当年，从瑞典走一趟中国来回得一年多，只得想尽办法腾出空间来装载货物。船舱内设有展厅，展出不少瓷器，都是从原哥德堡号沉船中打捞上来的，其中有精致的乾隆粉彩盘、青花山水碟等，给我们留下了大清乾隆盛世的文化记忆。这些越几百年的瓷器在提醒着我们，中瑞两国交往的历史源远流长。

7月18日，我们有幸近距离目睹瑞典国王、王后的风采。那天天朗气清，灿烂的阳光一扫昨日的阴霾，天也知道有贵客莅临。上午9时30分，瑞典国王卡尔十六世·古斯塔夫、王后西尔维娅乘车抵达南沙港区。王后西尔维娅着一身得体的浅蓝色礼服裙，裙子把已不年轻的身段包裹得玲珑有致；头戴一顶缀着蕾丝花朵的宽边蓝帽子，端庄得体、气质高贵，一瞥便惊为天人。她迈着优雅的步子走上哥德堡号的舷梯。国王卡尔十六世·古斯塔夫着一身深蓝色的西服，身姿挺拔如松，虽年过六十，仍精神矍铄，步伐矫健，紧随王后登船，充分体现了西方人“女士优先”的礼仪风度。这一前一后两抹亮丽的蓝色一直定格在我的脑海中，多年以后仍挥之不去。哥德堡号鸣笛起航，向下一个目的地——南沙客运港驶去。

仿古船哥德堡号来访的重头戏在洲头咀码头。7月23日，广州市区的天空蓝得出奇，珠江江面平静如镜，这座两千年的古城仿佛感知到今天的不寻常。只见哥德堡号驶进珠江前航道了，前有一列龙舟引领，后有一圈游轮簇拥，浩浩荡荡地驶向洲头咀码头。当驶近洲头咀码头时，哥德堡号遵循着二百六十年前的礼节，鸣放礼炮致敬。白色的烟雾把哥德堡号包裹了起来，有种如梦如幻的感觉，仿佛来到了童话世界里。烟雾袅袅上升，渐渐消散在碧晴的天空中。这一刻，时光仿佛倒流回广州一口通商的辉煌时期，让全广州人都感受到了当年的荣光。

珠江依旧在，珠江水一如既往地奔流不息、浩浩荡荡地奔向大海。几度夕阳红，时空已越数百年，早已物是人非，天翻地覆。然而，中瑞两国情比金坚的友谊之舟依然乘风破浪，驶向深蓝。

第十六章

五口通商，香港被占

鸦片战争后，中国被迫割地赔款，从一口通商开放至五口通商，中国从此沦为半殖民地半封建社会，以广州港为首的各大港口也沦为半殖民地性质的贸易港，成为英国殖民者侵略的经济据点。英国殖民者霸占香港后，把其建设成为世界级三大深水港之一，香港开始反过来制约广州港。

五口通商

鸦片战争几支洋枪洋炮就把中国海禁的大门轰开了。清政府接连与英美法等殖民国家签订了《南京条约》《五口通商章程》《五口通商附粘善后条款》（即《虎门条约》）《望厦条约》《黄埔条约》等一系列不平等条约。

《南京条约》是第一个丧权辱国的条约，它的签订标志着中国进入半殖民地半封建社会，政治、经济由完全独立变为不完全自立，好比一个挣脱了绳索的自由人，又成了被人捆住身子摁住脖子锁住双手的奴隶者，谈不上人格、尊严了。

《南京条约》共有十三条，其中五条跟广州港有直接关系：

第一条，五口通商。开放广州、厦门、福州、宁波、上海五处港口为对外通商口岸，英人可携眷自由进出、居住、贸易，派驻领事。从此，中国从“一口通商”变成了“五口通商”，中国本来只留一条缝隙的门被强行拉开了。

第二条，勒索赔偿。英国要求中国赔偿二千一百万元，其中六百万元赔偿林则徐销毁的鸦片，三百万元赔偿广州行商所“欠”英商的款项，其余的作为军费损失。但是条约却对1841年英国人奕山勒索的广州城费却只字不提。

第三条，协定关税。中国海关如要调整进出口货物税率，必须征得英国同意，共同协商，无权自行确定，“均宜秉公议定则例”。而且，英国货物运进内地任意一个港口都不能任意加税。

第四条，取消行商制度。“一口通商”后，所有来华洋商交易必须通过清政府特许的公行（十三行），不能自由交易。条约中明确提出，英商“赴各该口贸易者，勿论与何商交易，均听其便”。意味着，中国丧失外贸自主权，由强势转为弱势。

第五条，割让香港。香港对中国来说，是领土主权的丧失，而且成为英殖民者侵略中国的根据地。香港自古以来就是广州港的外港，对于广州港来说，失去香港不但失去了强有力的臂膀，还树立了一个强大的竞争对手，因为香港是一个天然的海港，地理位置相当优越。这也是广州港失去港口霸主地位的开端。

其后签订的《虎门条约》是对通商口岸具体事项的约定，也进一步蚕食中国的利益。它千方百计压低英商在中国所纳的关税，使中国进口货物税率较鸦片战争前降低了百分之五十八至百分之七十九，成为了全世界税率最低的国家；在中国取得领事裁判权，即英人犯事不受中国法律制约，进一步纵容英国殖民者胡作非为；开设租界，“中华地方官必须与英国管事官各就地方民情，议定于何地方，用何房屋或基地，系准英人租赁”。其后，帝国殖民者“有样学样”，纷纷在各大港口城市开设租界，自立山头，以致在中国地方，出现“华人与狗”不得入内的奇耻大辱；取得片面最惠国待遇，凡是有其他国家在中国取得利益，英国都要“一体均沾，用示平允”。

英国人开了先例，喝了“头啖汤”，其他殖民国家个个眼红，他们也纷纷胁逼清政府缔约，中国的自然经济就这样被帝国主义国家鲸吞了。

以广州港为首的各大港口也沦为半殖民地性质的贸易港，成为他们侵略的经济据点。

《南京条约》签署后，碾碎了清皇室“天朝上国”的美梦，也唤醒了沉睡的国人。有识之士纷纷“开眼看世界”，提出“施夷长技以制夷”，开展洋务运动、百日维新，并引发以后的新民主主义革命。

香港被占

《南京条约》签订后，香港便正式沦为英国的殖民地。

英国人在香港也算是煞费了一番苦心，从道光二十年（1840年）到20世纪20年代，英国人就把这个“一座几乎没有一间房屋的荒岛”建成了一个世界级的物流中心，被邓中夏称为英国人的“货仓政策”。八十年间，英国人便在香港岛上建起了价值几百万的货仓，把香港维多利亚港建设成为水面达到六千公顷、吃水十二米的大轮船都可以随意进出的世界级三大深水港之一。另两个超级大港分别位于美国旧金山和巴西的里约热内卢。依托着一流的港航条件和货仓配套，香港成了“香饽饽”，浑身散发着香气，让“外国航商，趋之若鹜；中国商人，亦争相奔投”（邓中夏《省港大罢工》）。

谁知道，当时英国的殖民目标是舟山岛而非香港，他们起初压根就看不起香港。舟山位于长江出海口，自古就有“苏湖熟，天下足”的说法，靠近中国最富裕的江南地区，是英国人梦寐以求的通商口岸。用英国人义律的话说，舟山靠近的长江是一条最宏伟的河流和最广阔的内陆航运网。更重要的是离中国的政治中心北京不太远，拿下舟山等于深入到中国的腹地了。

可是，英国人的如意算盘触碰了清皇室那根敏感的神经，最终落空了。当年实行“一口通商”，就是为了防范外洋入侵。面对英国殖民者不合理的要求，中国的谈判代表琦善摆出了异常强硬的态度，绝不让步。

此前，有一个英国商人提到了香港，他曾写信给外交大臣巴麦尊说："如果我们认为，我们必须占有一个岛屿或是占有一个邻近广州的海港，可以占香港。香港拥有非常安全广阔的停泊港，给水充足，并且易于防守。"

英国谈判代表义律发现殖民舟山希望渺茫后，只得又重新考虑香港。香港最大的优点是靠近广州，他们"走惯这条水路"，贸易做得熟门熟路、知根知底的，更何况香港是一个真正临海的深水港湾，发展空间广阔，与澳门互为犄角，不用受制于一个小小的葡萄牙。鸦片战争后，英商被赶，投靠澳门时葡萄牙人不接收。

义律向琦善提出割让香港时，两人一拍即合。消息传至双方最高层时都震怒了，义律被免职，派赴孟买；琦善下场更惨，除了被清政府革职查办之外还被抄了家。

英国继任谈判大使叫璞鼎查，他经过认真考察后，还是认为义律的方案可行。两个公使都认为香港合适，英王室不得不慎重考虑，上千年来的贸易传统在广东生根发芽，香港确实是最佳的选择。为了在华英商的利益，英国最终选择了香港。

在英殖民者的层层威逼下，道光皇帝不得不接受割让香港的事实。虽然那时候的香港是中国南方一个偏远、荒芜、多山、人少的小岛，但毕竟是中国的领土。据闻，签字的当晚，道光皇帝在寝宫内走来走去、不眠不休，喃喃自语曰"不可不可"，直到凌晨才签字掷笔。第二天，道光带着皇室成员来到太庙向列祖列宗跪拜请罪，整个庙堂哀号一片。

割让前的香港龙蛇混杂，渔民、海盗、洋人、官府，上演了一出出"香港地恩仇记"的大戏，也诞生了大名鼎鼎的海盗张保仔。在管理上，香港成了清政府的烫手山芋。

英国人接手了香港这个荒岛后，确实励精图治。运用"货仓政策”和“纸币政策”，让香港从一个荒岛跻身到世界一流大港行列中来，仅仅用了几十年。香港反过来又制约着广州港，可谓是“青出于蓝胜于蓝”。

香港的特殊位置在中国的革命历程中起到了关键作用，华侨华人捐赠的物资大都经香港转运过来，香港成了许多革命者的避难所，甚至逃亡国外也得取道香港。尤其是抗战时期，香港俨然成了抗战前线物资保障的大后方。

我从小看着香港电视连续剧、香港电影，听着香港粤语流行曲，一路在港台文化的熏陶下成长。学龄前，每每听到“河水弯又弯，冷然说忧患，别我乡里时，眼泪一串湿衣衫……”的歌声响起，我就跑到唯一有电视机的邻居家观看《大地恩情》。四十年后，当我再回顾我所看过的电视连续剧时，我依然认为《大地恩情》是我看过的最优秀的电视连续剧，许多鲜活的人物形象依然镌刻在我脑海的深处。《黄飞鸿》《英雄本色》《倩女幽魂》《秋天的童话》《大话西游》等经典电影也成了我们这一代人的青春记忆。当然，最让我醉心的还是梁羽生、金庸大侠的新派武侠小说，特别是金庸先生的“飞雪连天射白鹿，笑书神侠倚碧鸳”系列小说，让我翻了又翻，爱不释手。

香港粤语流行曲许多改编自欧美日的流行歌，而又赋予了香港本土元素，再加上歌手的倾情演绎，就成了别具一格的流行派别。其中不乏情情爱爱的靡靡之音，当然也有充满家国情怀的《狮子山下》《我的中国心》。听众往往会被歌曲的真挚、真情、真爱所打动，歌词接地气，脍炙人口，一度被内地群众追捧。《情缘巴士站》《念亲恩》《有谁共鸣》《沧海一声笑》等歌曲也成了一个时代的经典。

小时候，那不到一百公里远的香港成了家乡人向往的世界，他们过着内地人无法想象的富裕的物质生活。我家的第一张彩色照片就是一位香港朋友给拍的，他们带回的荣华月饼、美心月饼确实是当年的人间美味。凡是香港人都被尊称为“香港客”，不管谁家有“香港客”都会让人艳羡不已，有“香港客”说明那家人起码用得起家用电器，即使穿上“香港客”淘汰的衣服也绝对站在了内地的时尚前沿。

20世纪70年代末，中国高层终于意识到要发展必须改革开放，而参照标杆就是香港。毗邻香港的东莞宝安县得天时地利，改名为深圳，成为第一个经济特区，担负着改革开放窗口的重任。顿时，“东南西北中，搵钱到广东”，这个口号叫响神州大地，引得孔雀纷纷东南飞，其中很大一部分人是奔向了深圳这块开政策先河、充满生机的处女地。全国各地的群众也怀着极大的好奇心到深圳参观学习。父亲于20世纪80年代初到深圳沙头角中英街观光时，捧回家的是一个三角牌电饭煲、一箱华丰方便面。现如今再平常不过的方便面在那时却如获至宝，那股“香喷喷”的滋味至今仍停留在我的记忆深处。

1997年7月1日香港回归，自1840年到1997年，香港这个孩子走失了一百五十七年后，终于回归母亲的怀抱。

回归后的香港跟母亲还有很多需要磨合、相互包容的地方，但“一家亲”的观念已深入大部分人心中。1998年华东水灾、2008年汶川大地震、2010年青海玉树地震……每当国家陷入灾难困境时，香港人都会挺身而出、慷慨解囊，给同胞手足奉献爱心与温情。

有一个香港人，我们不得不提，他就是霍英东先生。爱国情怀贯穿于他的一生，他秉持着“富则兼济天下”的中华传统之道，一直捐资参与国家的建设，如白天鹅宾馆、洛溪大桥、沙湾大桥、虎门大桥等。晚年他更是倾注了大量心血在广州番禺南沙，十五年内到访南沙八百次，投放启动资金超过二十五亿元，“南沙开发之父”的称号当之无愧。

经过霍英东先生十多年的建设铺垫，南沙才初具城市的雏形，引起当地政府及中央的重视，在行政管理和国家定位上不断升级：1992年，国务院批准南沙港成为对外通商口岸，南沙客运港试航；1993年，国务院批准成立国家级南沙经济技术开发区；1996年，万吨外籍船首泊南沙港（位于小南沙的私营码头），千年古镇南沙正式开埠；2002年，广州南沙开发区建设指挥部挂牌成立；2005年，经国务院民政部批准，南沙正式成为广州市独立行政区；2012年，国务院正式批复《广州南沙新区发展规划》，南沙成为全国第六个国家级新区；2015年，广东南沙自贸区正式挂牌成立；2019年，中共中央、国务院印发实施《粤港澳大湾区发展规划纲要》，南沙正处于粤港澳大湾区的几何中心位置，其重要性不言而喻。

我的好友黄金亮早年在霍英东基金会工作，她回忆霍英东先生生前点滴，感慨万千。他只允许员工们称他为霍生，而不是其他名号。每逢周三，霍生从香港乘坐飞翼船到南沙客运港，坐的是公共客舱。中午，他会到员工饭堂就餐，吃的饭菜也跟普通员工无异。想不到一个超级富豪如此平易近人，让员工们好生感动。

2018年底，我受邀参加南沙游艇会读书会活动，主办方正是霍英东基金会，霍英东的长孙霍启刚先生出席。我想象中的霍启刚先生也许会有上流社会公子哥儿的习气，或许目中无人，对人会比较高傲怠慢。谁知道，当霍启刚先生出现在我面前时，俨然就是一位彬彬有礼的绅士，一位谈吐得体的青年才俊，一位报以别人亲切笑容的邻家男孩，由此可以感受到霍家的家教非同一般，常言道，“三代出一个贵族”，果不其然！

香港回归后的二十年，是中国内地飞速发展的二十年。90年代末，当我踏进社会大门的那一刻，拿着每月一千多元的可怜薪水，怎么会想到短短十年时间凭借着自己的赤手空拳便有车有楼呢？现如今，小汽车早已“飞入寻常百姓家”了。对照着中国内地翻天覆地的变化，尤其是珠三角直升机般的发展速度，香港似乎走得有点步履踉跄。据我一位在香港生活的师妹陈梅君说，十多年来香港涨薪幅度非常小，几乎没有变化。十年前儿子出生时，我还加入到香港拖奶粉的大军中，现如今网络平台异常发达，海外购物非常方便，到香港购物已不是唯一选择。

2019年初，中共中央发布了《粤港澳大湾区发展规划纲要》，目的就在于“充分发挥粤港澳综合优势，深化内地与港澳合作，进一步提升粤港澳大湾区在国家经济发展和对外开放中的支撑引领作用，支持香港、澳门融入国家发展大局，增进香港、澳门同胞福祉，保持香港、澳门长期繁荣稳定，让港澳同胞同祖国人民共担民族复兴的历史责任，共享祖国繁荣富强的伟大荣光”。2019年底至2020年，国家出台多种优惠政策鼓励香港人来内地置业创业受教育。

2020年6月30日，中央政府及时颁布了《中华人民共和国香港特别行政区维护国家安全法》，让香港的法治更健全。香港特区政府依法治理香港，维护香港的安全稳定以及国家的主权利益。

“同处海角天边，携手踏平崎岖，我哋大家，用艰苦努力写下那不朽香江名句……”这首熟悉的老歌不知从哪里飘进了我的耳朵，罗文那清脆高亢的嗓音依然铿锵嘹亮。这首歌的曲作者顾嘉辉先生、词作者黄霑先生以及歌唱者罗文先生已逝去多年，而这首《狮子山下》却和他们一起载进了不朽的史册，不屈不挠的“狮子山精神”也会在一代又一代香港人中传承下去。

第十七章

十三行烧，沙面租界

接二连三的大火把十三行的商行、夷馆化为灰烬，盛极一时的十三行从此衰落，广州的商脉也中断了一个世纪，直到中华人民共和国成立后才重新续上。帝国殖民者开始盘算、物色新的根据地，把十三行附近的沙面强租下来，成为帝国殖民者拥有独立主权的殖民地。租界在中国历史上扮演着亦正亦邪的角色，现如今已成为港口城市的地标建筑。

十三行烧

道光二年（1822年）11月1日的夜晚，广州正值秋冬时节，风高物燥。十三行附近的一家饼店不慎起火，其时北风正烈，火随风势，一下子蔓延到了十三行的商馆、夷馆。新英国馆旁边的猪巷里恰巧堆满了木柴，助长了火势，熊熊烈火烧了七天七夜，把富可敌国的十三行烧得精光。

后来统计，只有英国东印度公司、丹麦、荷兰商馆保存了下来，共计“焚烧一万五千余户，洋行十一家，以及各洋夷馆与夷人货物，约计值钱四千万两”（钱泳《履园丛话》）。“洋银融入水沟，长至一二里”，销毁的白银汇成了一条一二里的银河。

鸦片战争赔款二千一百万元，已让清政府债台高筑，疲于奔命，火烧十三行的损失却是赔款的一倍啊！

这一幕被珠江南岸的两个重要人物看到了，一位是怡和洋行老板、世界首富伍秉鉴，另一位有“啉呱二世”之称的关乔昌。

作为十三行总商，伍秉鉴望着这场大火，想必五味杂陈。一方面，他为自己躲过这场毁灭性的灾难而深感庆幸，他的宅第、仓库都在珠江南岸，大火给他带来的损失不大；另一方面，他为同行担忧，行商未来的路何去何从？伍秉鉴若有所思，想着如何向官府交代。更让他不安的是所有行商都是被捆绑在一起的蚂蚱，正如《红楼梦》里的一句话：“连络有亲，一损皆损，一荣皆荣，扶持遮饰，俱有照应。”没过多久，伍秉鉴的担心变成了现实，他仅为达成、会隆两家破产行商分摊的债务就达到三万多元。

关乔昌不忘老本行，他及时把这场大火用画笔记录下来，并一直得以流传，这是对那场历史性大火的真实再现，让人们观其画犹如亲临其境。人都是容易健忘的，如果没有这幅画，也许这场惊世大火很快就会被人遗忘，起码知晓的人远没有现在那么多。这幅《1822年十三行大火》描绘的情景是：珠江边一排白色的楼房，头顶冒着红彤彤的火焰，一团又一团的黑烟挨着搂着，每一簇烟呈螺旋状扶摇直上云霄，整个天空都被厚重的黑幕布笼罩着。明艳的火光把黑夜照亮了，火光倒映在江中，如红色的缎带漂在水中，江中的船挨挨挤挤，前呼后拥，忙忙碌碌，似乎忙着接济岸上的人和物。这幅画给人很强的视觉冲击力，让人过目难忘，后来被众人模仿，成为了备受欢迎的外销画。

在灾难面前最见人心、人性。耍赖的、哭穷的、“着草”（跑路）的，形形色色的人都粉墨登场。此时，却有一位行商在灾难面前展现人性的光辉，这家行商是义盛行。美国商人约翰·顾盛把五千匹纱布（价值五万元）放在义盛行，委托义盛行帮忙染色。火灾后两天，义盛行主动来找约翰·顾盛，他们哭丧着脸，说自己的房子、店铺、货物全烧毁了。约翰·顾盛心感自己那批货凶多吉少了。谁知，义盛行话锋一转，说只搬出纱布四千九百一十六匹，还有八十四匹抢救不了，已尽全力了。约翰·顾盛大喜过望、大为感动，中国行商竟然为了抢救他的财物而牺牲了自家财产。义盛行义薄云天，不愧以“义”字当头作商号名。若以财富论英雄，义盛行也许并不成功，但却被作为商贸的诚信典范载进了世界贸易史册，也算是收获了别样的成功，为中国商人在国际上赢得了好口碑。

这场大火是十三行由盛转衰的转折点，它带来的厄运接二连三。不少行商在这场大火中被烧到精光了，作为官府应该给予体恤、豁免甚至支持的。然而，清政府中的官员认为行商是低贱的蝼蚁，没了就没了，关键是自己的利益必须得到保障，作为大学问家的阮元也不能免俗。道光六年（1826年），阮元任广东巡抚并兼任粤海关监督，重农抑商的传统思想在阮元的脑海中根深蒂固，因此阮元不但不帮助行商重振雄风，还“踩多一脚”。他给道光皇帝上奏曰，道光七年粤海关应收税款一百四十八万余两白银，其中出口税五十一万两、各海口收费十二万多两、船钞费十八万多两，这三项都不能因火灾豁免或推迟缴纳，只有进口税六十六万多两可以酌情考虑；他建议进口税，外国商人应缴部分全部免除，十三行商应缴的五十二万多两不能免除，应视各商行的受灾情况，让他们在往后几年逐年分期偿还。这个荒唐的奏折道光皇帝竟然不假思索地准奏，怪不得有一句流传至今的顺口溜：“道光道光，赔个精光。”

道光皇帝并非真的昏庸，广府自古富庶的印象刻进他的脑子里，特别是有诗史之称的屈大均写过这样的诗句：“洋船争出是官商，十字门开向二洋。五丝八丝广缎好，银钱堆满十三行。”道光皇帝对十三行的富有早已垂涎三尺，怎么样也得把“富得漏油”的行商兜里的钱放到自家的库房才心安。高赋税让十三行商的财政危机进一步扩大，可以说，十三行从此元气大伤。虽然伍、潘两大巨富还没受到多大影响，但是老商总毅兰堂谭家就没那么走运了，当年童谣有唱：“火烧十三行，里海毅兰堂，一夜冇清光。”这个昌盛了一个多世纪的家族从此衰败，最后远走南洋东山再起。

十三行除了1822年大火外，其后还经历过三次大火，我们尚且把1822年的称为第一次大火。第二次大火起于第一次鸦片战争以后，一百多名英国士兵在中国人开的水果店前抢水果吃，还用军刀把店老板划伤了。此事让广州市民义愤填膺，半夜火烧英国商馆。当清政府组织官兵前来救火时，被民众扔石头阻挠前进不得，只得眼睁睁看着大火烧个通宵。

第三次大火烧于第二次鸦片战争期间的1856年。12月15日，英军炮击广州城，故意拆除商馆区附近民房，以免商馆区被中国民众袭击。中国民众气愤得直接在被拆毁的铺屋残基上点火，火势一下子就蔓延至商馆区。火一直燃至次日下午黄昏，除了一栋房子得以幸存外，所有商馆都化为灰烬。英军失去了陆上的据点，被迫退至军舰上。南海知县华延杰在他的《触藩始末》一书中描写了当时的火势："夜间遥望火光，五颜六色，光芒闪耀，据说是珠宝烧烈所至。"这次大火后，十三行从此结束了作为商馆区的历史，帝国列强把目光瞄准了十三行附近的沙面。

第四次大火着火于1915年7月13日，是天灾加上人祸共同造成的。正值广州遭遇百年不遇的水灾时，十三行一带不慎失火，附近有条同兴街，专售火油、火柴等易燃易爆物品，被殃及了，油流到哪里，火烧到哪里，一直蔓延到珠江岸边。由于珠江上的船艇首尾相连，一直连接至河南，火借油势在水面上走，导致珠江都成了火海。大火持续了两天两夜，火情延及二十五条街道，烧毁商铺、住户二千多家，广州市民顿时深陷水深火热之中。这场大火把十三行残存的一点商业气息都彻底烧掉了。

大火烧掉了有形的商铺，却烧不掉无形的积聚了数百年的商脉。民国七年（1918年），在离十三行不远的江边耸立起一座中国最早的摩天大厦，名为大新公司，是当时最新潮的百货公司。民国二十七年（1938年）大新公司也被战火焚毁了，又于1954年重新修复，命名为南方大厦。南方大厦的商业神话延续了足足半个世纪，自我懂事起，就知道到广州必逛南方大厦。那时候，来自四面八方的四乡人涌进广州，从大沙头码头一上岸就直奔南方大厦来，挑选着心仪的商品。那时候我的高度刚及柜台，挤在人山人海中，只能透过大人身体之间的缝隙瞄一眼橱窗内琳琅满目的商品，目瞪口呆的同时有说不出的满足感。

刚成立不久的中华人民共和国，百废待兴，一贫如洗，迫不及待地开展外贸活动。1951年，在十三行遗址（今广州文化公园）举办“华南土特产展览交流展销会”，这一展销会成为了“广州进出口商品交易会”的先声。

城市的规划在变动，商业重心也在不断调整。现如今，原十三行一带承载的历史文化意义远远大于商业价值，广州累积两千多年的商脉也从十三行延伸开来，以诚信务实、开拓包容、敢为人先的精神成为了全国最早的商业典范与标杆，成为改革开放的桥头堡。时代在变，商贸地点在变，商业模式在变，然而那条延绵两千年的商脉却永恒不变。

两千年的商脉融进了广州人的血脉里，他们不关心政治、不热衷官场、不爱仕途，很多本土广州人做点小生意维持生计、悠闲度日就已经满足了。当你在广州老城区的横街窄巷内穿行，你会发现，居民把自家楼下临巷的一面墙打通，掀开一道卷门，放上几瓶饮料、一点杂货、几样青菜就成了一个小商铺。店主人泡上一壶茶、点上一根烟便开始了一天的买卖。这样的商铺充斥在老城区的每一处角落，也许赚不了几个钱，却落得心安理得、自由自在。

沙面租界

咸丰六年（1856年）的十三行火灾，把外洋商行烧个片瓦不留。正当他们在中国大地横冲直撞、气焰嚣张之时，却失去了陆上根据地，他们又怎肯善罢甘休?

帝国殖民者开始盘算、物色新的根据地，他们看中了离十三行不远、濒临白鹅潭的拾翠洲。拾翠洲又名中流沙，原为白鹅潭靠珠江北岸的一个小岛，后经河沙冲积、河泥淤塞，逐渐与陆地相连。由于这里位于广州城外，江面宽阔，景色优美，又靠近十三行，因而酒舫林立、花艇麟集，成为了中外人士寻欢作乐之地。

第一次鸦片战争打响后，英舰溯珠江长驱直入，停靠在白鹅潭，兵临广州城下。清政府不得不把西炮台（顺治年间在黄沙大道与六二三路交界处设立）移至中流沙南面。守城义军在西炮台与英舰周旋三天，直至弹尽，共击毁英舰两艘、击烂英舰三艘。

三年后，英法殖民者强行租赁中流沙。清政府不得不同意把“中流沙滨海一面”作为英法租界，以后被简称为沙面。租下沙面后，帝国殖民者纷纷加入租赁行列，逐渐把商行移至沙面。1861年，帝国殖民者终于把“眼中钉”中流沙炮台拆毁，大炮被粗暴地推入了白鹅潭。

帝国殖民者租下沙面后，把它建成了与中方国土完全分开的独立王国。为了达到“进可攻、退可守”的目的，他们强迫清政府在沙面的北面挖一条宽四十米、长一千二百米的人工河涌，就是现在的沙基涌，使沙面又独立为一个江中小岛。沙基涌上架设东、西二桥与外界相通，东桥为法兰西桥、西桥为英格兰桥。他们又让清政府修护河堤、填土筑基，便于他们居住、经商。仅这几项工程清政府就花费了二十万两白银。这样的一个小岛有点像徐志摩笔下的康桥。这是英法等西方国家喜欢的世外桃源，宛如英国的庄园古堡。

沙面虽说是租赁来的地界，实质上是帝国殖民者拥有独立主权的殖民地。他们规定沿沙面河涌宽九十英尺、贴近沙面四十五英尺的范围内中国船只不得靠泊，他们在租界内享有司法独立，不需要受中国法律的管束。中国的领土和主权被严重侵犯了，在自己的领土上眼睁睁地看着洋人为所欲为。

租界是中国近代史的缩影，它既是中国耻辱的见证者，又是特殊时期中国人的庇护所。

1925年的上海工潮，租界的英籍巡捕开枪射杀声援罢工工人的学生，造成十三人死、数十人重伤，亲手酿造了“五卅惨案”，成为了压制工潮的帮凶。为此，全国总工会号召人们起来反抗外国殖民者在华势力，广州沙面英租界的华工也于6月21日云起响应，拒绝向英商及领事馆提供服务。邓中夏、苏兆征、刘尔崧等发动省港大罢工，广东各界也将巡行大示威。6月23日，当游行队伍（以岭南大学、圣心书院、执信中学、黄埔军校的学生为主，周恩来、陈延年、刘尔崧也在队伍中）游经沙基路时，突然遭到沙面租界英法军警机枪扫射，停泊在白鹅潭上的英法军舰也开炮轰击，造成五十多人死亡，一百七十多人重伤，史称“沙基惨案”。广东革命政府后来把沙基路改为六二三路，并立沙基惨案纪念碑，缅怀牺牲人士。此时的租界呈现出一副狰狞的面目，为了一己私利不惜大开杀戒，草菅人命。

1999年6月，当中国驻南斯拉夫大使馆被以北约为首的美国轰炸时，即将毕业离校的我随着学校组织的游行队伍，奔赴沙面北约成员国领事馆前示威请愿。时光仿佛倒流回七十年前，群情依然汹涌澎湃，不同的是，我们丝毫嗅不到一丝危险的味道，这是中国人民站起来、逐步强起来的结果。当然，此时的中国还不够硬气，因为底气还不足。

南京惨绝人寰的大屠杀发生时，丹麦人辛德贝格挺身而出庇护了万余名中国难民，他在江南水泥厂插满了丹麦和德国国旗，阻止了日军进内行凶。淞沪会战后，上海沦陷，我的母校暨南大学的师生们迁进已成孤岛的上海租界，坚持办学长达四年之久，直到见到日军占领租界，师生们完成了“最后一课”，并决心共赴国难。这段史实被时任文学院院长的郑振铎发表在上海《周报》：校长何炳松召集学校各部门负责人开会，一致决定：看到一个日本兵或一面日本旗经过校门时，立即停课，将这所大学关闭。暨南大学这所百年老校得以迁移并传承，有赖租界曾经的庇护。

最近大热的影片《八佰》就再现了“四行仓库保卫战”这段历史，以苏州河为界，北岸是已成焦土的沦陷区，南岸是依旧灯红酒绿的租界，真可谓“一面是天堂，一面是地狱”。随着战争的推进，中国军人的英勇行为把租界的洋人都感动了，他们向守军伸出援手，支援食物、药物，接应伤员。这个时期的租界处处散发着人道主义的精神力量，给予中国人民慰藉与帮助，在黑暗中看到了一丝亮光。

中华人民共和国成立后，收回了所有主权，中国从此结束了租界的历史。租界作为一种历史存在，为通商口岸城市留下深深的烙印。广州沙面、厦门鼓浪屿、青岛八大关、天津五大道以及上海的静安、卢湾、徐汇等地，充满了异国风情和浪漫情调，成为一座城市的特色和地标，几乎成了外地游客必去的打卡地。

夏天午后的沙面，被淅淅沥沥的细雨笼罩着。我和儿子坐上一辆脚踏三轮车，从英格兰桥进入沙面。三轮车行驶在七十年前修建的狭窄的街道中，不时躲闪着来往的汽车和行人。沙面的街道平直、规整，纵横八条主街、九条里巷。沙面大街呈对称性广场式建筑，广场的中心就是沙面的圆心，这是典型的欧洲广场风格。虽然下着雨，但来游玩的人不少，不时见到几对新人在摄影师的指点下摆拍着，努力让自已表现得更好，更希望借着沙面特有的欧陆风情背景，拍出让自己满意的照片。三轮车师傅敲响铃铛，从他们身旁穿过，惊扰了他们，我不禁满脸歉意。随处可见的铜雕塑像，被雨水洗刷得光洁明亮，更凸显出艺术的韵味。

沙面的树木高大、挺拔，单沙面就有古树名木一百〇二株（其中细叶榕七十七株、樟树二十五株），均超过百年以上，其中最老的已达三百年。婆娑的树叶被阳光倒影在一幢幢庄严宏伟的洋楼上，让刻板、厚重的洋楼添了几道妩媚、几分柔美。这里有一百五十多座欧洲风格建筑，均建于19世纪末20世纪初，其中有新巴洛克式、仿哥特式、券廊式、新古典式、英国浪漫主义风格等，当然也不乏中西合璧风格。斑驳的墙面、掉漆的窗棂，向游人诉说着它们的百年沧桑以及曾经的辉煌。

我在沙面红楼（粤海关俱乐部）这座宏伟、庄严的建筑前不由自主地停下了脚步。这座楼造型独特，有一顶醒目的红帽子，外披红褂子（外墙全用红砖砌筑），色调鲜艳夺目，远看如一名圣诞老人，很有特色。“文化大革命”时，许多海关的关员一家几口住进这里，成了海关的“七十二家房客”。聚居的好处是楼的外观保存良好，门玻璃都保留了旧时的图案；坏处是内部弄了一重又一重的隔间，结构、内饰已不是旧时模样了。站在红楼前，我想起广州通叶志军老师跟我说起的一段故事。21世纪初，红楼因缺乏保养，渐变危楼，差点被拆除了。那时，广州海关总部要搬迁出沿江路的大钟楼，想把红楼拆了重建办公大楼。这个计划恰巧被华南理工大学的几位教授知晓了，他们懂得红楼的价值所在，这可是英国同期（20世纪初）最大的建筑物，而且出自近代澳大利亚著名建筑师亚瑟·帕内之手！教授们听到消息后急了，直接向相关部门反映情况，才把红楼保护下来。广州市政府在珠江新城花城大道旁批了一块地，建成了现在的广州海关。经此一事，政府及文物相关部门重新认识红楼的历史文物价值，红楼被列入全国重点文物保护单位，被确定为“沙面建筑群中的A级文物建筑”。2006年，广州海关按照海关总署“修旧如旧”的指示，历时三年多对红楼进行全面、彻底的修缮，让这座古楼重获新生，焕发出迷人的魅力。

徜徉其中，儿子好奇地睁圆双眼，目不暇接地环视着眼前的一切，怀疑自己身处异域，恍如隔世。

第十八章

省港澳皇，太古仓库

英国工业革命促使英国的交通工具有了质的飞跃，轮船代替了帆船，并频繁往来于省港澳三地，省会广州也开辟了省港澳码头，轮船公司也如雨后春笋般出现。英国太古洋行兴建太古仓码头，专供太古轮船公司使用，太古仓是广州第一座功能完善的仓储码头。现如今，这座百年老码头被打造成为集文化创意、展贸、观光旅游、休闲娱乐等功能于一体的广州“城市客厅”。

省港澳阜

英国工业革命促使英国的交通工具有了质的飞跃，以致在19世纪初，蒸汽火车、轮船得以相继发明并投入使用，英国的第一艘汽船于1811年下水使用，终结了木帆船时代，世界航海业进入了一个崭新的时代——机动汽船时代，航运业迎来了高速大发展。清道光十年（1830年），英国“福士”号轮船驶进珠江口内的伶仃洋；清道光十五年（1835年），英国“渣甸”号轮船，从苏格兰的亚伯丁起航抵达广州港。

第一次鸦片战争后，轮船作为交通工具正式进驻广州港。1841年，璞鼎查搭乘轮船往来澳门；1842年，麻恭携带《南京条约》乘轮船往返英国。1845年，大英轮船公司每月有快班船从扫桑波敦到香港，从此轮船大规模深入广州（马士《中华帝国对外关系史》）。

第二次鸦片战争后，大清帝国彻底沦为半封建半殖民地。殖民帝国为了方便经济殖民，直接把轮船公司在中国通商口岸开办。其中规模较大的是：旗昌轮船公司（由美商在上海设立）、省港澳轮船公司（由英国和葡萄牙人合办）、伦敦中国航业公司（为太古洋行所经理）、印度中国航业公司（为怡和洋行所经理）。那时候的轮船中间有一座高高耸起的烟囱，各家公司在烟囱上漆上不同的颜色为标记，就如同现今在马路上跑的各家的士的不同标志。

旗昌轮船公司，也是李鸿章的轮船招商局的前身。公司成立于清同治元年，即1862年，最初只有五艘轮船，全部航行于上海至汉口之间，其后陆续增辟上海至香港、上海至宁波、上海至天津、上海至福州航线，垄断了长江航运。

省港澳轮船公司成立于1865年，总店设在香港，在广州设有支店，是当时外国人经营香港至广州航线最大的轮船公司。该公司拥有“泰山号”（三千一百七十四吨）、“金山号”（二千五百三十三吨）、“瑞泰号”（一千八百一十六吨）等各级吨位的轮船，共开辟四条主要航线，分别是：香港至广州、香港至澳门、广州至澳门、广州至梧州。在现在的广州西堤码头一带设“省港澳码头”，广州人称为“省港澳阜”。

汉字中的“阜”，追溯到甲骨文象形“阝”，如山崖边的石蹬，表示地势向上升，后来引申为码头。开埠，指的是开辟商埠，后来特指开放港口。

伦敦中国航业公司，成立于1866年，是太古洋行的子公司。在广州，经营中国航运业以英国公司为首，而英国公司又以太古洋行为最，因而也就有了后来的太古仓码头。伦敦中国航业公司旗下的轮船为蓝烟囱轮船，多以中国口岸命名，如“广州号”“福州号”“南京号”“武昌号”“重庆号”“张家口号”等。该公司发展最鼎盛时，一度拥有轮船七十九艘、定期航线二十条、船舶吨位普遍为三千吨，其中以广州港为起点的航线有四条：广州至上海、广州至青岛、广州至牛庄、广州至天津。运载和仓储的货物以米粮、大豆、花生仁、白糖为主。当年广州人称太古仓为太古仑。

印度中国航业公司，成立于1877年，是怡和洋行（又称渣甸洋行）的子公司。该公司旗下轮船为红烟囱轮船，航行于远洋和沿海等地。为了好区分，他们命名很讲技巧，向东印度公司租赁的以“升”字命名，如“富升号”“品升号”“高升号”等，以求快点提升业绩，获取更大利益；自有的以“生”命名，如“德生号”“泽生号”“永生号”“浩生号”“吉生号”“贵生号”等，自有的当然祈求生生猛猛，长生永恒；航行内河的商船则以“和”字命名，如“怡和号”“生和号”“平和号”“同和号”“德和号”等，中国人以和为贵，在内河混，进到别人的地头当然要和气生财。这家公司最高峰时有在华轮船四十艘，开辟有十六条航线，以广州港为起点的有：广州—上海、广州—天津、广州—青岛。“和平号”在第二次世界大战结束后，往返于广州、香港两地。

这时候的香港、澳门地位超然，早已不再是隶属于广州港的外港，在英国、葡萄牙等殖民资本的加持下，自己已然是大港。殖民者只控制两个小渔村肯定非己所愿，他们跟省城广州的往来是相当频繁的，此时省港澳码头的地位显得举足轻重。

翻开中华人民共和国成立前出版的《全国重要港口》一书，里面记载了位于西堤一带的省港澳码头为洋灰结构，长约四十米。按当年进出广州港的船舶吨位推断，省港澳码头停泊三四千吨的轮船显然绰绰有余。

现在的西堤码头就位于塔影楼旁边，是否当年的省港澳码头已无从考证了。这里汇聚了塔影楼、粤海关大楼、南方大厦、爱群大厦等百年老建筑，被称为“广州的外滩”。可以想象，当年位处这一带的省港澳码头是多么繁华、时尚啊！进出码头的不乏达官贵人、东山少爷、西关小姐，这一带灯红酒绿，衣香鬓影，熙熙攘攘。也许他们在上船前或下船后，会到附近的大三元酒家吃一碗“红烧大裙翅”，享受一笼“蜂巢荔芋角”；又或者到大同酒家品尝“大同脆皮鸡”，嚼一嚼金香酥脆的“金牌烧乳猪”。

二十年前，我在滨江西路上班。晚上空闲时，曾与同事一道从海幢码头乘渡轮到西堤码头，前往大同酒家的音乐茶座听一曲几曲粤曲小调。我们刚落座，便有一娇俏小娘子献上一曲《平湖秋月》：“平湖洒满玉兔清辉似白绫，碧波里，慢送轻舟荡月明，喜见柳堤花弄影，轻风更动情。”小娘子一开腔，便把我带进一幅拥有平湖、明月、柳堤、轻风的至美景色中。那婉转莺啼，轻拢慢捻，如大小珠儿落玉盘，让我听得如坠云雾。又闻：“如歌，如画，如咏，轻舟载不下，我共你万般情意，身心相印伴月明。”一曲唱罢，我的心已随风飘远，追随月明而去……

现如今，西堤依旧，大同安在？在疲于奔命的中年再回首，不禁时时怀念在西堤那段饮茶听曲的闲适日子，那是人生难得的赏心乐事。

太古仓库

在海珠区工业大道北沿着金沙路一直走到尽头，便到了珠江的后航道，那里有六座独具特色的古旧仓库，耸立在珠江边长达一个多世纪，经历了百年风雨洗礼，也见证了中华民族大落大起的百年历程。

金沙路我最熟悉不过，未嫁时我住在工业大道的另一侧，与金沙路口相对的凤凰新村单身宿舍。十八年前，我与丈夫在金沙路徘徊又徘徊，两人并肩“压”了无数次马路，可是就是没发现路的尽头竟然有几座奇特的旧仓库。也许是月上柳梢头，人约黄昏后，月色朦胧根本就看不清有些什么建筑物；也许两人的关注点都在你情我侬、卿卿我我上，哪会留意什么仓库呢？

直到2008年，太古仓文化旅游风情一条街落成，我才一睹太古仓的真面目，那惊讶程度不亚于哥伦布发现新大陆。近日再次造访太古仓，我一边摩挲着这百年红砖墙，一边回顾太古仓的前世今生，霎时别有一番滋味在心头。

英国太古洋行于1904年至1906年在河南白蚬壳兴建三座码头和八号仓库，专供太古轮船公司使用。后来第八号仓库遭到损毁，现存六座七号仓库。其后，粤海关也在白蚬壳兴建一座码头。可以说，太古仓是广州第一座功能完善的仓储码头。

早期的黄埔古港是不允许洋人建造永久性仓库的，商船到港，大批货物卸载岸上，而岭南地区多雨潮湿，洋人只得搭建临时棚房。美国史密斯在《中国皇后号》一书中对临时棚房作如下记载：“棚房都是些很宽大的房子，以竹子和芦苇秆做框，稻草做屋顶。这是由中国人建的，如果没有人住，他们马上将房子推倒，以便下次能建新的。建棚房的价格是二百美元。”这样的芦苇秆稻草仓库遇上台风肯定被掀翻不可。这些临时仓库夏天建、冬天拆，年复一年，这又形成了一个“揾食”行当，养活了不少人。

十三行商倒拥有一个又一个大仓库，但十三行在珠江河北、仓库在珠江河南。进口的洋货和等着出口的中国货都得放在大仓库里。由于洋船要赶在季后风来临前起航，它们都集中在同一时间内装箱、搬运，仓库管理人员往往忙得手忙脚乱，而且还得把货物用舢板运到黄埔古港装上大船，这就需要临时雇用大量工人。仅一个荷兰东印度公司一个贸易季就要雇用二三百个中国工人。这样既耗费人力、时间，也容易损坏货物，而且非常不方便。

太古仓码头把上述问题都解决了。当我认真研究起这个太古仓来，真不得不佩服英国人的智慧和工艺。这六座七号仓库功能各有侧重，一号仓面积为一千五百多平方米，主要用于储存谷种；二号仓面积约一千六百平方米，主要存放转运中国海南及新加坡、马来西亚的各类杂货；三号仓面积约一千七百平方米，储存的货物以土特产和日用货物为主；四号仓面积约一千七百平方米，主要存放发往新加坡、马来西亚等地的陶瓷及其他工艺品；五号仓面积亦约一千七百平方米，存放的货物主要是树脂、石蜡等化工原料；六、七号仓（合并为一座仓库）面积共约三千平方米，主要用于储存以大米为主的粮食。这就是现存的六座仓库。

被损毁的八号仓只能成为一个传说。据闻八号仓原是一座两层的仓楼，面积约为三千三百平方米，传说仓库内冬暖夏凉，具备神奇的防潮功能，因此一直被用来储存白糖。直至今天，“太古糖”仍然是一个著名的品牌，市面上常见。八号仓这个仓库可以说是多灾多难。太古仓的老员工欧阳健斌是广州港二代，他曾听父亲说，太古仓在1967年9月2日被彻底烧毁。后来虽然按原样重建，却也是徒有其形而不知其核心工艺，没有办法复原，所以唯有八号仓没被列入文物保护单位。

太古仓确实见证了中华民族最艰难的百年。

英国太古洋行建的太古仓及其码头就有殖民的性质。码头落成之初，码头专供由太古洋行代理的黑烟囱轮船公司靠泊，该船公司经营远东、中南亚以及来往于广州至香港、上海、海防（越南）等航线，船舶达三十艘，其中有二十六艘三千吨的货轮在太古仓码头装卸货物。

日军侵华占领广州后，把太古仓作为军事物资和人员的重要转运基地。

中华人民共和国成立后，广州市政府为了保障粮食储备，租赁太古仓储存粮食。1953年，太古仓收归国有，由广州港务局经营，归属为河南作业区，成为广州港内港区各作业点中，生产最繁忙、船舶到港密度最高、货物吞吐量最大的码头。由于太古仓库的先天条件优越，除了货物转运之外，它还承担广州市重要物资的仓储，为三年困难时期广州的物资储备、供应做出了巨大贡献。

1968年，知识青年上山下乡的浪潮席卷全国，奔赴湛江、海南等地参与南疆建设的知识青年，在太古仓挥别亲人，踏上南下的征程。

沉舟侧畔千帆过，病树前头万木春。太古仓历经大半个世纪沧桑巨变后，在新时期焕发出新的生命与活力。2003年，广州港集团响应广州市政府的要求，决定对太古仓进行保护、升级、转型。在保留原有码头区完整性、真实性和历史内涵的基础上，运用现代运营方式，把太古仓打造成为集文化创意、展贸、观光旅游、休闲娱乐等功能于一体的广州“城市客厅”。通过“修旧如旧”的改造原则，于2008年11月，太古仓六座七号仓库外墙修缮工程完工。2010

年，太古仓成为广东省“三旧”改造的典范，其时《广州日报》《信息时报》均以头版大篇幅报道了太古仓转型改造项目。2019年，太古仓入选《中国工业遗产保护名录（第二批）》。

港二代欧阳健斌自1986年入职广州港，担任太古仓的电工已达三十四年了。三十四年来，他一直守护着太古仓的电力设备，以个人微弱的力量给予这几座百年老仓不灭的光明。我问他每号仓顶都有排水管把水导入地下是怎么回事，他立即接过话题，滔滔不绝介绍起来：“民国时码头就已建有沙井，棚顶的雨水就沿着排水管流进沙井，再顺着钢管流进珠江，这英国佬做的排水系统就是先进。我们还见过沙井盖，圆形黑色的，写着民国××年。当时我们的领导黄剑明还一直惦记着这些沙井盖。后来人事变迁、世易时移，这些沙井盖最终下落不明，确实可惜。”这紧靠着江边的仓库有利又有弊，利在方便货物装卸，弊在要防止水浸确实有难度。斌叔感慨地说，自他入职三十四年来，从来没见过太古仓被淹，即使是杜鹃、黑格比、尤特、天鸽、山竹等超强台风来临，造成广州市内不同程度的水淹灾害，太古仓依然安然无恙。他说太古仓码头也遭遇过水浸，水位最高的一次离六座仓库的地面还有二十厘米。我听后骇然，不得不佩服英国人最初设计太古仓时的预见性和超前性。

告别斌叔后，我独自一人在六座仓库前后徜徉，感受这片独特的风情。

改造后的六座仓库既有历史的痕迹，又有时尚的元素。“修旧如旧”的基调让太古仓保留了红砖外墙、复古的窗棂和百叶窗。在不破坏主体建筑的情况下，各座仓库分别改建为葡萄酒采购中心、西餐厅、酒吧、综合书吧、文化创意园、设计和咨询公司写字楼、电影院、高级酒家、会展中心等。《虾球传》《风雨西关情》《无敌小子》（又名《中华英雄》）、《秋喜》等影片都曾在此取景。施华洛世奇、KISS KITTY、梅赛德斯–奔驰、保时捷等国际大品牌都曾进驻太古仓展馆举办品牌推广活动，太古仓不愧是“工业遗产活化利用的典范”。

红砖、爬藤植物、旧信箱让这里增添了几分怀旧的欧陆风情。有美女摆开各种姿势，意欲拍摄出一辑怀旧唯美的好照片。伫立在四号仓库前的印度安人图腾柱，是当代广州港与世界港口间友谊的见证，两千年的时空不但没有让世界港口间的友情褪色，还将它们更加紧密地联系在一起，体现出大海的襟怀——互相包容、理解，紧密合作，互惠互利。

我抬头便望见二、三号仓库之间高高矗立的水塔，它是太古仓的标志性建筑物，与六座仓库相偎相伴，厮守百年，情愫缱绻。它高高俯瞰着仓库的一举一动，稍有失火，便立即挺身而出，护佑着仓库的安危。百年来，水塔救了多少场火、如何救火，却无从知晓，作为仓库配套设施的水塔设计，它又一次让我惊叹百多年前英国人的智慧。

夜幕渐渐降临，太古仓华灯初上，水塔上的电子显示屏快速闪动，酒吧里节奏强劲的音乐声响起，穿着时尚的年轻人陆陆续续前来，随着音乐的律动摇摆。与六座仓库咫尺相隔的酒吧街更是热闹非凡。太古仓一洗白天娴雅安静的淑女气质，摇身一变成为活力四射的劲舞团美少女。

第十九章

治国方略，中山舰事

民国初年，广州两千年来作为南方一霸的地位也岌岌可危，被英国强占为殖民地的香港已然掌握了广东的经济命脉。孙中山先生提出黄埔开埠、建立南方大港的设想，因兵荒马乱，几经周折，大港梦断。孙中山先生与黄埔有着剪不断的情缘，他创建了黄埔军校，也就有了发生在广州港的“中山舰事件”。

治国方略

两次鸦片战争后，帝国主义轰开了中国的贸易大门，外洋班轮得以长驱直入中国沿海各大港口，深入中国统治中心腹地，遂了他们两百多年前的野心。这时候，上海港、厦门港、福州港、宁波港等港口迅速崛起，偏南方一隅的广州港自然受到冷落。北方的青岛港、天津港等也不甘其后，广州港地位有所下降。。

有数据显示，第一次鸦片战争刚结束不久，广州港与上海港的进出口货物量不相上下。然而十多年后，上海港的进出口量已是广州港的三倍。码头的繁荣、贸易的兴旺，让上海滩风云骤起、刀光剑影。大家耳熟能详的电视剧《上海滩》就是当年上海各帮派争夺码头地盘的真实写照。

民国初年，广州两千年来作为南方一霸的地位也岌岌可危，被英国强占为殖民地的香港已然掌握了广东的经济命脉，靠的是什么？正如邓中夏所言，靠的一个是货仓政策，另一个是纸币政策。

货仓政策就相当于现在的物流中心，物流靠的是什么？当然是码头和仓库。从地理位置来说，香港濒临深海湾，位处国际主航道，是真正意义上的海港，港湾条件优越，加之英国人的大力扶持，取代广州港是轻而易举的事情。

广州港在多路夹击下，显得力不从心。逆水行舟，不进则退。当其他港口都在迅速发展的时候，广州港原处于黄埔的两个港口——扶胥港和黄埔古港都因淤塞严重，逐渐荒废。限于水深条件，这时候的广州各内港五千吨的货轮都难以靠泊，要知道1912年英国已经可以建造四点六万吨的泰坦尼克号邮轮，广州港拿什么来跟别人抗衡呢？

这时候，一位伟人站了出来，提出了黄埔开埠、建立南方大港的设想，他就是孙中山。1917—1919年，他发表了自己构思多时的宏伟蓝图《建国方略》（广州人朱执信协助撰写）。该书的第二部分名为《建国方略之二物质建设实业计划》（简称《实业计划》）提到："第三计划主要之点，为建设一南方大港，以完成国际计划篇首所称中国之三头等港。吾人之南方大港，当然为广州。广州不仅中国最大之都市；迄于近世，广州实太平洋岸最大都市也。亚洲之商业中心也。中国而得开发者，广州将必恢复其往昔之重要矣。"接着，又补充道："新建之广州市，应跨有黄埔与佛山，而界之以车歪炮台及沙面水路。"

孙中山当年看中了黄埔鱼珠一带，认为这里位于狮子洋的顶部，水深条件好，深度可达二十英尺，可以直通海洋，行万吨巨轮；这里是一个天然的避风港，港池宽阔，有凤凰、火炉等山作屏嶂，可以同时容纳好多艘巨舶，而且不怕台风；这一带的河床地质坚实，可以让轮船抛锚碇泊；还有更重要的一点是，黄埔离广州城只有二十多公里，有东、南河道通往广州城，也有广阔的平原地用于建造大型仓库。这些都是建设一个大港必须具备的条件。

后来，一位留美归来的技术人员名为李文邦的，把孙中山的设想进一步完善，写成了可行性报告《黄埔港计划》，其中提及："黄埔之位置，据南方大港之咽喉，为广州之外港。货物出入所必经，装载起卸之所在，实际上为南方大港之港口。换言之，广州河南佛山乃黄埔港之尾闾；黄埔港乃南方大港之本部也。"

那时候的中国风云浩荡、军阀割据、狼烟四起。孙中山仙逝了，筑港之事仍然是"十画冇一撇"（不见丁点动作）。直到1925

年6月，粤港两地十多万工人大罢工，也就是著名的“省港大罢工”，才有罢工工人提出“请求政府建筑中山马路，提倡开辟黄埔商埠，以期继续孙中山先生生前之素志”的诉求。那时候，中国的经济命脉被帝国主义控制，想要摆脱控制，必须发展实业，而孙中山设想的南方大港就是一条触手可及的良策。各人民团体迅速响应，于11月在广州一德路广仁善堂，成立中华各界开辟黄埔商埠促进会，目的在于宣传、鼓动、督促开港事宜。

在各方压力下，国民政府才把“开辟黄埔商埠”提上议事日程。于1926年2月，设立黄埔开港计划委员会，其计划工程处开始筹划测绘工作。1926年6月，在长堤大马路的照霞楼成立黄埔商埠股份有限公司执行委员会，开始对该工程项目发行公债、招收商股，并专门负责筹款工作。把修筑黄埔港的资金计划为二千万毫银，由国民政府筹拨一千万毫银，发行股票筹资一千万毫银。最后，国民政府筹拨的款项迟迟兑现不了，即便民间筹集了二十四万多毫银，只恨相差太远，也无济于事。1929年2月，无奈之下，由广东建设厅接管了该公司，筑港一事也就不了了之。

政府推动不了的事，却让罢工工人推进了一步。在罢工委员会的号召下，中华各界开辟黄埔商埠促进会着手修筑中山公路事宜。1926年8月12日，廖仲恺主持举行了筑路开工典礼，随后三千名工人充当筑路志愿者，经过半年的奋战，于1927年初筑成了黄埔至广州的中山公路，并简易通车。这条中山公路就是现在的中山大道，通行了将近一个世纪，中山公路依然是广州不可缺少的主干道。

至此，国内外各埠前来广州贸易的五千吨以上的轮船，依然靠泊在黄埔的天然港，货物的流通依靠水陆两路进出广州城，只因没有建成一个真正的多功能南方大港，权且应付着。但是，这样在一定程度上保持了广州港在战火纷飞的岁月中，贸易不断不乱，也实属不易。

1929年9月，广东治河委员会成立，黄埔筑港事宜转由该会接收、办理。不久后，一位青年出现了，他就是李文邦，一位留美技士，回国后在广东治河委员会任职。他在学生时代就有志于实现孙中山先生关于建设南方大港的夙愿，所以留学期间常常留意西方国家的海港建设，回国后得以施展抱负，专门从事黄埔港的设计工作。他花了五年时间，经过无数次的实地测量、考察，最终编写出《黄埔港计划》，被政府当局“采纳”，并“核准备案”，于1936年9月由广州培英印务局出版。在今天看来，《黄埔港计划》的许多设想仍不过时，现摘录一二：

黄埔港区面积为三百三十五平方英里，分设内港和外港。

内港以“黄埔深水湾为之。为黄埔港主要部分，西起长洲西端之桥，东迄鲨鱼洲之尖，长七千七百五十米，宽三百五十米至七百米。码头仓库拟建于深水湾北岸”。

外港以“沙路湾为之。西起深井涌口，东迄深铜鼓沙东端之通口。以长洲、洪圣沙、鲨鱼洲等与内港相隔。长约七千六百米，宽六百五十米至九百五十米。码头货仓拟建于铜鼓沙南岸”。

码头布局“堤岸设电力移动的半拱式起重机；筑堤岸铁路，建验货厂（即货物转运场），以供货物检验，及暂时堆存；建货仓；留空地，以为露天堆场及煤栈；设船坞及修船厂；置救火船”。

这样的港口布局合理、设施设备齐全，具有现代港口的意识和思维，相当有远见卓识。

有了李文邦的《黄埔港计划》，各界人士企盼已久的黄埔港终于在1937年4月动工，“年终之际，所有开港和筑埠计划，完成者已属不少”。（《民国二十六年海关中外贸易统计年刊》）据了解，当年已建造了四百米顺岸码头，以当时的施工条件和经济实力已经相当不简单了。

只可惜，七七卢沟桥事变后，广州于1938年10月沦陷，黄埔港修筑工程不得不半途中断。直到1942年，抗战局势有所转变，才又续建了仓库和铁路。

中华人民共和国成立后的1950年10月，黄埔港才得以复港。1959年9月15日，载重一万三千吨的波兰“捷尔仁斯基号”远洋货轮驶进黄埔港，足以证明当年黄埔港的接卸能力。1960年2月29日，我国自行设计的第一个万吨级深水泊位在黄埔港投产，标志着黄埔港已升格为万吨级港口。孙中山先生建设黄埔港的遗愿，在他去世三十五年后终于实现了。很长一段时间，黄埔港帆樯如云，吊机林立，在浩浩荡荡的珠江上形成了一道独特的风景线。1986年，“黄埔云樯”入选为羊城新八景，作为广州改革开放初现成效的标杆。

一代有一代人的使命，港口亦然。改革开放后，广州市政府越来越感到，这命运多舛的黄埔港始终难以担当南方大港的重任。此时的广州港似乎什么都比别人慢了一拍，跟在别的大港的屁股后面追赶得气喘如牛。有什么办法呢？水深条件先天不足，广州港逐步沦落为内河港，丧失了与国内外大港抗衡的能力。

中山舰事

孙中山先生与黄埔有着剪不断的情缘。他似乎对黄埔情有独钟，把建设南方大港的选址首选黄埔，又把国民党陆军军官学校设在黄埔长洲岛。

黄埔长洲岛现在看来也是相当偏远的，更何况近一个世纪以前呢？我也对当时孙中山先生把军校选址在此感到疑惑。经查证有关资料，并加以分析，发现军校选址非黄埔长洲岛不可。鉴于当年的形势，广州城已被军阀控制着，在军阀眼皮底下建革命军军校，岂不等于自投罗网？军阀把这所军校视为眼中钉、肉中刺，一旦军阀要来剿灭，长洲岛的地形会帮上大忙。长洲岛四面环水，有点像宋代的梁山水泊。岛上建有多个炮台，而且与鱼珠炮台、沙路炮台形成三足鼎立之势，易守难攻。长洲岛上遗留有清朝陆军小学堂的校舍，稍加改造就可以使用了，节省人力和资金。更重要的一点是，黄埔长洲岛水路交通发达，水深条件优越，清朝时就有对外贸易的码头，清政府曾在此设有分关，军校设在这里方便援助物资运送进来，也方便军舰进出。事物总是相辅相成，相得益彰。黄埔具备了作为军港的所有条件与优势，适合设立军校；黄埔也因黄埔军校得以扬名千载。也因为此，就有了以后的“中山舰事件”。

中山舰原名永丰舰，是1910年清政府花了六十八万银元的巨资向日本三菱造船厂订制，于1913年建成的铁木结构炮舰。细数了一下，历史上跟中山舰有关的事件有三宗。

第一宗是永丰舰南下护法。袁世凯倒行逆施失败身死后，张勋意图复辟帝制，公然践踏《临时约法》，迫使总统黎元洪解散国会，去职卸任。此时，革命先行者孙中山再次挺身而出，举起了护卫《临时约法》的大旗，掀起了“护法运动”。海军总长程璧光第一个响应，率领永丰等七舰突破重重困难，于1917年8月5日抵达广州港，从此开启了永丰舰与广州港的不解情缘。

第二宗是永丰舰护驾有功。1922年，军阀陈炯明在广州发动武装叛乱，炮击“总统府”，加害的目标瞄准了时任临时大总统的孙中山。孙中山在护卫的舍命相救下深夜突围才得以登上永丰舰，脱离险境。随后，孙中山把永丰舰作为临时指挥部，历时五十五天，终于平息了叛乱。孙中山病逝后，国民政府于是把永丰舰改名为“中山舰”，用以缅怀孙中山先生。

第三宗就是震惊中外的“中山舰事件”。事件的导火索就是停泊在广州港的中山舰的调动问题。据有关史料记载，1926年3月18日，蒋介石指使亲信以黄埔军校驻省办事处的名义，传达命令给时任中山舰舰长、共产党员李之龙，欲调遣中山舰到黄埔候用。但该舰到达黄埔后，蒋介石却说中山舰要炮轰黄埔军校，矛头直指共产党，并借机逮捕李之龙及其他共产党员，意图破坏国共合作。一年后，蒋介石更是撕破脸皮，制造骇人听闻的四一二反革命政变。虽然事件的细节仍尘封在历史的卷宗里，解密事件真相还需时日，而中山舰无疑是事件的目击者，也是第一次国共合作与分裂的见证者。

苟利国家生死以，岂因祸福避趋之。人如此，中山舰也如是。日军的铁蹄踏破中华大地时，中山舰挥别唇齿相依二十载的广州港北上抗日，加入武汉保卫战的战斗中来，最终被日军飞机偷袭而永远沉入江底。

中山舰完成了它应有的历史使命，自始至终没有辜负“中山”之英名。

第二十章

广州引水，海港检疫

“一口通商”的政策眷顾、狭长的珠江水道催生了一个行业——引水员，广州港是唯一没有把引水权旁落帝国殖民者的港口。引水员在广州港的对外贸易中发挥着重要作用，他们是“水上国民形象第一人”，为外洋船舶进港保驾护航。国民政府成立广州海港检疫所，这是第一个由中国人自己创办和管理的港口卫生检疫机构。20世纪以来，中国海港检疫织密筑牢口岸检疫防线，全力维护国门安全。

广州引水

前面几章提及，广州港的特殊地理位置让它得到了“一口通商”的政策眷顾，狭长曲折的珠江水道便于清政府设防布塞，防止外敌从水路入侵。但是过于复杂的地形往往让外轮找不着北，外轮只能在珠江口徘徊复徘徊。这种情况催生了一种职业——引水员（也就是现在的引航员），他们是洋商到达广州首先接触的中国人。

在碧波浩渺的珠江口伶仃洋上有无数个小岛，这些小岛被称为万山群岛。其中一个稍大的岛屿最为显眼，岛上满是花岗岩石。站在最顶端的石上，万山群岛的所有网状般的水路便可尽收眼底。岛上的石块呈梯级状一直延伸至海中来，那时候有浑身黝黑的汉子，孤独地站在这些石头上，手搭凉棚四处瞭望，企盼着洋船的到来。这个岛叫作桂山岛，黑汉子们则被叫作引水员。

英国人唐宁曾上过这个岩石岛，他在《番鬼在中国》一书中这样写道：“这些外洋引水淳朴善良。完成领航工作后，就以捕鱼为生”，接着又说，“因他们是我们最先遇到的中国人，有必要对他们的相貌描述几笔。他们个子中等偏高，腰杆笔直，很有活力。头发总是乌黑发亮，脑门剃得光光的，后面余下的头发编成一条长辫，垂在背后。穿着简单，一件长罩衫，用蓝色、白色或红色的南京土布做成，一起遮到膝盖下面，看起来像大男生穿着围裙。”这样的打扮可以说是清朝男子通用的装束，并非引水员特有的，但因为他们是唐宁见到的第一批中国人，所以唐宁对他们的印象特别深刻。

外轮频繁进港，当引水员的人也多了起来，给外轮引航逐渐发展成一个叫“带水”的行业，引水员也被称为“带水佬”。随着一口通商的重要性逐渐彰显，“带水佬”的职业也逐渐取得官方认可。据《粤海关志·夷商》记载：“洋船到日，海防衙门报给引水之人，引入虎门，湾泊黄埔。”

可以说，“带水佬”是集专业技术与高风险于一身的人，既要熟悉珠江航道、潮汐变化、懂观天象，也要时时处处跟狂风巨浪搏击，少一分胆量都当不了。所以，要成为一个优秀的“带水佬”必需要有多年在海中历练的经验。“带水佬”们也形成自己的行规——只传子侄，不传女，不传外人。久而久之，引水也成为家族垄断行业，被李、邓、黄、张四姓家族所垄断。此四姓家族有家族式的“职盛引水工会”，其公章分成四瓣，四个家族各持一瓣，同时盖章才算有效。

鸦片战争后，上海、宁波等港口的引航权也旁落殖民者，但是四大家族依然把持着广州的带水权。可以想见，珠江航道的引水员具有不可替代的专业性。直到1938年10月，广州沦陷，往来广州的船舶全部停航，这个存在了几百年的职业才慢慢消失。

中华人民共和国成立后，国家宣示主权，把海关权、航运权、引航权三权收归国有。国家取消了自由引水制度，广州的引水业务由广州港务局统一管理。旧中国留下来的二十多名“带水佬”也吃起了国家粮，成为新中国第一代引航员。

日军投降前，在珠江水道埋藏了不计其数的水雷，特别是虎门—淇澳—伶仃洋一带尤其严重。1945年11月8日凌晨，满载乘客的“海珠轮”行经虎门水面时触雷沉没，“广西轮”“昌明轮”等也陆续触雷，一时间珠江河面充满危险，省港澳航线没人敢走。后来香港出动英军扫雷，才勉强扫出一条安全航道，香港港政局为了安全起见，只得编制了一张《珠江航道安全线路图表》以供参考。还有多少水雷埋在珠江航道依然是一个未知数。这时候的引航工作显得尤为重要，引航员的工作几乎是以命相搏。

有几件事足以说明引航工作的重要性。1950年，香港招商局十三艘轮船起义，时任中共中央华南分局第一书记的叶剑英，指示把十三艘起义轮船驶回广州。怎样才能安全驶回是需要解决的首要问题。以李伙为首的引航员临危受命，引领着十三艘起义轮船在布满水雷的珠江航道上穿行，最终十三艘轮船全部安全抵达广州。1960年，广州港务局从希腊购进一艘两万吨级的轮船。当轮船驶入珠江口时，船员为难了：航道不足以支持船只通行，港口设施也不足以接收这艘“巨无霸”。然而，经验丰富的广州引航员利用珠江潮汐的变化，把“巨无霸”顺利引回广州改装，使其成为新中国第一艘远洋客货轮，并取名为“光华轮”。1961年，印尼排华严重，中央政府十三次派遣“光华轮”到印尼接运华侨返回中国，让游子们回归祖国安全的怀抱。

时光荏苒，一代又一代的引航员在珠江航道上风里来雨里去，为外洋班轮保驾护航，他们延续了引航人不辍的弦歌。

2006年引航重访广州港的复古帆船哥德堡号，可以说是广州引航人的经典杰作。复古帆船哥德堡号来访靠泊点多、任务紧急、意义重大。为此，广州港务局为保障引航安全，专门挑选了两名优秀引航员和两名优秀的引航科长来负责完成整个引航任务。

7月17日，哥德堡号到达桂山水域，按计划这时候引航员需要上船了。但是，引航员第一次上船处风浪很大，如果交通船强行接近哥德堡号的话，极易碰坏其护舷和护浪板，毕竟交通船是钢板船，而哥德堡号只是一艘木帆船。引航员们权衡再三，决定更换登船方案，交通船将哥德堡号引进避风港区，再换乘小艇登船，这样就能确保哥德堡号安全无损。

7月18日，哥德堡号需要从南沙港区驶往南沙客运港举办欢迎仪式，以哥德堡号的航速计算，整个航程估计要花费两个多小时，可是组委会只给哥德堡号一个半小时的时间。广州港务局引航科通过研究，找到了一条既能节省时间又能满足哥德堡号吃水的小船航道。引航员小心翼翼地引航着，尽量航行直船路，使哥德堡号安全、及时抵达南沙客运港。

更大的挑战还在后头。7月21日，哥德堡号需要驶进珠江前航道，停泊于洲头咀码头供市民参观，这需要经过六座桥梁和五组电缆。其中南石头跨江电缆对外公布的通航高度是二十九米，而哥德堡号桅杆高达四十七米，二者有着整整十八米的高度差。哥德堡号只得主动“变矮”，船员们把可拆卸的桅杆拆卸下来后，还是比二十九米高了零点六米。为了解决这一难题，广州港务局引航科重新估算了哥德堡号的吃水深度及当天的潮汐状况，决定利用潮差来解决这个问题。当珠江水位退到最低时，引航员们立刻把哥德堡号引航过去，哥德堡号最终安全抵达洲头咀码头。

哥德堡号在珠江航道航行了一百四十六海里，引航员们也伴随了一百四十六海里。引航员们凭借着丰富的经验与高超的技术，为哥德堡号逢山开路、遇水搭桥，攻克了一个又一个难题，得到了瑞典政府的高度赞扬。

高级引航员杨毅军让我领略到新时代引航员的风采。1994年，自大连海事大学船舶驾驶专业毕业的杨毅军，来到广州港务局黄埔引航站，成为广州港六十名引航员中的一员。刚到港务局时，杨毅军并不熟悉引航员的工作内容，他先是在拖轮上实习了一段时间。

当了引航员后，杨毅军对这个职业的认知逐渐深入，他越发喜爱引航这个职业。他认为，这个职业具有双重行为，第一重是对外代表国家行使主权，是“水上国门形象第一人”；第二重是保证船舶、港口设施的安全。让他着迷的是，这是一个充满挑战性的职业，几乎每一天的工作都是新鲜的。从业二十多年，杨毅军完全没有相同的引航经历，因为引航涉及的范围太广了，这是天气、潮汐、水的流速、引航的船舶等多方面的综合体。因珠江航道呈狭长形，潮流较急，通航密度大，航道外的水深比较浅，从桂山锚地到黄埔需要八个小时，到南沙港区也起码三个小时，所以珠江航道的引航比其他海港的引航难度大许多。深圳、青岛等港，从锚地登上外轮的引航员直接可以看到码头了。

杨毅军向我回忆了他最难忘的一次引航经历。2013年3月，广州港来了一艘“艾里·马士基号”集装箱船，船长三百九十八米，广州港第一次接卸这么大的二十万吨级大型集装箱船。码头设施能否接纳它？航道条件能否通航？对谁来说都是一个未知数。船公司也想借此机会进行一次试靠泊（船没装货），并对其进行评估，看能否开辟新的航线、拓展新的业务。杨毅军接此任务时也曾一度忐忑，但他最终还是接受了此次引航任务。各港航、港务单位积极协助，对航道进行了交通管制，采取了一些安全措施。在此基础上，杨毅军通过精心准备，把“艾里·马士基号”安全引靠南沙二期码头，圆满完成了超大型船的试靠泊任务，为以后二十万吨级大型集装箱船常态化进出南沙港区打下了坚实的基础。

在航海技术落后的近古时期，引航员是一项极度高危的工作。随着造船技术的提高，引航员的安全性也得到了极大的保障。可是，2020年肆虐全球的“新冠肺炎”疫情，又一次把引航员推向危险境地。杨毅军如此描述目前的工作状况：“我们每次上外洋班轮都必须全副武装，穿着密不透风的防护服最少工作三个多小时，甚至达到八个小时。特别是夏天那几个月，确实非常难受，时间一长就处于脱水状态。但为了引航工作、为了港口生产，我们还是坚持下来了。”新时代的引航员也面临着新的挑战。

海港检疫

鸦片战争后，中国逐渐沦为半殖民地半封建社会，广州港被殖民者所控制，西方国家把他们的先进管理模式引进中国，促进中国国家管理体系的进步，海港检疫制度就是其中一项。

海港检疫的诞生史其实是一部人类的血泪史，是在传染病的数次肆虐、多次教训、人类付出惨痛代价的状况下总结出来的。例如，中世纪的黑死病最早产生于亚洲西南部，经过口岸的交流，在欧洲爆发，让欧洲人口锐减三分之一。这时候欧洲人才意识到卫生检疫的重要性，为防止鼠疫的传播，欧洲开始在港口推行卫生检疫制度。检疫一词源自拉丁文（Quarantum），原意为“四十天”，即要求入境的船舶和人员在锚地停留、隔离四十天。

1851年7月23日，英国、法国、奥地利、西班牙等十一个国家在法国巴黎联合举办了第一次国际卫生会议，会议通过了第一个地区性的《国际卫生公约》，公约有条例一百三十七条。

1856年爆发第二次鸦片战争后，粤海关受英国人控制，英国人在广州港设置卫生检疫制度。国民政府广州市卫生局局长司徒朝在《广州海港检疫所建立经过》一书中记述：“如当时外国船舶进入广州，是由粤海关属下的船务厅办理检疫工作，检疫官则是英国领事馆的一个英国医生。”

辛亥革命爆发后，虽然粤海关税收大权仍然牢牢握在英帝国殖民者手中，但卫生检疫权已回归中国。1926年5月，国民政府成立广州海港检疫所，其隶属于广州市卫生局，这是第一个由中国人自己创办和管理的港口卫生检疫机构。检疫所下设两个检疫站，分别在河南（现海珠区）的南石头和黄埔。自此，国民政府外交部正式通知驻穗各国领事馆，所有前来广州的外国轮船，先由广州海港检疫所进行卫生检疫后，方可进入广州。

检疫权回归中国，让英国心生不满。不久后，一艘英国商轮拒绝由中国人检疫，把船直接开进广州内港，要求由英国人检疫。英轮这一藐视中国主权的行为，激起了政府当局及广州市民的愤怒。广州海港检疫所与罢工委员会发动码头工人拒绝为该轮起卸货物，致使该轮在珠江中抛锚了十多天，该轮最后只能妥协，接受检疫，同时也愿意接受罚款处理。

经此一役，广州海港检疫所声名大噪，各国外轮都不敢小瞧。广州海港检疫所正式得到国际承认。

中华人民共和国成立后，中国海港检疫的水平不断提高，与国际接轨的距离逐渐缩短。21世纪初，中国着手创建国际卫生海港，其中广州港南沙港区成为全球首批通过世界卫生组织认可的国际卫生港口。

2008年4月29日18时，世界卫生组织专家WHO评审组组长丹尼尔先生在南沙大酒店通报对南沙港区的考察结果。丹尼尔先生说："广州港南沙港区达到甚至超过了《国际卫生条例（2005）》所规定口岸公共卫生核心能力的要求。中国为贯彻这个条例已经提前做了大量的工作，并且走在了世界的前列，为其他国家实施《国际卫生条例（2005）》提供了一个很好的模式和榜样，值得其他国家学习，值得我们去推广。"

随后，丹尼尔先生与中方代表国家质检总局卫生监督司陈晓枫司长，分别在《实施国际卫生条例，提升港口核心能力测评报告书》上庄严签字。广州港南沙港区成功创建国际卫生海港，成为了惊动国内、国际的港航，这也是卫生界的国际盛事。

新时期的海港检疫担负着国门卫士的重责。2003年的“非典”、2007年“非洲猪瘟”、2012年的中东呼吸综合征（MERS）、2014年的西非埃博拉病毒疫情以及2020年的“新冠肺炎”疫情都需要检疫人的一双火眼金睛，在货海人海中把感染者和感染物迅速识别出来，避免疫情传播。尤其是2020年的“新冠肺炎”疫情，在冷链环节发现病毒，让海港检疫人员如临大敌。检疫人员不断接受新的挑战，同时也不断挑战极限。

疫情初期，在地方相关防控技术方案尚未出台的情况下，南沙海关就成功处置了某邮轮突发公共卫生事件，经过长达六小时的高强度工作，完成五千余名旅客及船员的出入境检疫排查工作，有效防范了疫情扩散的风险。初战告捷，南沙海关被海关总署授予“集体二等功”，其处理突发公共卫生事件的流程、规范成为全国海关参考范例。

接着，南沙海关针对疫情防控的变化，精准采取水路口岸“外防输入”措施，推行“一船一议一案”，制定“检疫套餐”，首推“旅客通关指尖申报”，启用“码头—船员通道”接驳巴士，与卫建、边检、海事、引航站等相关单位建立“点对点”协作机制，主动担当起服务航运企业的责任。适时把“移动式一体化生物安全方舱”引进南沙港区，为“新冠肺炎”疫情防控开展流行病学调查、样本采集、隔离留验、快速检测等工作，提供可靠的生物安全屏障。

截至目前，南沙海关以“零感染”的成绩在国门一线向国家和人民递交了一份圆满的答卷。以赵醴丽为代表的一线抗疫人员坚守防线、坚持理想信念，共计七十人次获荣誉嘉奖，南沙海关荣获“全国海关系统抗击新冠肺炎疫情先进集体”荣誉称号。

正如原世界卫生组织总干事陈冯富珍所言：“卫生不再是消

耗资源，卫生同样也会产生经济成果，健康是繁荣的基础，卫生工作有助于社会稳定，一个繁荣而稳定的社会符合每一个国家的最大利益。”2020年的“新冠肺炎”疫情恰恰印证了这句话。随新时代的开启而来的是全球性的大疫情，海港检疫站在这一特殊的历史节点，织密筑牢口岸检疫防线，全力维护国门安全。

十二年来，海港检疫与广州港紧密配合，朝着“最大限度地防止疾病在国际间传播，保障安全，同时又尽可能小地干扰世界交通运输和贸易”的双赢目标，砥砺前行。

第二十一章

修堤筑港，设港务局

广州建城两千年，珠江的岸线也发生了沧海桑田的变迁，广州城内珠江段也由原来的海缩窄为江，许多旧景消失，新的景象出现。“南天王”陈济棠推行“三年计划”，大力兴建码头，修筑堤岸，自此珠江堤岸基本固定。从20世纪以来的“港务局”的变迁，可以看出中国航务主权的变化，其行政管理更趋于合理完善。

修堤筑港

外地人来到广州，最奇怪的一件事就是整天听本地人说，“要过海，到海皮去”，仿佛广州真有大海似的。谁知道看来看去就一条珠江算得上大河，但珠江也不过宽几百米，何海之有？广州可以算得上海的地方，也要延伸至三十六海里外的龙穴岛伶仃洋了。

然而，若我们追溯到上几代，广州还真有海。越秀山上有镇海楼，此楼尚在；宋代珠江边也耸立着一座海山楼，此楼背山面海，担负着对外洋客商迎来送往的重任。

广州建城两千年，珠江在广州城外时而行色匆匆，时而闲庭信步，时而虎啸龙吟，展现着不同的风情。那时候的珠江可是江面宽至两千米的大江大河，江中有海岛、礁石，其中就有海印石、海珠石、浮邱石等著名的“羊城三石”，把珠江说成海一点都不过分。古代，广州人把广州城外的珠江称小海，外港黄埔一带称为大海，杨万里就说过“大海更在小海东”。除了杨万里外，还有韩愈可为广州作证，证明广州确实有海存在，他在《南海神庙碑》就说波罗庙前的港湾“海常多大风，将往皆忧戚”。元代，古斗（即扶胥港）也有“自此出海，浩淼无际”的描述。

海珠石的命名来源于一个个美丽的传说，一说是波斯商人重金购得阳燧宝珠（赵佗的陪葬品）投江中而成；一说是外国商人盗他国宝珠，被追讨时珠投江中而得。传说终归是传说，但此石却真实存在，它的位置就在爱群大厦旁边。宋代时，这里是侍郎李昂英的读书处，并建有一座慈度寺，清代时这座寺庙又被称为“海珠寺”。清人沈复也曾游历此寺，并在《浮生六记》中写道：“海珠寺规模极大，山门内植榕树，大可十余抱。”古代评选羊城八景时，海珠石以“珠江晴澜”的美景胜出。清朝时，海珠石还设有海珠炮台，在十三行博物馆就有一幅清代的《海珠炮台风景纸本画》，画中城墙环绕着海珠岛，城墙开有小门，有埠头探入江中。1928年，海珠石被辟为公园。

浮邱石位于城西，隐藏在现在的中山七路底下。当年，浮邱石下有一口水井，名叫珊瑚井，传说东晋的葛洪曾在此井炼丹。宋朝时浮邱石已成风景名胜之地；清代将“浮邱丹井”列入古羊城八景。屈大均的《广东新语》记下宋朝一位名陈崇义的一百二十岁老人，就曾见过浮邱石泊有船只数千。明万历年间，翰林赵志皋在此处建起了浮邱诗社，一大帮文人墨客常聚荔枝树下吟风弄月，好不雅兴。诗人区海目留下墨宝：“此丘往时在海中，三山烟雾晴濛濛。今日丘林带城廓，惟馀海月一片挂长松。”

海印石位于广九大马路与广九三马路的交界处，现在的大沙头码头附近。海印石的得名起源于一段风流佳话。据说古代有几位文人携歌伎游江，一时兴起要为此石岛命名，歌伎以“米斗”等称之，一名王姓的书生乘着醉意思绪飞扬，将石岛比喻成一枚盖在海中的石印。众人拍手叫好，从此“海印”一名流传开来。明万历年间石上筑有海印阁，清嘉庆年间改为京观楼。同治年间，为了加强江防要塞，在此石上设有东水炮台，一说定东炮台。清末时，此石被筑横沙侵吞，完全埋入地下。

随着水流的冲刷和泥沙的堆积，珠江河道缩窄，逐渐由“海”变成了“江”。广州城及珠江堤岸都经历了漫长的演变历程。

秦代（前214年），建番禺城（又名任嚣城），范围东起今仓边路，西到今北京路，北到今越华路，南抵今中山四路。秦代造船遗址就位于中山四路，可见当年的中山四路就是珠江的河岸。

南越国，在任嚣城的基础上有所扩张，南越王在秦代造船遗址上建宫署花园，证明秦国时的深水船坞已成陆地，这时候出现的码头有泥城，这个码头直到鸦片战争都还在使用。

汉代，在原南越国的旧都上重新筑城，比原来略有扩大，广州城“负山带海”，可“睹巨海之浩茫”。那时从清远到广州，可沿白泥河顺流而下，一天可到。

晋代，出现了一个坡山古渡，在今惠福西路，古渡旁边的“仙人脚印”有明显的海蚀痕迹，可见当时的河岸就在坡山脚下，距离现在的江岸约一千一百米，珠江面阔一千五百米。晋以后，珠江岸线以每年六十厘米的速度向珠江推移。

南北朝，达摩祖师东渡，在西来初地登陆结庐。西来初地在今康王路华林禅寺前面，距离现在的江岸约九百米，珠江面阔一千三百米。

隋朝，江面南移至杨仁里一线，距离现在的江面八百米，江面阔一千二百米。

唐代，修建新南城，广州城东至今德政路，西至今教育路，南至今北京路中段，北至今越华路。江岸在光塔路、大德路、文明路一线以南，距离现在的江面七百米，江面阔一千一百米。最明显的标志是坐落在怀圣寺的光塔，那是番舶的航标，有旋梯可登塔顶平台。《羊城古钞》记载：“每岁五、六月，番人望海舶至，以鼓登顶呼号，以祈风信。”

宋代是广州大建城的一个朝代，自庆历三年（1043年）也就是“滕子京谪守巴陵郡”的前一年开始，在原南汉宫城的基础上扩建子城，修筑东西二城；南宋时修筑东西雁翅城。整个大城的范围为：东到文德路，西到人民路，北到越华路，南到一德路、万福路一带。修筑六脉渠是宋代广州城卓有成效的水利工程。宋代，由于西江的地理变化明显，沙泥淤积较迅速，珠江的岸线南移也比前朝加快了速度。宋初珠江岸线在西关涌、玉带濠一带，以第十甫的南海神庙为证，今已成为广州酒家总店，距现江岸五百米。到了南宋末年，就已南移至一德路，距现江岸只有三百五十米了，珠江面也压缩到七百五十米。宋朝也是珠江三角洲形成的重要时期，特别是赵宋朝廷南迁损失了大半国土后，围垦囤田就更加迫切了。那时候，海珠石离南岸比北岸近多了，哪想到吞没它的竟然是北岸而非南岸。

元朝，广州城建几乎没什么进展，江岸继续缩窄。

明朝把广州城修筑之事提上议事日程，把宋时的东、西、子城等三城合一，扩建广州城，增筑北城。广州城北至越秀山，在山上修筑了城墙以及“极目楚天舒”的镇海楼，城南到了一德路、万福路、康王路。此时的广州城不但北岸南移，南岸也北移，开始出现了少量沙洲和沙滩，河南的鳌洲（今鳌洲码头的位置）也已形成。扶胥港到了明代也就完成了它的使命，现在还遗留了一段总长为一百二十五米的明代码头遗址，这是扶胥港作为港口时间最晚的证据，其后被黄埔古港彻底取代。

到了清代，江岸已到了十三行，也就是现在的文化公园。此时，珠江阔达五百米。那时的珠江堤岸泊满了花艇、渔船、舢舨、横水渡。《浮生六记》的作者沈复就曾随亲戚到广州“揾食”（做生意），虽有情深意笃娇妻芸娘，沈复也依然到珠江边坐花艇、喝花酒、找相好。沈复生于乾隆年间，正值广州一口通商之时。他在作品中如此描述当时的珠江堤岸盛况：“于是同出靖海门，下小艇，先至沙面。妓船名‘花艇’，皆对头分排，中留水巷，以通小艇往来。每帮约一二十号，横木绑定，以防海风。两船之间，钉以木桩，套以藤圈，以便随潮涨落”，又曰，“一轮明月，水阔天空。纵横如乱叶浮水者，酒船也；闪烁如繁星列天者，酒船之灯也。”在沈复笔下，珠江两岸乱中有序，别有一番景致和风味。

民国时期，珠江的淤积越发严重。1928年海珠石离北岸还有三十米，然而到了1931年，海珠石就已并入北岸了。1933年，“南天王”陈济棠推行“三年计划”，大力兴筑码头，洲头咀码头就在那时兴建；同时炸毁海珠群礁，修筑海珠堤岸、河南堤岸，疏浚航道，使广州港的吞吐能力有了较大的改善和提高。

自此，广州城区珠江堤岸基本跟现在一致。珠江最窄处只有一百八十米，这一段就是沿江西路到滨江西路的江段。江水从宽阔的白鹅潭顺江而下，仿如从喇叭口一下子进入了漏管中，江水特别湍急。

随着珠江堤岸的变迁，古代的许多名胜古迹都已埋在广州城下，如太平烟浒、药洲春晓、珠江晴澜、浮邱丹井等赫赫有名的景区都已消失在历史的长河里。广州市内许多地名都被冠上了涌（东濠涌）、濠（濠畔街）、沙（太平沙）等字样，明显带有水的痕迹。几位广州本地的艺术家都曾透露，濠畔街与南华西街都曾是河涌，曾经是不同时期的广州“秦淮河”。

设港务局

在上一章《海港检疫》中提及“船务厅”这个机构，它有检验检疫权，隶属于粤海关，曾一度被英国人掌控。除了船务厅，还有一个理船厅，其职能与船务厅有所不同。据《交通史航政编》介绍：“港务司即理船厅，所掌职务为指定泊所，建筑码头、驳岸、稽查出入船只、考验船员证书、勘量轮船吨位、检查浮标、指示航路、选用领港、管理火药暨爆裂物储藏所、防疫所、守望台、水巡等项事务。”

“南天王”陈济棠当政后，于1932年收回了粤海关理船厅，并于同年11月成立广东全省港务管理局，完全履行原理船厅（港务司）的工作。《广州年鉴》（1935年版）提到广东全省港务管理局的职责是“赓续办理丈量、检验船舶及发给牌照等事项”。这是由中国人自行设置的首个港口行政体制，是广东省“港务局”名称的最早由来。

据《广州港史》记载，广东全省港务管理局上设局长，局长之下设秘书一人，设技正、技士、技佐各数人，连其他办事人员在内，共二十九人。港务局下设管理课、总务课。管理课职掌港湾、避风塘、码头、疏浚、测量、指泊、水上标志、考核、取缔检验丈量给发牌照、考验及裁判奖励。总务课职掌考成、文书、保管、典守印信、收支、卫生、统计及局内一切事项。此外，港务管理局还设有广东航业防卫管理处（由原广东内河航业联防办事处改组而成）。

除了以上机关职能部门外，广东全省港务管理局还有潮汕和琼崖两个港务分局，接管当地海关的量船、验船事务。1933年7月，还成立了一个航海讲习所，后改名为航海学校。

本来，广东全省港务管理局还要增设江门、北海、九龙、拱北、三水、汕尾六个港务分局，后因各种原因未能成事。而中山、江门、阳江、钦廉、陈佛、北江、西江、东江等船务管理所依旧直属建设厅，实际上广东全省港务管理局管辖的范围仅限于省河（即广州港水域），可以说广东全省港务管理局是广州港务局的前身。

在这一时期，英殖民者掌管的粤海关仍然对原理船厅的两个重要职权——航道管理和船舶指泊紧握不放。

据《广州港志》介绍，1936年，国民政府又成立广州航政局，接管广东全省管理局，并把管辖范围扩大至广东、广西、福建，包括东江、西江、北江等整个珠江水域的航政，并直接负责广州珠江段的行政管理工作。

中华人民共和国成立后，珠江航道的所有主权都收归国家所有。由于国家初建、百废待兴，行政管理体系均处于摸索阶段，陆续出现了交通部广州区航政局、交通部广州区港务管理局、珠江航运管理局广州港务局、珠江航运管理局广州港务管理局、珠江航运管理局广州港港务局、广东省航运厅广州港务局、广州港务局、广州港务管理局、广州黄埔港务管理局等航运管理机构，受交通部和广东省双重领导，以交通部管理为主，行政管理与生产经营一肩挑。

1987年，交通部、广东省下放管理职权，把黄埔港、广州港两个港务管理局合并为广州港务局，并受广州市直接管辖，依旧是行政管理与生产经营一肩挑。

2004年2月26日，广州市政府响应深化国家机构改革的号召，实施政企分开，把广州港务局行政管理职能与原广州市航务管理局合并，成立新的广州港务局，行使对港政、水路运输行业和广州港航道的管理职责。由广州港务局改制成立广州港集团有限公司，以承接原国有公共装卸码头和港航服务企业的经营管理工作。

从当年的市舶使、市舶司到粤海关，再到现在的港务局，这是一条跨越千年的行政管理轨迹，这条轨迹将随着社会的发展进步而不断延伸。

第二十二章

海珠桥毁，大沙头忆

国民党军队败退前炸毁海珠桥，是广州港的沉重灾难，命运多舛的海珠桥是广州城的丰碑，也是广州人的精神图腾之一。中华人民共和国成立后，四十多家私营船务行联营，成立大沙头客运站，1956年3月完成公私合营，大沙头码头从此开启了“水上白云机场”的辉煌时代。半个世纪以来，大沙头经历了辉煌、式微、重生，也承载了几代人的美好记忆。

海珠桥毁

与日军投降前在珠江河道布满水雷的做法类似，国民党军败走前炸毁了广州珠江两岸唯一一座铁桥——海珠桥，还接二连三做了许多炸船毁港之事。珠江成了国民党军的出气筒，广州港作为当时的主要交通命脉，承载着深重的灾难，很长一段时间内千疮百孔、元气大伤。

据《广州解放记》一书记载，1949年10月14日傍晚6时左右，国民党军队把华南最大建筑物海珠桥炸毁了。邻近其他建筑物亦惨遭破坏，许多居民及行人无辜受难。

据后来统计，炸毁海珠桥时殃及的市民有四百多人，桥下的民用船舶沉没了一百多艘，震损房屋达到数百间，总受灾人数达到三千多人，此次炸桥事件破坏力极大。

负责这次破坏行动的是广州卫戍司令李及兰，他派遣军队和便衣特务用汽车运载黄色炸药一百箱，放在海珠桥墩及桥梁的接合部。就在解放军即将进城之际，国民党当局在没有疏散民众的情况下，引爆了炸药。我们从遗存的老旧片中可以看到，当时的海珠桥被火海包裹，一大团黑色的硝烟腾空而起，海珠桥旋即断为几截，中孔钢梁沉没，南北两孔大梁折断，东南和西北桥墩皆被炸毁，那场面不忍卒看。

国民党军在撤退时并不认为共产党能在两三年内把海珠桥修复通车。然而，新中国继续推行“一切依靠群众”的方针，只用了一年时间，就由衡阳铁路局第三桥梁队修复了海珠桥。1950年11月7日，海珠桥得以复通。新中国人民自力更生，把海珠桥修复得跟原桥大致相若，重新连接起了广州珠江南北两岸的交通，按当时的技术水平和物质条件，这是了不起的成果。

海珠桥的建成不得不感谢一个人，他就是“南天王”陈济棠。在他主政广州期间，他大力发展经济，做好基础设施的建设，广州港也呈现出短暂的繁荣。

广州建城两千年来，城市中心一直在珠江北岸（简称河北）。自“一口通商”后，地广人稀的珠江南岸（简称河南）才成为广彩作坊、行商仓库的聚集地。南北两岸人口和经济发展天壤之别，广州一直流行这样一句话：“宁要河北一张床，不要河南一间房。”虽然，历史上记载河南曾有杨孚井、伍浩官花园、江太史公馆等，说明也有名人巨贾在此安居置业，但毕竟仍属少数，河南仍然属于落后偏僻的城郊。一口通商时期，清政府规定洋人的活动范围，在珠江划船游乐都是不允许的，每月只允许三天到花地或河南的海幢寺、琶洲塔、海鳌寺等地游玩。

民国时期，河南的地方工商业已经比较繁盛，特别是太古仓、大坂仓等码头已在河南落地生根，没有桥梁物资的运输极为不便。在这样的背景下，广州国民政府就产生了建桥的想法。陈济棠主政广州后，看到了河北发展的局限性，意图用一座桥梁贯通南北两岸，把经济和人口逐步南移，从而促进了桥梁的兴建。选择海珠桥这个位置也是有讲究的，这正是广州城的近代中轴线，即越秀山镇海楼—中山纪念堂—市府合署楼旧址—人民公园—起义路—海珠广场。海珠桥的建成相当于把这条中轴线延伸至河南，让所谓的“龙脉”跨过珠江，把福泽延绵至更广阔的珠江南岸来。

国民政府当年雄心勃勃，打算建五座跨江大桥，分别是海珠桥、西南大铁桥、西堤大铁桥、增埗河钢筋混凝土桥及濂泉坑桥。

最后，除了海珠桥建成外，其他四座桥都不了了之，但在那个狼烟四起的年代，建成一座海珠桥已实属不易。

陈济棠上任后，于1929年11月动工兴建海珠桥，交由美国慎昌洋行来承办，马克敦公司建造，总造价约一百〇三万两大洋，于1933年初落成，桥身长六百英尺，桥面宽六十英尺，是广州市首座跨江大桥。海珠桥于1933年2月15日正式通车，沟通了南北两岸的陆路运输渠道。海珠桥的建成让物流更顺畅，人、物通行不用过多受制于天气因素，如果只依靠渡船，一场大雾的降临就使得南北两岸无法通行，更不用说台风天气了。海珠桥是一座中跨开启式的铁桥，仿照英国伦敦的塔桥样式建造，开启和闭合一次约五分钟，以利于大型轮船从桥下通过。

不过这海珠桥实在命途多舛。早在1938年日军对广州狂轰滥炸时，海珠桥就被炸得伤痕累累，连桥体的开合器也被震坏了。不仅如此，日军还把整套开合器的设备都盗走了。自此，海珠桥再也无法开合，大船也就不能通过，以致广州港所有大型船舶都不能通行珠江前航道。

海珠桥继1950年修复后，于1974年扩建，又于1995年加固、维修，它既承担着繁重的交通任务，又是横跨在珠江上的一道亮丽的双彩虹，桥上的彩虹光带倒映在水中，随着波纹摇曳生姿。

时至今日，广州珠江南北两岸已架起了近二十座桥。虽然其他桥的结构稳固性、承担的交通要务都远胜于海珠桥，可是，海珠桥存在的意义却非比寻常。它是广州城的丰碑，也是广州人的精神图腾之一，它的地位无可替代。

大沙头忆

大沙头，承载了我儿时的广州记忆。

儿时到一趟广州来，确实是一段异常艰辛的旅程。江门至广州的轮船，途经大鳌岛的上百顷村。要坐船到广州，往往要请人用自行车载我们到上百顷村的码头。远远看到灯火闪烁的轮船驶过，我们乘坐着横水渡在黑暗中朝着船火急促驶去，横水渡鸣笛示意，追上大船。大船伸出一块一尺宽的木板搭在横水渡上，乘客们提着行李，颤颤巍巍地走过木板，木板随着海浪在脚下晃来晃去，心也随之晃荡，生怕一不留神就掉进海里，那个险象环生的情景至今想来仍心有余悸。这时候，胳膊比我的大腿还粗的水手，就会一手把我搂住，抱上船来。

上得船来，我们随服务员走到舱底（四等船舱），找到自己的铺位安顿下来。船舱就是一个大通铺，中间一个过道，两边是床铺，每个铺位用木板相隔，写着编号。父母的铺位通常是相邻的，他们就把中间的木板抽开，我和他们挤在两个床位上。上得船来父母便催促我赶快睡觉，上船的时间大约是晚上9时多，他们生怕我次日叫不醒呢。

第二天清晨4时多，船便靠泊在大沙头客运站。此时，服务员会把乘客叫醒，做好上岸的准备。5时过后，大沙头码头陆续有人上班，水手便把我们放出船舱，乘客鱼贯而出。此时的我被父母从梦中叫醒，睡眼惺忪地被拽着跟在大人的屁股后面。我们上得岸来，天还是黑沉沉的。我们被安排在大沙头的候船室内坐着。过了一会儿，东方吐出一丝鱼肚白，把黑幕撕开了一道明亮的口子，咸蛋黄似的太阳从天边冒出头来，金色的霞光映照着珠江水面，如跳动的金子。6点钟，公交车站铃声响起，大沙头公交站的一辆辆拖着黑色长辫子、铰接得如手风琴风箱似的公交车启动了。乘客们一个接一个地在围好的铁栏处排好队，走向各自的目的地。街上也突然喧闹起来，卖早点的、卖菜的、倒夜香的……吆喝声与自行车的咣当声交织在一起，这是大沙头一天喧哗的开启，也拉开了20世纪80年代初的广州一天的帷幕。

位于西堤的南方大厦是四乡客奔赴的目的地，也是我儿时来广州到过最频繁之处，几乎每次到广州都要来逛一逛。父母说我小时候是个挺能走路的人，五岁时，就可以从南方大厦走到大沙头码头，全程约七里路，坐公交车也得四站路程。这一段路相当于从人民桥至海印桥，其间经过解放桥、海珠桥、江湾桥，现在让我从人民桥走到海珠桥几乎要了我的命。沿着长堤从南方大厦一路走到大沙头，沿途有许多老式的冰室，走累了、口渴了，父母便带我走进冰室来，要上一杯一角钱的冰水。父母心情好时，还会奖励我一个五毛钱的五颜六色的雪球。那种甜滋滋、冰冰爽爽的感觉让我记了将近四十年。现在的雪糕显然比当年的高级得多，但我还是怀念儿时的味道，觉得当年的冰水、雪球最好吃。

因缘际会，后来我又跟大沙头扯上了一丝几缕的关系。我的两位好朋友林雪霞和陈淑娴就是大沙头码头的老员工，一次茶聚，她们给我聊起了大沙头的前世今生。

早在20世纪20年代，大沙头不是码头，而是一个军用机场。那时的孙中山主张“航空救国”，在大沙头设立航空局，把从美洲筹款所购的数架飞机运至大沙头，建立航空基地。孙中山和宋庆龄就曾在此与飞机留影。

中华人民共和国成立后，当时四十多家私营船务行于1954年组成联营，成立大沙头客运站。1956年3月完成公私合营，由交通部广东省航运厅直接管理。大沙头码头从此开启了“水上白云机场”的辉煌时代。

其时，广州有四大客运站，一个是洲头咀港澳客运站，走海南、香港、澳门等航线，海南航线航运的船只是红卫船，属海运局经营，港澳航线由广东省航运厅港澳航运公司经营；一个是西堤客运站，主要行走于广州周边短线，如番禺大石、南沙黄岐等地；一个是大沙头客运站，走省内的长线以及广西的梧州、桂平等地，运营的船是红星船，俗称“花尾渡”；还有一个是黄埔客运站。因大沙头客运站地位超然，由交通部直辖的广东省航运厅直接管理。那时候的大沙头客运站还承担着长途航运中转的任务，出海的大船从黄埔客运站出发，乘客就从大沙头客运站用红星船接驳至黄埔客运站，再从黄埔客运站出发至青岛、大连等沿海城市。

20世纪80年代，中央管理职权下放地方，于1987年成立广州市港务局，大沙头、洲头咀客运站归港务局管理经营；西堤码头归属广州市客轮公司，主要经营过江轮渡业务。这样的经营格局一直沿用至今。

林雪霞自述，她自知青招工到广东省航运厅后，一直在大沙头客运站工作，80年代末至90年代初担任大沙头客运站站长。她一路见证了珠江内河客运的鼎盛与式微。广州市一直以来实行港航分家，大沙头客运站是站场的功能，收入来源于船舶的码头靠泊费和船票售卖代理费。那时候的大沙头客运站每天的客运量达到五千至六千人，到了年节、暑假时更是人山人海，把大沙头客运站围堵得水泄不通，如陈淑娴所说“从早上5时做到次日零时，衣服从没干过”。

林雪霞说，那时候的安全责任真大啊！为了不出安全事故，每遇大时节，就得协调水上派出所和广州港派出所派警力维持秩序。在那个陆路交通极不发达的年代，水路几乎是四乡人出省城的唯一路径，他们真把大沙头客运站看成省城的“家”了。他们每出一趟门都很不容易，往往大包裹小包、大筐套小筐。有的乘客背着娃娃、肩挑扁担，看着都觉得累；有的老人路都走不稳，还挽着一大篮子的贡品，走过一米宽的浮桥，真让人捏一把汗。他们在实践中逐步改善安全措施，如改建浮桥，在桥两旁加上扶手，桥下放了个网兜，防止乘客落水。

遇上台风、大雾天气，大批乘客滞留在大沙头客运站，吃喝拉撒睡都在客运站，连办公室的楼梯都坐满了乘客。这时候怎么办呢？做好乘客的服务是关键。客运站厨房开足马力不停地烧开水，保证二十四小时开水不断；港务局的所有管理人员都得来支援，帮忙售（退）票、扶老携幼；共青团员索性摆起了摊，为乘客义务理发、义务车衣、义务修理钟表，解决了乘客的迫切问题。客运站还设立了医疗点，备有仁丹、保济丸等应急药物，还有糖果、饼干等食物，以备不时之需。

1993年以后，“高速公路”出现的频率越来越高，这意味着内河的航运业务逐渐萎缩。随着沿江高速公路的建成，到梧州、玉林的航线最早被取消。大沙头客运站迅速辟出一个站场，供长途汽车客运用，有班车开往梧州、桂平、玉林、贵港等地，每天客流量达一万人次。其他内港航线的客源也少了许多。但是，有两个节日可以把客运站撑起来，一个是大家都想到的春节，另一个是只有少数人想到的龙母诞。

龙母据说是战国时期南方百越先民（仓吾部族，远古九黎的一支）的一个女首领，她与南海神、北帝、妈祖并称为南方的四大水神，人们在珠江流域兴建龙母庙供奉龙母，被奉为祖庭的是广西梧州龙母庙和广东肇庆德庆龙母庙。德庆龙母庙始建于秦汉时期，已达两千年历史，是全国最古老的庙宇之一。每年的农历五月初八为龙母诞，可是，各地的信众从五月初一就开始赴德庆悦城拜祭了。信众们抬着乳猪、鸡、苹果、大香等贡品，手里特意拿着风车，待船开到江面后，把风车伸出护栏，江风把风车吹得呼呼直响、转个不停，寓意一帆风顺、转了大运。这时候，船上会备一串鞭炮，乘客们争先恐后地来抽签，渴望抽到“头柱炮”，图个大吉大利。船到达悦城后，信众们鱼贯而出、逶迤而行，直奔龙母庙。

林雪霞也曾随船到龙母庙，并出于好奇去看看信众们的拜祭。龙母庙最吸引信众的是那张龙母床，床上摆满了莲子、花生。信众们总会第一时间去摸一摸龙母床，揣一点莲子、花生进衣兜里，祈求早生贵子、儿孙满堂。由于信众过多，寺庙在龙母像前放了数列的墩。信众们一列列地跪着，把贡品摆在面前，点燃手中一大扎香，不停地叩头跪拜。突然“哎哟”一声尖叫划破虔诚的安静，一个女信众用手捂着热辣辣的屁股，怒怼后面的信众，在她后面的信众猛然觉醒到自己闯祸了，手里点燃的香烧着了别人的裤子，那裤子顿时穿了一个洞，女信众的皮肤被烫红了。闯了祸的信众只得一个劲地赔不是。祭拜时，整个大殿烟雾腾腾，几乎看不清人的面容，有的人被烟熏得直掉眼泪，有的人被烟呛得咳个不停。直到傍晚，大家才依依不舍地返回返程的船上。信众们你望望我，我看看你，不禁会心一笑。他们要多狼狈有多狼狈，头发蓬乱、灰头土脸，衣服的下襟或者裤子的屁股处被烧出了一个个洞。可是，他们兴致异常高涨，因为在龙母面前祈了福，心安理得。

我最后一次坐船到广州是读高中一年级，大学四年基本上是坐汽车往返广州了。大三那年，广州与新会开通了高速长途大巴，从广州到新会只需要一个半小时车程，确实方便、快捷多了。工作后第二年的春节前夕，听闻大沙头客运站宣布停止内河航运业务时，我登时唏嘘不已，一股失落感袭上心头。大沙头印下了我踏入广州的第一个脚印，是我童年魂牵梦萦的地方，那时候最渴望的事就是出省城见世面了。

内河航运业务停止后，大沙头把原来的客运大厅改建成商铺、酒楼等出租，也算是寻得一条出路。直到2010年亚运会前夕，大沙头码头升级改造为游轮码头，做回老本行的大沙头码头如鱼得水，年接待游客量高达一百万人次，老码头焕发出新活力。

现在的大沙头码头就是一个临江公园，跟林则徐纪念公园融为一体，据闻这里是东炮台的遗址，当年林则徐三次在此销毁鸦片。人们都记住了虎门销烟，却不知道大沙头也曾是销烟的地方，也曾是抗击列强的英雄之地。

沿着珠江堤岸漫步在郁郁葱葱的大榕树下，一河两岸的美景尽收眼底。多座跨江大桥飞架南北，珠江两岸高楼对峙，现代化大都市的气息扑面而来。

但我的思绪还是一下子飘回三十多年前，我随父母登上客船，庆幸买得三等舱的船票。我依偎在船窗前，看到夜幕下的大沙头灯火璀璨。开船了！大沙头渐行渐远，我却生出了无限的依恋，这是我记忆中最美的大沙头。

第二十三章

兴广交会，叙琶洲情

1957年春首届广交会开幕，广交会是改革开放前中国开展对外经贸活动的唯一渠道。六十多年以来，广交会四易展馆，不断创新形式。它是一面镜子，既映照出中国产业结构的发展脉络，也是中国技术发展历程的见证者，在中外贸易史上具有举足轻重的地位，是广州两千年商脉在当代延续的具体形式。

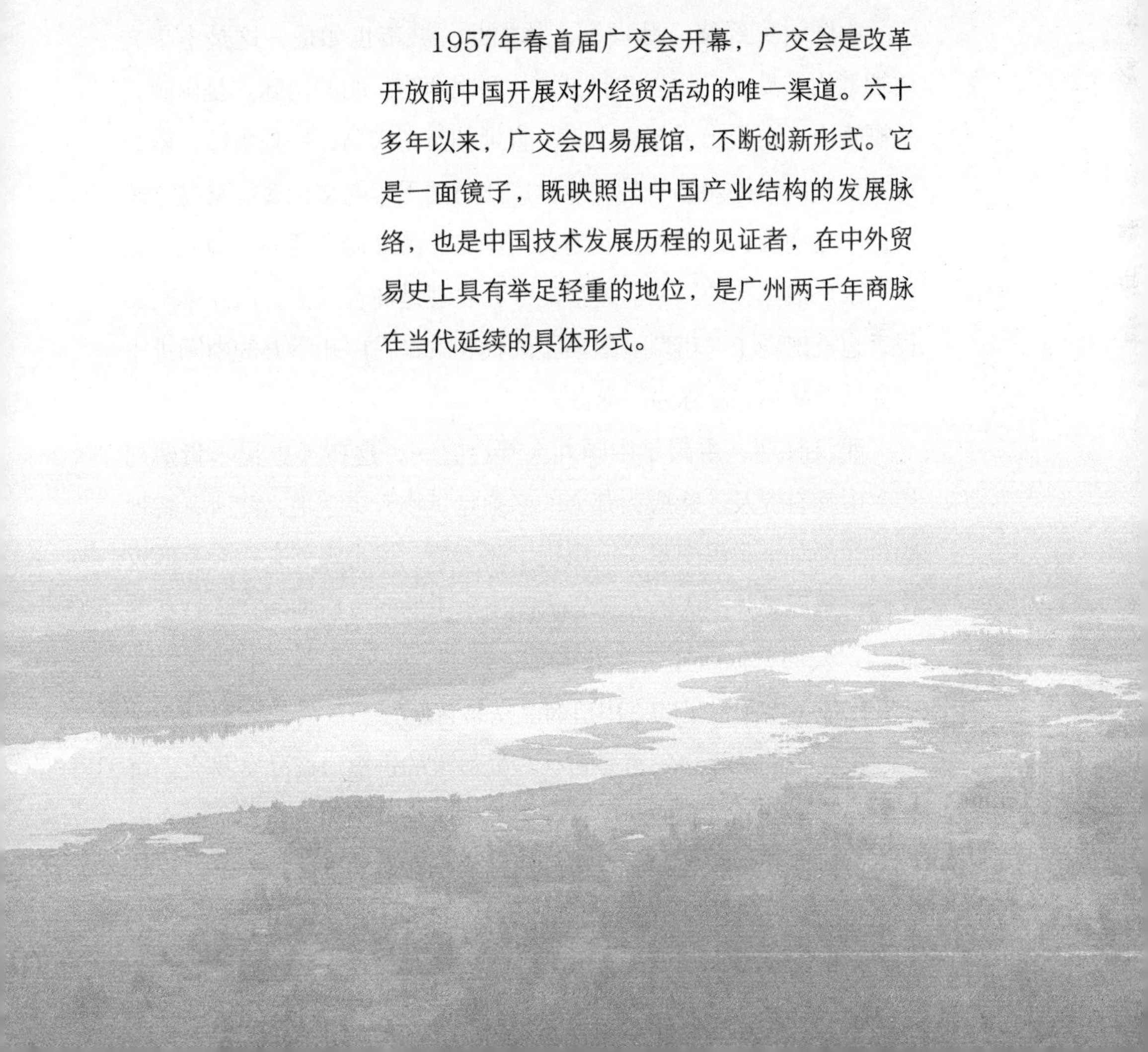

兴广交会

放眼世界，能够繁荣两千年而不衰的城市屈指可数，广州是其中之一。是什么力量支撑广州繁荣昌盛了如此久远，而依然是世界东方大都市？我们不妨来一番追根溯源。

中医讲究经络、脉理，人体如此，城市也如是，这是中华文化智慧的结晶。广州有四脉支撑，两明两暗。明的两脉一是山脉，从帽峰山—白云山—越秀山，一直延伸至龙穴岛；一是水脉，就是珠江水系。暗的两脉一是文脉，广州历两千年的文化底蕴与文化传承；一是商脉，延绵两千年的海上丝路、海外通商贸易。商脉是让广州繁盛最直接的因素。繁盛的外在表现是商贾云集、商品琳琅满目，也就出现了“市”。最典型的代表就是在广州举办的中国进出口商品交易会，简称为广交会。

西汉时期，番禺是中国九大都会之一，这在《史记·货殖列传》中就有提及。能成为都会的必须是货物云集之地，此时，各地的货品都拿来番禺交易，已出现了犀、象、果布等外来物品。西汉广州已出现了外国人的身影，大元岗出土的西汉后期的“托灯胡人俑”，人俑看似西亚、东非人种。外国人、外国商品出现在市集上，形成了中国最早的进出口商品交易会。

贸易季的清代十三行是古代规模最大的进出口商品交易会。每年贸易季来临，沉寂的十三行突然热闹起来。不消一会，临时仓库就在商行前架设起来，各色各样的商品就在棚架下进行交易，全国的客商也蜂拥而至，如蒋兴哥、秀峰、沈复之流，乘机发一笔财。借这古代的交易会盛况，各种服务人员也围拢过来忙得团团转，搭棚的搭棚、摆摊的摆摊、搬货的搬货、撑舢板的撑舢板，各自“揾食”（赚钱）。当然，还有一圈花艇围着码头，船头站着个“梳头婆”（鸨儿），头用银丝为架，以长耳挖插一朵花在鬓上，躬身笑迎天下客。

鸦片战争后，洋人用他们的坚船利炮从清政府手上夺去了海关主权，广州的商脉也元气大伤，而且伤了整整一个多世纪。

刚成立不久的中华人民共和国，百废待兴、一贫如洗，西方国家对新中国实行“经济封锁，货物禁运”政策，内外交困的新中国迫不及待地开展外贸活动。1951年，在十三行遗址（今广州文化公园）举办“华南土特产展览交流展销会”，这次展销会成为了广交会的先声。

1957年春天，第一届广交会在广州原中苏友好大厦举行。那时的全名是中国出口商品交易会，周恩来总理亲自定下展会的简称为广交会。早在半年前，中苏友好大厦试办了为期两个月的中国出口商品展览会，这次试展可作为广交会的前身。

首届广交会由十三个专业外贸总公司组织交易团参展，展示商品一万多种，共有十九个国家和地区的参展商到会。他们来自中国香港、中国澳门，以及日本、新加坡、马来西亚、印度尼西亚、泰国、缅甸、柬埔寨、老挝、南非、毛里求斯、新西兰、加拿大、澳大利亚、英国、比利时、法国、叙利亚等地，共计一千二百二十三人。1957年春秋两届广交会成交额一举达到八千六百八十六万美元，占当年全国创收现汇总额的百分之二十。其中港澳采购商就来了一千〇二十一人，占采购商总数的八成以上。往后，随着国外采购商的不断增加，港澳采购商占比有所下降，但始终保持着第一客源地的纪录。

毋庸置疑，广交会的诞生是一个伟大的创举，由此打开了一条新中国通往东南亚乃至全世界的经济贸易通道。广交会被誉为“友谊的纽带，贸易的桥梁”，是改革开放前中国开展对外经贸活动的唯一渠道。

中苏友好大厦展馆建筑面积一万八千平方米，展出面积九千六百平方米。相对来说，这个展厅确实小了点，但在中华人民共和国成立的时候，能找到这样一个地方已实属不易。所以在此展馆只办了两届，从第三届起广交会迁移至侨光路陈列馆。

侨光路陈列馆比中苏友好大厦展馆稍大一点，展馆使用面积可达到一万三千平方米，但对于如此大型的国际化展会来说，还是显得逼仄。广交会在这里举行了三届，从第六届起就迁移至起义路陈列馆。侨光路陈列馆最值得纪念的是由陈毅亲题广交会名称。

起义路陈列馆占地面积一万九千平方米，总建筑面积四万二千平方米，展馆使用面积三万四千五百平方米，是侨光路陈列馆的两倍多。在这里一共举办了二十九届广交会，自1959年至1973年。然而，仅仅过去四年，展馆摊位供给又紧张起来了。于1963年和1968年，海珠广场周边的场地先后调拨给广交会，展馆面积增至近五万平方米。

从1959年至1978年，即改革开放前，广交会处于成长期。那时的广交会主要作用是拓宽了我国对外贸易的渠道。新中国在国际社会层层围追堵截的情况下，每走一步都显得异常艰难，达到年成交额突破四十亿美元，这是非常不简单的事情。在那个特殊的年代，广交会为国家出口创汇和经济建设做出了巨大贡献。从组织领导、办会模式、外贸政策、成交方式、客户邀请、接待服务、展览宣传、队伍建设等方面，广交会探索出一种具有中国特色的展会形式。广交会初创阶段开拓出两个模式，一个是开创了外贸部、广东省双重领导的组织领导模式；另一个是形成了看样成交、展谈结合的贸易方式。

随着基辛格、尼克松相继访华，中美邦交走向正常化。第三十一届广交会（1972年春）向三十八户美商发出邀请，有四十二名美商应邀到会，这是中美贸易中断二十年后美商首次到会。从此，美国成为广交会来自发达市场的最大客源国。这是起义路展馆最值得铭记的一届广交会。

中美贸易是有其历史传承的。美国曾一度十分期待中美贸易。在美国独立没多久的1784年，一艘海军服役的帆船被改造为商船，命名为“中国皇后号”，从美国纽约起航，航程一万三千英里，用了六个月零六天才艰难地抵达广州黄埔古港，到达后“中国皇后号”兴奋得鸣礼炮十三响（代表当时美国的十三个州）。“中国皇后号”格林船长郑重其事地写下手记：“‘中国皇后’号荣幸地升起了在这海域从未有人升起或看见过的第一面国旗！这一天是1784年8月28日。”“中国皇后号”开拓了中美贸易的先河，被载入了中美交往的史册。

随着新中国建设的日新月异，广交会场日渐捉襟见肘，又得重新规划新的展馆。1972年10月，位于流花路一百一十七号的新展馆开始动工兴建，1974年4月落成，随即第三十五届广交会在此举办。流花路展馆建设初期占地面积九万八千平方米，建筑面积约十一万平方米。后来也经过多次扩建，最终建筑面积达到了十七万平方米。流花展馆举办了第三十五届至第一百〇三届，共六十八届广交会，到2008年完全迁往琶洲后才完成它的历史使命。

流花路展馆有一届广交会也应载入史册，那是1980年春第四十七届广交会。根据外贸部指示，可同来自港澳地区和旅居海外的华商，洽谈大陆与台湾地区之间的贸易。从这届广交会开始，广交会首开对台贸易，台湾同胞们自1949年后终于可以投入祖国的怀抱。这对于台商来说，如同久旱逢甘霖，他们非常踊跃，参展客商逐年递增。2019年第一百二十六届广交会，到会台商达到五千九百七十五人，超过会采购商总数的百分之三。

改革开放后，广交会广迎天下客，逐步形成了以中国香港和日本、欧盟、美国为主，周边国家和地区为辅的客商结构格局。

叙琶洲情

五百年前耸立在珠江边的琶洲塔，引领着千千万万的海船停靠在黄埔古港，来自世界各国的商人纷至沓来，云集在琶洲黄埔古村前面的港湾，交易着各自所需、各自所爱的商品。这样的盛况延续了三百年，之后琶洲一度消失在人们的视线外。

沉寂一百五十年后，琶洲又作为商品聚集地而再次崛起，延续着它的历史使命。2003年10月，第九十四届广交会首次试用琶洲展馆部分展厅。2004年4月，第九十五届广交会琶洲展馆一期工程全面使用。

2008年9月，第一百〇四届广交会整体搬迁至琶洲展馆，这是广交会第四次迁址。新落成的广交会展馆位于珠江南岸，占地面积超过八十万平方米，总建筑面积超过一百一十八万平方米，分ABC三区，室内展厅总面积达三十三万八千平方米，室外展场面积四万三千六百平方米，配套面积约八十四万平方米，是世界最大的现代化、智能化国际展览中心之一。

在世界知名的展会中，广交会到会采购商人数众多，国别地区最广，凡与中国有贸易往来的国家和地区，几乎都有采购商与会。广交会综合性与专业性兼具的特色，在世界范围内是绝无仅有的。它具有十六大类商品、五十个专业展区、一百二十四个展品专区，品种极其齐全。外商参加一个广交会，就等于走遍了全中国，采购相当便利。2011年第一百一十届广交会，到会采购商来自二百一十个国家和地区，共计二十多万人，创下了新的纪录。

广交会是一面镜子，既映照出中国产业结构的发展脉络，也映照出中国技术发展历程。广交会从最初的手工艺制品唱主角，到后来以“三来一补”中国制造的加工业为主打，再到努力走向中国创造、中国智造，生产出高附加值产品。

中国外贸凭借产业配套完善的制造业优势，贯彻“创新、协调、绿色、开放、共享”的发展理念，依托“中国制造2025”“互联网+”“一带一路”倡议等国家战略的实施，创新求变，努力实现转型升级。广交会也通过提升专业办展水平和核心竞争力，帮助参展企业开拓市场、转型升级培育竞争新优势，为“中国创造”“中国智造”提供形式多样的展现平台。

2020年“新型冠状病毒肺炎”疫情席卷全球，一直以来汇聚线下的广交会不得不移到线上，第一百二十七届广交会首次整体搬上“云端”。2020年6月15日上午10时许，网上开幕式拉开了第一百二十七届广交会的帷幕，海内外共有二万六千家企业参展。这是特殊时期广交会的创新举措，不经意间探索出了一条适应当前国际贸易发展趋势的新路子，重点展示对接平台、跨境电商专区、直播营销服务三方面的内容。中国借助广交会的平台向国际社会表明，中国扩大开放、努力维护国际产业链供应链安全的坚定决心。本届广交会仅仅十天时间，却具有划时代的意义，是历史悠久的贸易盛会与互联网技术的一次创新融合，在中外贸易史上注定要留下历史性一笔。这是一届特殊时期、特殊意义、特别举措、特别精彩的“网上广交会”。广交会坚持新发展理念，创新商务和业务模式，为国际产业链和供应链的稳定发挥了积极作用。

在2020年即将结束之时，中国对外贸易中心首次在非广交会时间举办贸易配对会，为中俄企业牵线搭台，实现互利共赢。广交会副秘书长徐兵为我们描绘了一幅未来广交会的蓝图——广交会将充分运用数字技术，打造线上线下相融合的全天候服务平台，为参会企业合作发展创造更大空间，为全球贸易增长作出更大贡献。商务部部长助理任鸿斌表示，下一步，商务部将继续指导综试区汇聚制造生产、电商平台、仓储物流、金融风险等各类企业，发展物流、支付、快递等服务行业，带动本地周边和产业链上下游企业触网上线，为跨境电商发展营造良好的环境。

在第一百届中国进出口商品交易会开幕式暨庆祝大会上，有九位人士获得“百年辉煌杰出贡献奖”殊荣。他们分别是曾宪梓（中国香港）、许世元（中国澳门）、张平沼（中国台湾）、中田庆雄（日本）、施荣乐（法国）、郑明如（泰国）、潘西佛（新西兰）、杨天培（马来西亚）、可可扎（瑞典），他们是广交会的“拥趸”和有力推动者。

有一个人堪称广交会的骨灰级铁粉，他就是香港南北行公所主席李欢先生。从1957年4月15日第一届广交会至今，李欢先生坚持每届出席，从未间断，对促进中国内地与香港的经济贸易，做出了积极贡献。广交会在李欢先生眼中，已不仅仅是贸易盛会，而是有一种难以割舍的情结。

广交会发展的六十多年间，地点、形式、参展商可变，不变的是那份已深入骨髓的情怀，而这份广交情怀将一直延续。

第二十四章

逐鹿南沙，海港梦圆

20世纪末，走过了两千年的广州港遇到了发展瓶颈，寻找合适的位置建造国际深水港成为广州市政府最迫在眉睫的工作。南沙处于整个珠江三角洲的地理几何中心，经过艰难勘测，终于发现龙穴岛适合建深水海港。港口建设者们在一个孤岛上仅仅用了两年半的时间，就建起了四个十万吨级的集装箱泊位，创造了我国建港史上的奇迹，广州港终于把遗落了一个多世纪的海港梦圆了。

逐鹿南沙

20世纪末，走过了两千年的广州港遇到了发展瓶颈。各路后起之秀虎视眈眈，意欲取而代之，而且还真有超越了的。香港屯门在百多年前就是广州的外港，几十年后香港葵涌码头已是一等一的国际枢纽大港。深圳港后来居上，而且占据着国际主航道，大船进出自如。

随着烟雨风尘、沧海桑田，昔日烟波浩渺的黄埔已渐渐缩窄，现在的黄埔已不是一口通商或者孙中山先生构思南方大港时期的黄埔了，只是内河的一个溺谷湾。广州港龟缩在黄埔，最大吞吐能力也不超过四万TEU。广州港已由千年海港退化为内河港了。

城为港兴。两千年来，广州城伴随着广州港的兴衰而繁芜，广州港的发展史其实也是广州的城建史。我们把目光放在世界历史坐标上，从古代的亚力山大城、罗马城到近代的美国纽约和中国香港、上海，再到现代的新加坡、迪拜，哪一座城市不是因港而生、因港而盛？现代多个国际大都市中就有不少是以港兴市发展起来的。港口催生了一座座现代化都市，也演绎着城市经济的繁荣与精彩，可以说，得港口者得天下。寻找合适的位置建造国际深水港成为20世纪末广州市政府最迫在眉睫的工作。

早在20世纪90年代初，一位满怀初心的老人在南沙狮子洋畔的一片滩涂上辛勤耕耘起来，先后建起了进港大道、南伟码头、虎门渡口、南沙客运港、南沙大酒店、南沙天后宫等，为南沙建城建港打下了坚实的根基，让广州市政府第一次把目光聚焦南沙。

遥想当年，南沙是广州的“西伯利亚”，除了黄阁镇几个大村落，有祠堂、有文化传承外，大部分是沙田地区。沙田疍家人绝大部分是文盲，他们以艇为生，以寮为家，食不果腹，随海漂荡，生活苦不堪言。我听一位当过知青的大姐说，当年广州知青最怕去插队的地方，南沙万顷沙赫然在列，可想而知其荒蛮程度。父亲告诉我，与万顷沙一河之隔的中山民众镇，也是当年他们师范生分配工作时避之唯恐不及之地。

时过境迁，南沙经过十年建设铺垫，其得天独厚的优势需要被重新评估。它处于整个珠江三角洲的地理几何中心，方圆六十公里范围内，覆盖了十四个大中城市；方圆一百公里范围内，几乎网络了珠江三角洲的城市群。20世纪末，它已是珠江三角洲的陆路交通枢纽，广深、广珠高速公路经虎门高速路在此地交汇；南北向五条高快速路接入广州市环城高速公路、内环路放射线等高等级路网，与广州市城市快速交通骨架交连成网；东西向五条高快速路，经东莞向东辐射，经顺德、中山、珠海向西辐射。水路交通同样发达，南沙距广州市区三十六海里、距香港三十八海里、距澳门四十一海里，相当于一个“A”字形结构的中间横线，处于支撑的位置。水路可通过珠江三角洲纵横交错的河道网络，直达深圳、东莞、珠海、中山、南海、顺德、江门、肇庆等地区，甚至还可以到广西的梧州、贵港、南宁等地。可以说，南沙是联结珠江口两岸城市群的重要通道，区位优势极为明显。

从经济角度来测算，南沙与货源生成地的加权平均经济距离最小，陆路集装箱运输费用最省，在地理区位及运输经济性方面占有优势。

1997年9月22日，《广州南沙经济技术开发区总体规划》颁布实施，正式确立了南沙的开发建设目标“以港口码头为中心”，把港口的开发建设定为首要任务。

从理论上讲，广州发展港口是可行的，虽然珠江的东岸已被深圳夺得了先机，珠江西岸却还没有一座像样的深水码头。西岸的货源是撑起广州港的基础条件。首要关键点是在哪里建码头？能否建码头？

广州市政府立即组织召开专家论证会。有专家说，珠江淤积严重，一年就可积淤泥一两米，每年单航道清淤费就高得惊人，建码头没效益；甚至有专家下结论，珠江沿岸没有适合建设超过五万吨级泊位的深水港。结论一出，建港口的计划被迫搁置。

然而，事情在三年后迎来了转机。2000年初，广州港务局委托四航设计院做一个关于航线规划、港口布局的课题，为此四航设计院专门组建了一支勘测队，对广州段珠江岸线进行勘测。

勘测结果认为，受水深和陆域限制，在虎门以内的珠江干流沿线，目前已很难找到适合建设五万吨级以上泊位群的深水岸线，只能在虎门口外伶仃洋一带寻找新的深水港址。一个名为“龙穴岛”的海岛进入了勘测队的视野。

龙穴岛既然以“龙”命名，定有它的不凡之处。龙穴岛诞生于明代，明、清时期属于东莞地界，近代也曾归属中山，最后归属番禺，南沙建区后属南沙管辖。2004年，我们刚上岛工作时，手机的信号常在深圳、东莞、中山、广州间转换，可以说是一个四地交汇之处。《东莞县志》曾记载龙穴岛“尝有龙出没其间”。《新安县志》对其出现“龙”的描述更是言之凿凿：“清顺治九年七月五日，龙穴有九龙飞腾，经臣上村、臣下村，数里而去。”也有传说著名海盗张保仔就把金银财宝藏在了龙穴岛的龙穴山洞中，至今仍没有人挖出丁点财宝。不管是传说，还是史载，都在述说着龙穴岛的不凡气象。

龙穴岛围垦区位于珠江口伶仃洋喇叭形河口湾湾顶，虎门和蕉门的交汇处，为近十年围垦出来的人造陆域，面积达六十五平方公里。珠江在蕉门出口段一分为二，分为龙穴岛西面的蕉门南水道和北面的凫洲水道。龙穴岛东面上游为川鼻水道，下游为通向外海的伶仃水道。广州港的主要出海航道为虎门口—川鼻水道—伶仃水道，主航线距龙穴岛围垦区东岸线约一千米。如在龙穴岛围垦区东岸线建港口，正处于一个回湾区，年淤积只达到一半左右，如果建深水港，港口的吞吐量达到一定水平的话，航道清淤费用所占港口的运营成本比例不高，从经济性考虑可以承受，龙穴岛的地理位置及航道条件都十分优越。

看到这个勘测结论，时任四航设计院副总工程师分管规划工作的陈有文立即写了一封信给当时的市长，大胆建议在龙穴岛建深水码头。

信寄出很长一段时间都没有回音，陈有文以为石沉大海了。谁知道有一天深夜10时，四航设计院院长朱利翔突然接到了市长的电话，说第二天一早市长亲自到设计院来听取汇报。这说明，在龙穴岛建深水码头的计划有可行性。

虽然四航设计院论证了新港口选址龙穴岛的可行性，但是一座码头动辄几十个亿，牵涉陆域、地质、水深、港池、航道、淤泥、潮汐等方方面面的因素，要想建成也并非易事。

为此，广州市交通委员会、广州港务局多次组织专家论证，从各个方面论证了在南沙龙穴岛建港的可能性后，决定把南沙港区一期工程选址在濒临伶仃深水航道的鸡抱沙—孖沙区域。把港池开挖至深约十五米，建成一千四百米的顺岸式码头，码头前沿超出原岸线一百〇五米，拟建四个五万吨级多用途泊位，设计年吞吐能力为集装箱四百五十万TEU，通用散杂货一百六十万吨，码头水工结构预留接纳大型集装箱船舶的发展余地。

2000年4月，广州市规划局编制完成了《广州城市建设总体战略概念规划纲要》（下称《规划纲要》），提出重点建设“北部空港、中部信息港和南部海港”。三大港之一的南部海港，指的就是广州港南沙港区，其不仅是为南沙地区产业发展提供配套服务的重要基础设施，还将与空港、信息港形成体系，为实现大工业、大物流、大交通发展战略，在新世纪全面提升广州城市社会经济发展水平和区域战略地位，增强国际竞争力等方面奠定基础。

这部《规划纲要》吹响了广州大发展的号角，也将把广州断了一个多世纪的海港梦重新实现。

同时，考虑到新建海港给周边港口带来的压力，广州市政府赶忙组织相关航运界、经济学界的专家进行论证，得出的结论是：随着国内外贸易的蓬勃发展，航运市场将不断扩大，现在的港口吞吐能力将不能满足未来发展的需要。如南沙港区建成后，珠江东西岸港口遥相呼应，形成区域优势，将更进一步促进周边地区的发展。

为了做到科学决策，2001年、2002年，广州市政府分别组织召开了“广州港南沙港区起步工程预可行性研究报告和选址论证报告专家咨询会议”“广州港南沙新港区平面布局专题报告论证会议”“广州港南沙新港区选址论证会议”“广州港南沙港区一期工程预可行性研究报告讨论会”以及其他许多专题会议。2001年12月15日，南沙港区开始试挖吹填造陆。最后，所有的结论、实验数据均有利于南沙建港。

龙穴岛曾出现“九龙飞腾”的祥瑞之象，可以说这是个不凡之地。它在珠江口伶仃洋上蛰伏了数百年，是时候一鸣惊人了。

海港梦圆

二十年前的龙穴岛是一个十足的荒岛，其荒蛮程度超出了现代人的想象。龙穴山下有一个龙穴村，只有几十户原住民，直到2003年龙穴岛通桥，龙穴村第一次有了陆路与外界相连，2005年，龙穴村才通水通电。

龙穴岛大部分是滩涂，珠江农场人利用滩涂地围垦养殖，堤基上的芭蕉树圈出一块又一块方形的碧池，从空中俯瞰仿佛大地镶嵌着冰莹的翡翠。

2001年12月15日，那是一个暖和的冬日，我跟随着广州市客轮公司的快速船来到南沙客运港，接上众人便奔龙穴岛来。二十分钟后，船在一个简易的临时码头靠岸，众人鱼贯上岸。刚钻出船舱，冰凉的海风刮面而过，冷得我直打哆嗦，我赶忙裹紧风衣。跨过一条独木桥，走过一段长长的塘基，举目皆是相连的鱼塘，纵横交错的塘基零星点缀着芭蕉树，好一幅“蕉基鱼塘”的岭南水乡图景。

远远看到一大块空旷的泥地，红色的氢气球在地面弯出了一座彩虹桥，大书着“南沙港区码头一期工程动工仪式”，后面是一个简易的主席台。市长高声宣布：“广州港南沙港区一期工程试挖现在开始！”话音刚落，早已候泊在岸边的绞吸式挖泥船“玉龙”号伸出长臂，如一条翻江倒海的蛟龙，昂然挖起第一铲土，正式拉开了海港建设的序幕。

北风呼啸，扬起的灰尘扑面而来，呛得在场众人连连打喷嚏。

建设者们高涨的热情与现场的荒凉形成了鲜明的对比。

“这么个荒无人烟的地方，怎么建码头啊？”

“连一座桥都没有，建筑材料怎么运上岛来呢？”

“没水没电没厕所，让工人怎么建设呀？”

台下观众的嘀咕声正是现实问题的反映，生活都成了问题，还怎么工作？这会战的艰难程度可想而知。

更为严峻的是，为了抢夺发展的先机，广州市政府早早定下了工期，必须赶在2004年9月28日投产，而建设队伍的组建、开工却在2002年的春节之后，留给建设者们的时间只有两年零八个月。当年新沙港的十个泊位（七个散货泊位、三个三万五千吨级泊位），是由一百多人的建设队伍用了八年的时间才建好的。南沙港一期工程从经验上来看，似乎是一个不可能完成的任务。

然而，依然有建设者把这看似不可能完成的任务接了下来。其中的代表人物就有时任南沙工程办主任的蔡南树和时任南沙四航设计院南沙分院院长的董传扬。

要在短时间内建成码头该怎么办？作为码头的设计大师，董传扬认为关键点在于缩短一半的主体结构施工时间。当时华南地区建码头，要么打钢板桩，要么应用小沉箱，而且沉箱只能是五百吨以下，因为设备的起重能力只有五百吨，再大就无能为力了。曾在中交二航院任职，主持过重庆港朝天门码头国家级项目以及渤海湾、海南等多个大型海港的设计工作的董传扬，大胆提出用大沉箱，而且是二千二百一十二吨的特大沉箱。这个方案一提出来，所有人都怔住了：这可是全国最大的沉箱啊！

这样一来，就有一个关键问题摆在眼前——南沙港区的水下地质条件能否托得起大沉箱？

针对这个问题，广州市政府立即召开了专家讨论会，邀请交通部及全国九名专家前来会诊。董传扬回忆说，那时正是2003年的春节，广州的春天因“非典”的到来而让人沉郁、忧虑。经过细心选址，精心安排，最后只有三位专家冒险前来。交通部给予了人性化的通融，会议照常召开，没来的专家通过邮件给出意见，一并形成会议纪要。正当董传扬忐忑不安地听着专家们的唇枪舌剑、激烈争辩时，工地现场传来了好消息：原来试挖港池到达一定深度后，发现了水底的硬土层（砂岩）。这个好消息消除了大家的顾虑。董传扬说：“这是老天爷给了广州一个大惊喜！有谁想到，堆满淤泥的伶仃水道竟然会有砂岩呢。”

俗话有云：“好事多磨。”解决了设计方面的主要问题，施工方面的问题又凸现在建设者的面前。这时轮到蔡南树犯难了。

首先面对的是主体码头的基槽挖泥，共要完成五十四万多立方米。为保证工程质量，必须及时对土质和回淤情况进行验收，对厚度超过规范要求的淤泥坚决清除。由于基槽较深，且施工时正值台风期，用真空泵等常规的清淤方法均难奏效，实在无计可施，只得让“蛙人”潜下水底进行人工清淤。

“蛙人”刚潜下水去，不到两分钟便冒了上来。原来，水下泥太多了，根本看不见任何东西，人也喘不过气来，这样的水质条件潜水员根本干不了活。一个空前的难题摆在了施工单位的面前！

施工单位经过多方研究，决定对绞吸式挖泥船“浚波四”号进行改造，去掉绞头刀，增加长约三十米的软管，有效解决了深基槽清淤的问题。

万事俱备，只欠东风。一切准备就绪，只等待沉箱的安装。

码头的沉箱相当于人的脊柱，人的脊柱一旦折损，人就有可能瘫痪不起。同样道理，沉箱安装一旦技术不过关，码头就会坍塌，把好沉箱的质量关尤其重要。

第一次沉箱安装，就把施工人员吓破了胆。第一个沉箱终于挺立在四航局“南沙号”浮船坞上，雄赳赳地从预制场驶来了。正当沉箱出运安装时，由于缆绳受力不均匀，缆绳突然断裂了一根，在场人员顿时慌得目瞪口呆，不知所措。后经分析，发现沉箱是密封的，灌水后便左右晃动，导致缆绳受力不均匀。针对这个问题，设计部门在沉箱底部设置了一个止水阀，在合适位置设置了拉环。灌水时可以打开阀门，让沉箱的水平面保持平衡、稳定，再进行安装调整，等到下一个潮位来临时终于安放成功。改进沉箱技术后，再也没有发生过断缆的险情了。

据蔡南树回忆，关于沉箱安装还有一事让他颇费思量。那是2004年初，时任南沙工程办主任的蔡南树待沉箱全部下水安装妥当后，安排了一次出差。他上午到达北京，下午就接到水工工程师朱继伟的急电："主任，有个沉箱可能要滑出去了，怎么办？我们都找不出原因所在。"

蔡南树登时吓出了一身冷汗，心提到了嗓门上。稍微镇定了一下后，他仔细询问了现场的情况，特别询问了沉箱后方临时堆放的砂石料的高度。

"从昨晚到今天早上监测到沉箱偏移了二十五厘米，超出规范要求，沉箱后面的砂石已堆到了七米高。"朱继伟汇报说。

听朱继伟这么一说，蔡南树心中有数了：他看过有关专家论证的资料，说沉箱后的砂石最多只能堆到三米高，超过三米高后砂石就会形成强大的水平力把沉箱往外推。发现了问题的症结所在后，蔡南树才舒了一口长气，遥控协调各方把过量的砂石搬走。卸载了一天一夜后，沉箱再没有呈现向外滑的趋势，逐渐恢复稳定。后来调查原因，是材料运上龙穴岛的速度太快了，施工人员疏运不及时造成的。

整个广州港南沙港区一期工程的建设犹如唐僧西行取经的过程，历经磨难，跌宕起伏，最后总算逢凶化吉，并于2004年9月28日修成正果。南沙一期工程四个十万吨级的集装箱泊位如期投产，广州港终于把遗落了一个多世纪的海港梦圆了。

港口建设者们在一个孤岛上仅仅用了两年半的时间，就建起了四个十万吨级的集装箱泊位，创造了我国建港史上的奇迹，也创下了令世人惊叹的空前的“南沙速度”，不得不让人佩服。

后来，南沙集装箱一期工程荣获2008年度国家优质工程奖银奖第一名，这是对全体建设者最美的礼赞。历史必将铭记他们，广州港人也将一直传承南沙建港者们只争朝夕、团结拼搏、科学创新、勇创一流的南沙建港精神。

凭着这股精神，广州港又一鼓作气地发起了建港总动员，建港成果处处开花。2006年，南沙汽车码头、广州小虎码头、南沙集装箱二期相继投产；2010年，南沙粮食通用码头建成试投产；2017年，南沙集装箱三期码头全面投产；2019年9月30日，南沙集装箱四期（全自动化码头）动工兴建。顺着三期的岸线，在不久的将来，还将兴建南沙港区国际通用码头工程和南沙港区五期工程。

有了完善的海港硬件设备，还得有相应配套的海港吞吐能力。

南沙集装箱一期码头，在投产的第一个完整年度，集装箱吞吐能力就达到一百万标准箱，这是深圳盐田港蛰伏了十年才达到的吞吐量，广州港南沙港区起步就已经显示出它的不凡气势。到了2017年，广州港年集装箱吞吐量突破两千万标准箱，跻身于国际大港前五位。广州港这座两千年商港已然强势归来。

第二十五章

世界大会，湾区扬帆

2019年，在广州举办的第三十一届世界港口大会，让世界人民重新认识、审视广州这座两千年古港。时至今日，广州港依然传承着广济天下的宗旨，用自己的力量去帮助世界各地的港口，彰显出大港担当的情怀，广州港的友好港达到五十个。广州港近年发展势头迅猛，跻身于六亿吨大港之列，年集装箱吞吐量超二千二百万TEU，位列全国第四、全球第五位。随着粤港澳大湾区的成立及纵深发展，广州港将再次在湾区扬帆起航。

世界大会

广州市港务局有关人员动情地向我说起了一件事。

那是2017年5月12日，在印尼巴厘岛举行的第三十届世界港口大会上，广州市港务局向大会陈述了拟举办第三十一届港口大会的意愿与方案。投票结束后，国际港协主席圣地亚哥·米拉先生兴奋地握着广州市港务局副局长袁越的手，祝贺道：“我们终于要去广州，很期待2019年在广州与您见面！”

世界港口大会由国际港口协会发起，每两年一届，邀请来自全球逾千名港航业代表参会，被誉为国际港航界的奥林匹克盛会。现时，港口协会的会员已经覆盖全球九十个国家一百八十个港口，涉及一百四十多个港口关联产业。国际港口协会的会员每年的海运贸易量达到全球总量的百分之六十，海运集装箱运输量占据全球八成份额，举办港口大会的意义不言而喻。

第三十一届港口大会落户广州既是幸运，又是实力的体现。原因是，第二十四届港口大会已在中国上海举行，短期内在同一个国家举办两次那是很难服众的，可是广州港务局却用真诚的态度、有理有据的说法打动了港口协会董事会成员。广州最终获得了第三十一届港口大会的举办权。

自巴厘岛港口大会后，两年时间很快到来。广州市把第三十一届港口大会的具体时间定在2019年5月6日至10日，为期五天，地点选在广州白云国际会议中心。本次大会由广州市港务局承办，广州港集团协办，共有来自全球五十四个国家和地区的一千一百九十一名代表参会，其中境外代表达三百〇七人，参会规模空前盛大，为历届之最。这是继第二届“一带一路”高峰论坛后广州举办的首个国际性会议，全球港航界、商界嘉宾云集在云山畔、珠水滨共襄盛事，通过交流商洽，贡献各自的智慧和方案。

毋庸置疑，本届大会可以吸引如此多嘉宾，与广州港两千年古港的历史底蕴密不可分。广州市港务局想得非常周到，除了安排了开幕式演出、主旨演讲、平行论坛等常规会议活动外，特意安排了一天“早鸟计划”，让早到的嘉宾进行广州生活体验，一览“千年古港”和“千年商都”的风采。国际港协主席夫人卡门女士在参加完“早鸟计划”后，感慨万千：“我非常热爱中国，热爱广州。我很喜欢这里的人们，他们每个人的脸上都洋溢着温暖的笑容，很热情好客！”

广州港召开第三十一届港口大会的目的是集聚各界精英和全球智慧，搭建互联互通友好合作的平台，提高广州这座城市的国际地位和话语权，从而服务国家战略大局。为此，大会设有六个分论坛，围绕“一带一路倡议带来新机遇”“新技术给港航业带来的新挑战”“湾区港口与城市融合发展”“跨境贸易新模式与电子商务的法律问题”“中国与世界新兴邮轮市场”“港口节能减排”等当前迫切解决、共同关心的热点问题展开研讨，让港口航运行业共同促进世界经济发展，深度挖掘“一带一路”倡议背景下所带来的新机遇，探讨人工智能、区块链、数字化等新技术给港口业带来的新挑战。这也是对未来世界港口发展方向提出具有现实意义的全局性构想，如一座灯塔，指引着港航企业稳步前行。这更是一场高水平的智慧盛宴，为港口航运业和世界经济带来一场国际性、前瞻性、前沿性的思想碰撞，迸发出智慧的绚丽火花。

有了思想、理论，还得有实际行动，中国智造让参会嘉宾大开眼界。大会特地在白云国际中心珠江厅设置了三十五个展位，总展览面积达到五千平方米。四十七家参展商被吸引来了，有来自美国、加拿大、澳大利亚、德国、日本、韩国、委内瑞拉、马来西亚、印度尼西亚等九个国家的海外展商参展。广州港、中远海运、华为、中国交建、深圳港、中国银行等一大批屹立于世界各界潮头的中国大企业，向世界港航界展示着最新的科研、技术成果，提供了解决问题的方案，把“中国智造”在全球的应用淋漓尽致地展示出来。华为公司的整合云计算、人工智能、5G技术等相信大家有所耳闻。广州港的顶层设计智慧港口、散货堆场建设挡风抑尘设备、油改电的节能减排技术等，也让世界港航界眼前一亮。参会人员惊讶于广州港在港城融合和绿色智慧港口建设上的重大成果。他们认为，这是符合新时代港口发展方向的重要举措，顺时而应、顺势而为，必然兴旺发达，再掀高潮。

中远海运的展台也展现了中国航运人在开辟海上通道方面的成就。中远海运致力于建设规模可观的船队——集装箱船队、干散货船队、油气运输船队、杂货特种船队等，并积极参与开辟中欧班列、中欧海陆快线、北极航线，让中国进一步联通全球。

中国的港航实力让全世界瞩目！

大会的交流沟通促进了友谊的发展。广州港顺势与来自全球的八个港口签署了友好港协议，分别有荷兰鹿特丹港、巴西阿苏港、印尼丹戎不碌港、斐济苏瓦港以及韩国的仁川港、釜山港、丽水光阳港、蔚山港等。至此，广州港的友好港达到五十个，遍布五大洲。友好港除了在航线开辟方面的合作外，还有支援港口教育培训、分享建港经验等方面的交流，大家可在其中相互学习、促进提高。

通过大会的相聚了解，广州港得到了港航专家、金融大咖、有识人士的高度赞赏。

马士基集团副总裁施敏夫认为，中国港口在泊位操作效率全球排名中始终保持领先地位，广州南沙的泊位操作效率是每小时一百〇六自然箱，而洛杉矶只有七十六自然箱，南沙效率比洛杉矶高出百分之三十九。

中国港口协会高层代表陈英明总结说，2018年，中国港口完成货物吞吐量一百四十三点五一亿吨，七大港口跻身全球前十大货物吞吐量港口之列；截至2018年底，中国参与了三十四个国家四十二个港口的建设经营，海运服务覆盖沿线所有沿海国家，成为“一带一路”倡议重要支点。

短短五天，广州港重新聚焦在全世界的高光之下，采用消息、通讯、特稿、采访直播、视频等体裁及形式，通过世界各大媒体全方位报道，把世界大会的盛况展现在世人面前。其中，中央媒体播报八十八篇，省市媒体播报一百六十七篇，新媒体（政务微博、政务微信公众号）发布报道三百六十九条。国际媒体也对大会给予了高度关注，美通社、全球通讯社联盟、亚洲网、美国CBS、NBC、ABC等电视台，以及加拿大金融邮报等媒体刊发现场报道十八篇，语言涵盖了英语、日语、德语、阿塞拜疆语等语言。

当广州港形象片《黄埔之约》亮相美国纽约时代广场时，大洋彼岸的朋友们感到无比惊艳。他们可曾想过，早在两百多年前的1771年，费城的一份杂志对北美农业成功引进中国的稻米、高粱和豌豆而感到无比自豪，还满怀憧憬地预言：“美国有一天终将成为像中国那样人口兴旺、经济繁荣的国家。”那时的美国还是一个受英国殖民者控制尚未独立的国家，遥远的中国成为了他们的梦想乐园。当美国的“中国皇后号”停靠在黄埔古港，又转舢板到十三行码头时，他们的先辈差点被广州港的繁荣惊掉了下巴，现实中的梦想乐园比想象中还要昌盛。

第三十一届世界港口大会让世界人民重新认识、审视广州这座两千年古港。广州港如一件与它同岁的陶器，古朴、神秘，让人们有无穷无尽的探究欲望。

走向世界

古代哲人常说："穷则独善其身，达则兼济天下。"中国从个人到国家，几千年来一直秉持着这样的立身、立国之本。

中国的朝贡贸易从一开始，就是以广散资财、扶贫助弱为原则，各代朝廷回赠的物资可能是别国朝贡品的多倍甚至数十倍。郑和七下西洋，更是向周边国家彰显了中华大国的胸襟与气度，不仅送去了中华民族的先进资源，还送去了先进的生产技术，授之以鱼更授之以渔。

时至今日，广州港依然传承着广济天下的宗旨，用自己的力量去帮助世界各地的港口，以达到相互交流，促进大家共同发展的目的。在我身边就有三位同事，曾代表广州港行"兼济天下"的义举，彰显出大港担当的情怀。

曾明鸣，广州港的一名信息系统工程师。2019年1月至4月，他先后两次被派往阿拉伯联合酋长国阿布扎比码头，支援其码头操作系统的建设。他毕业于中山大学计算机专业，对码头操作系统有着十年操作经验，正值盛年，成为广州港外派海外的不二人选。他说，那时候中国的支援团队有一百五十人，有来自青岛码头公司的，有来自上海振华公司的，也有来自中远海运集团总部的。

刚到阿布扎比，曾明鸣被眼前的景象惊呆了。码头处于一片茫茫的沙漠中，加上正处于建设阶段，整天沙尘滚滚，工作环境相当恶劣。他们驻扎在临时办公室，生活异常艰辛。特别是喝水方面，由于喝的是碱化水（海水淡化而成），导致头发大把大把地脱落，而且还会变白，仅仅数月，他便由帅小伙变成了“半老头儿”，回国后同事直呼“认不出来”。

他所在的操作部门有来自巴基斯坦、泰国、越南、希腊、菲律宾、印度以及中国等国家的人员，主管是中国人。他说，相对而言，外国人更看重系统、计划的指令，已经定下来的东西很难调整、更改，不会换一个角度来看待问题，而且要解释很久才明白。中国人的计划性更加长远，思维会更加灵活多变、更有弹性，看到不适合的东西会及时调整。

他特别提到阿布扎比码头操作第一艘船时的混乱状况。大家来自世界各地，对第一艘船的操作都特别重视，可是越急越乱，最后大家直接在高频内说着自己国家的语言，弄得“鸡同鸭讲”。无奈之下，他和几个同事只好直接跑到现场去了解情况，甚至直接指挥装卸船。后来，中远海运集团有关领导召开会议，确定统一语言为“英语”，大家在正式工作场合必须用英语沟通；再把第一艘船操作的混乱情景逐一理顺、纠正。但是，许多外国同事直到操作了四五艘船后才能慢慢纠正原来的操作习惯，虽然慢点，总算有了进步。大家在各自文化的冲突、固守中达到求同存异、相互包容，最终促进了阿布扎比港和谐发展。

经过在阿布扎比港的交流、淬炼，曾明鸣深深意识到，一个人能力再强取得的成绩也是有限的，一个团队团结协作往往可以走得很远。

除曾明鸣以外，我还邀约到肖雪锋和苏学文进行访谈。

2010年，广州港两位岸桥司机肖雪锋、苏学文接到一个特殊任务，他们被派往希腊的比雷埃夫斯港进行技术交流。比雷埃夫斯港离希腊首都雅典约十公里，一直被视为“欧洲的南大门”，也是“21世纪海上丝绸之路”通往中东欧的门户，对“一带一路”倡议意义非凡。

英语水平一般的他俩，连猜带蒙地踏上飞机、过安检，好不容易看到来接机的“自己人”，大喜过望。仲秋时节的广州还夹杂着秋老虎的余威，酷热难耐。刚到达希腊，爱琴海便给他俩送来了干爽、清凉的风，肖雪锋、苏学文顿觉神清气爽。他俩来到比雷埃夫斯港才知道，自己的主要任务是手把手地教会比港司机改进操作模式，掌握先进的岸桥装卸技术。

那时的比港是什么情况？苏学文给我做了介绍。比港还是使用最原始的操作模式，就是岸桥把集装箱卸到桥下，再由跨运车（类似于龙门吊，但比龙门吊矮很多）吊到堆场堆叠。因跨运车最多只能堆叠两层集装箱（在国内通常重箱最多可以堆放五层，空箱甚至堆到七层），以致堆场空间利用率极低，跨运车耗费的成本相当高。

现在，他们改用拖车把集装箱拖运进堆场，岸桥司机的操作由直接放地面改为放到拖架上，操作难度大了许多。肖雪锋、苏学文仔细观察比港工人的操作，从机械构造原理、操作手势、作业指挥等细节入手，亲身示范、反复教授，一旦发现问题就立即纠正。他俩手把手地教导比港司机卡位—放箱—吊箱—卡位，确保每一步都安全、精准。

比港与时俱进，购置了三台新式岸桥，吊具均有中锁设置，有双箱作业功能。比港司机一看到这个庞然大物悚了，不知所措。肖雪锋、苏学文耐心地教会他们如何使用中锁功能，实现双箱作业，解决双箱作业中遇到的问题。经过一个月的努力，比港的作业效率由原来的每小时十五TEU提升至每小时三十TEU以上，实现了跨越式进步。

当我问到他们如何与比港司机沟通时，肖雪锋憨笑着说，只能蹦出一两个单词，不行就用肢体语言“搭救”，幸好岸桥以实操为主。

当肖雪锋、苏学文完成带教任务回国时，比港司机对他们依依不舍，带他们游览了希腊的名胜古迹，在奥林匹克体育场、帕特农神庙遗址前均留下了他们亲密的合影。不同的语言和文化阻隔不了人类共同的情感，他们珍视着彼此的友谊。

在全球一体化越来越烈的今天，相互支持与协作，成为了常态，也是双赢发展的制胜法宝。苏学文、肖雪锋也把在比港中学到的有关环保、操作合规性等方面的先进做法带回中国。两个相隔万里的港口相互学习，共同提高。

“相知无远近，万里尚为邻”，广州港与比雷埃夫斯港的技术交流，是两个文明古国共建友谊、携手未来的缩影，见证了两国在基础设施建设、能源、电信、海洋研究等领域的合作不断开花结果，在互通有无中共同促进，在取长补短中各自绽放灿烂文明。2018年，广州港与比雷埃夫斯港正式结为友好港，在多个领域开展合作共赢，互惠互利。

随着“一带一路”倡议的深入推进，近年来，广州港已与印度蒙德拉港、马来西亚巴生港、泰国林查班港、俄罗斯圣彼得堡港等十多个“一带一路”沿线国家港口缔结了友好合作关系，友好港的朋友圈已加好友超五十个。

广州港在顺应全球经济一体化的大趋势下，在相关领域充分发挥和贡献广州港力量、技术和智慧。

湾区扬帆

岭南地区自古就以富饶著称于华夏，早有“南方已定虽饶富”的说法。珠江这条如珍珠般的河流滋润着南方的大片沃土，形成了一个得天独厚的珠江三角洲。珠三角得天地之精华，吮珠江之玉露，成为中国目前最富裕的地区之一。

在珠江的出海口八大门共同形成了一个沿海湾区，这个湾区包括香港、澳门两个特别行政区和广东省的广州、深圳、珠海、佛山、惠州、东莞、中山、江门、肇庆等九市组成的城市群。这个湾区面积达五万六千平方公里，覆盖人口约七千万，占据着中国南方最肥沃、最富饶的土地，是中国开放程度最高、经济活力最强的区域之一。国家站在国际战略的高度，力求把粤港澳大湾区打造成为可与美国纽约湾区、旧金山湾区、日本东京湾区比肩的世界级湾区。

这个湾区以广府文化为核心文化，以香港、澳门、广州、深圳四个中心城市为粤港澳大湾区发展的核心引擎。

那么，广州港处于广州这个核心引擎中的什么位置?

可以说，广州港是启动这核心引擎运转的重要能源。航运的线路就是油路，路通则财通，才可以带动引擎高速运转。我们的航线也是一个个循环的闭环，如穿针引线般拉动国际国内的内外需求不断循环、高速前进。

综观广州港近年来的发展，势头迅猛，跻身于六亿吨大港之列；年集装箱吞吐量超二千二百万TEU，位列全国第四、全球第五位，蛰伏百年后依然能够重新屹立于世界强港之林，这需要怎样的底蕴和气魄呢？

珠江依然是那条珠江，而广州已不是昔日的广州，广州港也不是二十年前的“吴下阿蒙”了。最有说服力的莫过于实实在在地展现于眼前的2020年的新成就。

广州海关启动“湾区一港通”，形成以广州港南沙港区为枢纽港，以广州、佛山、肇庆、清远、云浮、韶关等地多个珠江内河码头为支线港的港口群，为粤港澳大湾区腹地进出口企业打造了一条更快速、更便捷的出海大通道，进一步提升大湾区贸易自由化通关便利水平。今后还将加快推动扩展延伸“湾区南沙一港通”、国际中转集拼、内外贸同船、南沙水水中转优化等通关模式，有效提高口岸通关时效。广州海关还把南沙综合保税区打造成大通关、大物流的优质载体，助力粤港澳大湾区扩大外贸发展空间，加快打造高水平对外开放门户枢纽。

广州港深水航道拓宽工程已全面建成投产，南沙港区至珠江口航道全长约六十六公里，由原来的二百四十三米拓宽至三百八十五米，实现十五万吨级船舶双向通航，彻底结束了珠江口至南沙港区大型集装箱船舶单向通航的历史。广州港出海港航道是世界上最繁忙的黄金水道之一，是粤港澳大湾区连接国际航道、通达国内外港口的水路运输大动脉。深水航道拓宽工程通航，将进一步改善了广州港出海航道航运条件，提高船舶通航效率，推动粤港澳大湾区经济健康、快速发展。

广州港入选首批国家物流枢纽，成为粤港澳大湾区世界级航运港区。从富饶美丽的大湾区到广袤辽阔的大西北，从世界咽喉马六甲海峡到航运要塞巴拿马运河，广州港航线通达全球一百多个国家和地区以及四百多个港口，联通世界，辐射全球。截至2020年11

月，航线总数达二百二十六条，其中外贸航线一百二十条，在全国各地布局了内陆无水港或办事处三十六个，开通覆盖整个珠江—西江流域的水上驳船航线上百条、海铁班列十多条，多式联运体系正加速形成。随着南沙港货运铁路的建成并即将投产，广州港将被打造成为华南地区江海公铁多式联运基地，被赋予“国家新一轮对外开放门户枢纽”的重任。

广州港已成为全球物流链中最重要的一环。广州港南沙港区的集装箱吞吐量已超过二千二百万标准箱，跻身六亿吨大港行列。广州港是华南地区最大的能源接卸港、汽车滚装枢纽港，全国最大的内贸集装箱枢纽港和最重要的集装箱干线港之一，拥有全国规模最大的临港综合性冷链物流基地。截至目前，全球最大的散货运输企业和特种船运输企业均落户广州，全市港航相关产业企业注册数已超过十万家，广州水路运输企业经营船队规模已超过四千万载重吨。广州港是广州综合交通枢纽重要组成部分，担负着全年二十四小时无休的物流运载重任。2020年初，“新冠肺炎”疫情在国内肆虐，广州港的货运航线依然坚守在抗疫一线，担负着运载抗疫物资和保障人民基本生活物资的重任，守护着广州乃至大湾区人民的生命安全。当“新冠肺炎”疫情在国外肆虐之时，广州港做好“外防输入”的同时，成为沟通国内外的主要渠道。广州港将挑起畅通国内国际“双循环”主动脉的发展重任，推动粤港澳大湾区建设进程。

广州港依托港口为核心呈多元化发展。现已形成以广州国际港航中心、太古仓文化创意产业园为重头戏的地产版块，以黄沙水产市场为主打的水产版块，以国际邮轮、珠江游、游艇强强联手的商旅版块，各版块推动广州港多元化发展。同时，以全程港口物流、贸易融资为突破口，发展港口金融业务，广州港一核多元齐头并进。

广州港率先掀起智能化绿色革命。南沙四期自动化码头将成为粤港澳大湾区首个全自动化集装箱码头，睿智的广州港人奉献了全自动化集装箱码头的“广州方案”：创造性地采用了北斗卫星导航定位系统的无人驾驶智能引导车作为水平运输设备；码头前沿采用振华重工自主研发、量身定做的单小车全自动化岸桥；堆场布局采用先进的水平布置侧面装卸。拥有“广州方案”的南沙四期码头，在经济性、节约化、创新性等方面均走在全国前列。绿色理念贯穿于广州港各个生产环节，从国内先进的抑风挡尘墙和喷淋系统，到集装箱龙门吊大规模应用“油改电”技术，再到无纸化闸口。广州港不断与时代同步，为国家的可持续发展不遗余力。

两千年来，开放、包容、创新的基因已渗透进广州港的血脉中，让它与世界、与时代同频共振。即使，斗转星移、沧海桑田、海陆变迁、朝代更迭，广州港依然扼守着中国的南大门，对广州、对中国怀着忠诚与守护的初心始终不变。

适逢有媒体来采访苏学文，我随他们一起登上了五十二米高（普通岸桥也就三十八米或四十五米高）的岸桥。这座岸桥是南沙港区一、二期码头为了适应船舶大型化需要，通过自主创新，在2020年4月在空中完成加长加高改造的岸桥，这项技术属于全球首创。

趁他们采访期间，我站在岸桥上极目远眺，目及处气象万千：

烟波浩渺的伶仃洋从脚下滚滚而去，一路向南。洋面上，大型集装箱货轮、集装箱驳船、拖轮、沙船、油船、渔船、工程船、“飞翼”船等各类船只来往穿梭，拖出一条条长长的白线。今天，老天爷赏脸了，天空格外晴明，如一块巨大的蓝色幕布点缀着白色的棉絮。略泛浅绿色的海水看起来干净、清透，漾起了粼粼波纹。

海天相接处是珠江东岸，从左往右依次是东莞、中山、深圳，群山起伏，高楼林立，不时有一两架客机从对岸宝安机场腾空而起。香港大屿山在极远处露出了黛青色的山头，若隐若现。我所处的正是一个中心点，目光视线辐射范围就是湾区的一部分，南沙无疑成了粤港澳大湾区的中心支点，其独特的地理位置让南沙责无旁贷地成为了粤港澳大湾区的核心引擎，辐射整个湾区。

环视着美丽的湾区，我的思绪不禁飘到了遥远的古代。合久必分，分久必合，这是宇宙的恒定规律，任何事物都逃不过，广州港又何尝不是？鸦片战争以前，广州以南的珠江航道上的港口要么是广州港的外港，要么还没生成，但都同属于广州港的地界。现今粤港澳大湾区成立，又把湾区内的港口凝成一家人，互联互通、互惠互利，共同联结为经济共同体，难道不是这座两千年古港的回归与复兴？从一座古港衍生出无数座新兴的港口，又凝聚成一股势不可挡的力量，成为世界航运业最繁忙、港口最集中的湾区。

此时，万丈阳光洒落在岸桥上以及我的身上，让初冬的早晨特别温暖，我的心情也格外明媚。阳光散落在海中，闪着粼粼金光的波浪一直向大海奔流，最终消失在云烟渺渺处。这是一条繁衍生息了两千年名副其实的黄金水道。

我把眼光重新聚焦于南沙港区的岸线，一排红色、蓝色的岸桥巍然挺立于珠江西岸，昂首、挺胸、伸臂，状如帆架，这是新时代的风帆，引领着粤港澳大湾区扬帆起航。

我望向金色的珠江面，顿觉海天辽阔。